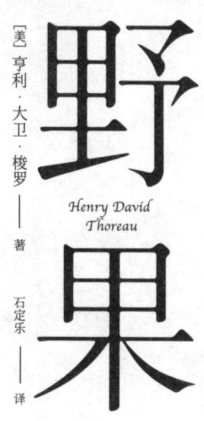

[美]亨利·大卫·梭罗 —— 著
Henry David Thoreau

石定乐 —— 译

野果

新星出版社　NEW STAR PRESS

目 录

1 和梭罗一起采野果

1 引 言
6 榆树果
6 蒲公英
7 柳絮
7 菖蒲
9 柳叶蒲公英
10 槭树翅果
11 草莓
20 虫瘿结节
21 柳树
21 棠棣
25 矮灌早熟蓝莓
32 红色矮脚黑莓
33 人工种植樱桃
34 树莓
35 桑葚
36 茅莓

37	高灌蓝莓
44	低灌晚熟蓝莓
46	黑越橘
78	臭臭的红加仑子
79	红接骨木果
79	北方野生红樱桃
80	萨尔莎
80	低灌黑莓
83	野生鹅莓
84	金丝桃
84	麦类
86	凤仙花
87	野生冬青
87	芜菁
88	芝菜
89	阿龙尼亚苦味果
91	臭菘
92	沙樱
93	龙血树果
94	玉竹果
95	高灌黑莓
96	美国稠李
98	红豆杉
99	野苹果
125	宝塔茱萸

126	常绿悬钩子
126	偃毛楤木
127	欧白英
129	延龄草
130	茱萸草
130	黑樱桃
131	黑加仑子
131	狗舌草
132	蓟
135	糙叶斑鸠菊
136	酸蔓橘
141	西瓜
146	接骨木
147	晚熟越橘
148	齿叶荚蒾
148	李子
149	毛果越橘
150	厚皮甜瓜
154	马铃薯
159	红荚蒾
162	欧洲花楸
163	白果山茱萸
164	主教红瑞木
166	滑麸杨
167	锯齿草

168　早蔷薇
168　柳叶菜
169　梨
172　桃
173　腐肉花
174　海芋
176　美洲商陆
177　落花生
179　欧洲桤木
181　甘松香
181　香蒲
182　荆棘
184　泽兰
185　双叶黄精
185　伏牛子
190　红皮西洋梨
191　辛辛那提山茱萸
191　木绣球
193　毒盐肤木
194　南瓜
197　蔓虎刺
198　毒漆树
199　野生葡萄
206　假菱蕤
206　金钱草

207	榛子
211	大花延龄草
212	豌豆
213	豆
213	欧洲酸蔓橘
221	黄樟
222	灰胡桃
223	合果苹
223	梭鱼草
224	百合
225	锦葵
225	花状悬钩子
226	曼陀罗
226	绿石南
227	弓木
227	糖罐子
229	美洲高山岑
230	矮橡树果
233	红橡树果
235	黑橡树果
235	白橡树果
238	一般橡树果
242	釉彩延龄草
243	蓝果树
244	白松

248	野扁毛豆
248	鹿草
249	金缕梅
249	岩蔷薇
250	龙葵
250	猪屎豆
252	沼生菰
252	各种野草
253	毛榉
254	秋蔷薇
255	熊果
255	滨梅
256	马利筋
260	寒热树
261	山柳菊
261	香杨梅
262	铁线莲
263	七叶树
263	宾州杨梅
264	斑叶毒芹
264	椴树
265	美洲悬铃木
265	金钟柏
265	糖槭
266	木槿

266　玉米

270　佛罗里达茱萸

271　温桲

271　鬼针草

272　芹叶钩吻

272　黑云杉

273　落叶松

273　朴树

274　板栗

283　各种核桃

288　雪松

288　平铺白珠果

291　黑核桃

291　黄桦

292　粗皮山核桃

292　朝鲜蓟

293　白桦和黑桦

295　北美脂松

301　杜松子

302　冬天的野果

303　结语

313　译名对照表

和梭罗一起采野果

梭罗的生平、主要成就、思想体系等，人们知道得很多，就不在这里多说了。这里只想简单介绍一下这本书是如何成书，又是如何在作者去世一百多年后得以出版的。当然，作为本书的译者，还希望能为并非梭罗研究者的读者提供必要的资料，帮助他们更好地欣赏、理解、利用这本书，达到更好地解读梭罗的目的。

梭罗一八六二年五月六日早上逝世于马萨诸塞州康科德市缅因街的母亲家中。结核病在当时是不治之症，梭罗因患此病身亡，时年四十四岁，可谓英年早逝。他留下的精神遗产包括许多手稿，其中就有这本一百三十多年后才出版的《野果》。

梭罗提笔写《野果》是在一八五九年秋，但该书的构思和资料收集早在九年前就开始了。一八五零年夏，他搬进父母家刚装修过的小阁楼顶层（他和父母及妹妹住在一起），在这里，他每天除了写作和阅读，还总会进行长时间的散步。这时的他正好一下多了许多闲暇——此前五年里，他写了两本书：一本是一八四九年刚出版的《康科德与梅里马克河的一周时光》(A Week on the Concord and Merrimack Rivers)，另一本是一八五四年出版的《瓦尔登湖》(Walden; or, Life in the Woods)。一八五零年十一月六日，他在日记中写道："我觉得心里有种想法成熟了，但就是不知道那是什么，权且放到一边不管。"同年，他还在日记中写道："我的天职就是不断在大自然中发现上帝的存在……"

已经出版的那两本书当时销路并不好，所以他还得为别人做些田野调查以补贴生活，也就是在这时，他开始对自然科学，尤其是植物学，产生了浓厚兴趣。他在帽顶做了个小储物架（他风趣地称作"Scaffold"），这一来就能把有趣的植物标本采集后带回家。散步时，他还常常带一本介绍植物的书，以便随时查阅。到了一八五零年十一月中旬，他已不再像以往那样经常扯掉日记本中一些写过的东西，而是频频记下观察结果，甚至还索性把一些笔记和书上相关部分剪贴到日记上，省得抄起来麻烦。十二月，他当选为波士顿自然史学会通讯员，如此一来他就可以利用该学会藏书丰富的图书馆了，这为他的素材整理提供了方便。六年后，回忆起自己对自然科学产生兴趣这一戏剧性变化时，梭罗写道：

记得当时我看着湿地，心想：要是我能认识这里所有的植物该多好！要是我能叫得出这里的一草一木该多好！……我甚至想到要进行系统学习，从而能了解这里的一切……真没想到两年以后我就轻轻松松做到了……我很快就开始对植物进行密切观察，记下它们何时长出第一片叶子，何时开了第一朵花。不论早晚，不计远近，我都认真观察记录，就这样持续了好几年……我跑遍家乡方圆三十英里的地方。有的特殊植物长在离家四五英里远的地方，而我为了能确切知道它的开花结果，半个月会去观察十余次，同时还要去不同方向的其他地方观察另一些植物……

一八五一年春天，是梭罗将兴趣转向自然科学的重要时刻。当时他已经开始读一些自然史的著作，并买了一个笔记本（他自称为"普通笔记"）做读书笔记。虽然这时他还没有意识到自己心中的那个"成熟想法"是什么，也不知道实际上这将是一个多么宏大的项目，但他仍着手从自己日记中整理出一篇演讲稿，即《行走或者去野外》(Walking, or the Wild)，并于当年四月二十三日在家乡进行了演讲。（"演讲结束时，掌声大作，经久不息"——据他日记记载。）后来的几个月里，他着手画表格，列目录，标出每一季要注意观察的植物和自然现象。正好这年春天，史密斯学会向全国发出公开信，向所有能记录不同季节的自然现象的人征集时令观察结果。这封信中列了一百二十七种植物，既标出了它们的拉丁名字，也标出了英文名字，要求观察它们的开花日期等。

　　史密斯学会的目录和梭罗自己收集的植物清单惊人的相似。这极大鼓舞了梭罗，也为《野果》的写作奠定了基础。为此，他还阅读了许多植物学家的著作，学习他们的观察记录方法。就这样，梭罗开始了为期近十年的观察记录，为后来《野果》成书准备了详实丰富的素材。而这一准备工作也使梭罗的思想产生了变化……近十年的认真观察和仔细记录，梭罗对自然的认识也越来越深化。一八五一年，在一次演讲中他介绍自己对大自然的观点："整个世界都在大自然中得到保存和养护。"十年后，他进一步意识到大自然促使我们改变了对自身和生存环境的看法，并因此促使我们动手保护这个世界。在《野果》的《欧洲酸蔓橘》一章里，他写道："于我，大自然就像位圣女。落下的流星陨石或别的坠落天体，世世代代都受人膜拜。是啊，跳出日常生活束缚，放开目光，就会把整个地球也看作一块巨大陨石，进而虔诚地跋山涉水去朝拜它、供奉它。"他在本书结语中还提出应当尽可能保持原生态森林，这不仅有利于人们认识自然，还能进行有益身心的休闲娱乐。

尽管花了很长时间，梭罗临终前仍未能完成《野果》。去世之前，他将《野果》的手稿用一张厚厚的纸包起来，仔细捆好，和其他数千页的手稿一起放进一个小柜子。（这些都是他多年的心血精力，其中就包括《野苹果》。）在梭罗的葬礼上，他的恩师兼好友爱默生称这本书是"未完成的任务"，并对此作了这样高的评价："该著作的工作量非常大，但作者早逝使其无法完成……我们的国家痛失了一位了不起的儿子，其损失无法估量。无人能胜任这一未完成任务的续写工作，令人扼腕。但也唯其如此，我们更感到作者的高尚灵魂，尽管作者在世时我们已经认识到这一点了。"

一八六二年五月，梭罗去世。当时这些手稿应该是有条有理的。但七十八年后，也就是一九四〇年，这些手稿被送到纽约公共图书馆后，那只柜子不见了，《野果》手稿的纸包也被打开了。原来，在被纽约公共图书馆的贝格（A. Berg）专馆收藏之前的七十八年间，《野果》连同梭罗的其他手稿已转手多次，最早是一八七六年由作者的妹妹索菲娅转交给梭罗生前好友布莱克，此人二十年后（1896）又交给梭罗生前认识的哈洛·罗赛尔，这以后就被书商收入（一九〇四至一九〇五年），又经过两道珍本收藏机构（William Bixby Collection，一九〇五至一九三四年；W.T.H. Howe Collection，一九三四至一九四〇年），才由纽约公众图书馆贝格馆一九四〇年收入，收入时在目录上登记为"果子的笔记"（Notes of Fruits）。这一来许多页手稿就放乱了，为日后整理造成很大困扰。

不过，《野果》一书之所以直到一九九九年才出版还有许多不得已的因素，手稿被放乱难以整理固然是一个很大的原因，梭罗的笔迹出了名的难辨识也是一个原因。尤其在他生命最后的几年里，他写后都不曾好生誊抄整理，随想随写，信手涂改，非常凌乱潦草，就连研究梭罗的专家、学者也感到难以辨读。一九九三年，岛屿出版社（Island Press）整理出版了梭罗另一部著作《种子的传播》（The Dispersion of Seeds），事情有了转机，人们看到只要下工夫，梭罗晚年的手稿是可以整理的。另一方面，出版商也看到梭罗的读者是一个巨大的值得开发的市场。更重要的是，《种子的传播》一书还得到许多科学家、环境学家、艺术家和学者的高度评价，认为梭罗晚年的作品意义重大，而且文笔优美。于是出版商开始考虑这本《野果》，而学者也有了整理的信心，就这样，在梭罗去世一百三十多年后，《野果》的手稿得以整理出版。

这本书堪称梭罗的最后遗作，它不仅充分展现出梭罗对大自然的热爱、观察和神圣感，还是研究梭罗的重要资料。今天读者能读到这本书，要感谢的第一人就是马萨诸塞州梭罗学会媒体中心的负责人布兰德利·P·迪先生，是他花了几年时光，不辞辛劳破译梭罗的笔迹，仔细查阅了梭罗的日记、笔记及梭罗提到的那些著作，才终于将这本因页码凌乱难以成章、字迹潦草难以卒读而未见天日的手稿整理成书。做这样一项工作，需要过人学识和敬业专注，还需要对梭罗的尊重和敬爱，以及愿意默默付出而让大师思想惠及天下人的奉献精神。当然也要感谢纽约公众图书馆的贝格馆。他们可谓功德无量。

即使在美国，梭罗的举止也很不容易让人理解，其中一个原因就是他无论写什么都是自己切身体验加上精密思索。曾经有很长一段时间，他在瓦尔登湖旁搭建小屋独自生活；又有很长时间，他把自己"囚禁"起来，以示对当局不公正行为的抗议，并为废奴运动和人权疾呼奔走。这本《野果》标志着梭罗生命的第三阶段：转向对自然科学进行研究的阶段。他一如既往，倾其心血和时间来做这件事，本书也是这个阶段的代表性成果。

梭罗固然希望我们后人读这本《野果》时能从更多更广的角度进行思考对比，但他当时更是怀着一种对家乡、对祖国的热爱来写这本书的。一八五九年，他开始整理《野果》初稿。十月十六日那天的日记里，他写道，当天看到河边有一处麝鼠的洞穴，他认为这正是"每年都会看到的现象"，应当"用寓言或别的方式写进我写的美国《新约》里"。他还痛感美国在当时被欧洲和英国人轻视，决心要借这本书证明美国的地饶物丰，证明美洲人早在欧洲人到来前就已有了先进的文明和文化。这本书中洋溢着对家乡和祖国的热爱和自豪，想必读者今天仍能感觉到。

即使在美国，梭罗的著作也不是那么容易让人理解，但这并不妨碍他成为人们喜爱、尊敬的作家。诚如研究梭罗的学者布兰德利·P·迪所言：从他的著作里，学生可以学到妙语生花的比喻，历史学者可以了解到他对废奴倡导者约翰·布朗的态度，哲学家可以理解他改良主义的真知卓识，植物学家会联想到当今全球变暖的利害。

新英格兰人文风情和梭罗的思想成长之关系，聪明的读者自然明白。我们的中学历史教材就讲过美国独立战争的发源地即马萨诸塞州的首府波士顿，新英格兰当年在北美地区最早表现出要从英国统治下独立的意志，十九世纪又在美国废奴运动中发挥了重要作用，也是北美工业化最早的地方。还值得一提的是，它还是美国最早实行义务教育的地区，人文思想始终走在前面，大家非常熟悉的哈佛、耶鲁也都在新英格兰（哈佛就在马萨诸塞州的剑桥市）。这样的大环境，加上有爱默生等人做良师密友，以及自身的悟性和聪慧，成就了梭罗。但我国大多地区的读者，尤其是长江中下游和华南一带的读者读到《野果》中八月霜冻、六月春暖花开，不免有些意外；所以了解一点新英格兰的气候有助于理解这本书里谈到的自然现象。

新英格兰位处美国东北部，濒临大西洋，和加拿大的部分区域接壤。十七世纪初，英格兰的清教徒为了躲避欧洲的宗教迫害来到这里，属美国最早开发的地区，故得名。这个地区包括康涅狄格、马萨诸塞、罗得岛、佛蒙特（青山州）、新罕布什尔和缅因州。通常在地域概念上，人们还将加拿大东北大西洋一部分也算在该区域里。受地理位置影响，新英格兰的气候复杂多变，难以预测，但总的来说春季潮湿多云，夏季短促，秋天来得早，冬季漫长。这里的冬天不但走得迟，还有大量降雪（年降雪量多在2500mm左右）。由于夏天短促，这里的树叶变色也早于美国其他地区，因而成为著名的旅游风景地。

一开始我并不敢译这本书，除了深知自己才疏学浅，译不好大师的著作会有负疚感，还怕文字理性太多、引经据典太多而译得费神，所以起初很坚决地拒绝了这个差事。最后转了个圈，这本书又回到我手上，没曾想，这反倒成为我这么多年来唯一一本译得很快乐的书。作者的热情和叙事的朴素感染了我，借翻译此书，不仅有机会再读大师，更重要的是被作者对生命中美好事物的敏感而感动。这本书的翻译在春天开始，译稿进度和春天的脚步大体一致，在翻译中我常常会心而笑，不被作者感染还真难。前面说到不同的人读这本书会有不同收获，而我好像一直和梭罗一起在湿地、山间、树林游走，顶着烈日或冒着冷雨，兴冲冲地采摘野果，把它们装进衣服口袋或帽子，乐在其中。

这本书还有助于读者更好地理解梭罗。大多数人因为《瓦尔登湖》知道梭罗，加之了解他与先验主义哲学家爱默生的师生兼好友关系，容易误读梭罗，以为他是个隐士，抬头只看星空，低头只看湖水，平视眼里只有瓦尔登树林。这样一来反而忽略了《瓦尔登湖》记录的是如何更好地观察、分析从自然界里得来的信息、阅历和经验，从而探索人生，思考人生，阐述人生的哲理，并用更积极的方式展开人生，超越人生。这种忽略和误解，还使我们往往把他在瓦尔登的生活当成在世外桃源逃避压力的样本，觉得他讲得再好，也很难效仿（如果不是友人爱默生买下那块地让他去盖房居住，他本人也很难身体力行），所以更自惭形秽。《野果》能让我们明白他多么热爱生命，而他的学养、天赋和明达又使他在热情拥抱自然时，能深刻地审视人与自然的关系。我们可以会意到：每个人心中都有盏灯，如果愿意点亮，就能从平凡生活中获取更多喜悦，也会拥有更多经验，生命于是得以扩展。

我们中大多数人不专门研究历史、不穷其一生思考哲学、不能理解有机化学和二氧化碳及臭氧，也许还缺乏精英们那种批判反思意识，不能明确意识到梭罗也对工业化和后现代文明做出了多么富于远见的批判，但这不妨碍我们分享梭罗的思想成果。多年后，我们仍能从这本书里读到生命、生活和自然，分享作者在自然中的喜悦和充实，唤醒对自然和生命的感恩。

读一本好书犹如行一段美妙旅程，旅行结束后，虽然你的空间看起来还是那样，但微妙的变化却从而产生，你的思考和行动也多少会有些变化。读这本书也有如走上一段旅程，虽然没有波澜壮阔、惊险曲折，却有无数的乐趣令人回味，因为我们的导游和同伴是梭罗。这本书里的梭罗与《瓦尔登湖》的哲人相比，更像个可亲可爱的游伴和植物学老师。听他娓娓道来，觉得身边一切草木这样可爱、和谐、宝贵，原来生命就是这样相互依赖、相互扶持。这本《野果》除了读着轻松，还可以成为野果词典或采摘指南。

我生怕将一些植物名称译错，所以特别将原文标示的拉丁名字或英文保留，诚恳希望专家能批评指正。另外原版中对非英文的拼写一律斜体化，译文也同样处理。

最后向梭罗的忠实读者发布一个信息：如果你也喜爱梭罗的人和文字，不妨考虑加入梭罗学会（Thoreau Society）和瓦尔登森林工程（Walden Woods Project），二者皆为非营利性组织，旨在保护和继承大师精神遗产。梭罗学会在研究梭罗的组织中可谓历史最悠久、成员最多的一个，旨在鼓励人们研究梭罗的生平、作品、哲学，征集手稿等。学会有期刊，以发表相关整理和研究成果。瓦尔登森林工程则为慈善公益机构，目的主要有两个：一是保护瓦尔登一带的生态和历史文物；二是支持梭罗研究中心（Thoreau Institute，位于瓦尔登湖半英里处，为一研究教育机构）。欲了解更多详情，可登录网站、电话或去信。网址：www.walden.org；通信地址：44 Baker Farm, Lincoln.MA01773-3004 U.S.A.；电话：(800) 554-3569。

  拿起这本书，再拿起一只篮子，走，和梭罗采野果去。

石定乐
于地山书房

引 言

  时至今日，虽身居其中，对家乡的土地有些什么宝贝，大多数人还是未知。这些土地有如大海中的小岛，等待航海的人来开发、探险。任何一个午后的散步，都可能会发现一种过去从没见过的野果，而这种野果的甘甜滋味和漂亮色泽也会令我们惊叹不已。我本人散步时就发现了一些，其中几种的学名和俗称，我至今仍然一无所知。由此可见，我们身边尚不为人知的野果，即使不是无穷无尽，也堪称数量可观。

  康科德有很多地方都不起眼，我就专到这些地方寻找搜索。那些静静的溪流和湿地，那些树木茂密的小山冈，都是我的新发现；在我眼里，它们不亚于探险家眼中印度尼西亚的斯兰岛和安汶岛。

  在我看来，市场上那些从南方或东部运到这里的水果，比如像橘子、柠檬、菠萝等等，还是不及那些不起眼的野浆果有吸引力。它们成熟的季节到来之时，我从不放过任何机会去野外采摘它们，能尝到它们的美味也是野外旅行的乐事。我们煞费力气将一些树苗移栽到自家门前的园子里，眼巴巴盼着树苗长大结出美丽的果实。殊不知，在美丽上不差分毫的浆果就在不远的野地里，我们却偏偏看不到。

  热带生长的果实适宜在热带食用。离开热带，其绚丽色泽和甜美味道总要打折扣。运送到此地，只有来到市场上的人才会打量它们。可是对我这个新英格兰长大的人来说，色彩养眼、酸甜诱人的并不是什么古巴橘子，而是就长在邻家牧场上的平铺白珠果。洋派的出身、丰满的果肉、丰富的营养，所有这些都不见得一定使某种果实的绝对价值增值。

可以买得到的水果对我们吸引力不够，那些做议员的或是只会享受现成的人才非吃到它们不可。成为商品的水果不但不如野果那样能激活想象力，甚至能令想象力枯竭萎缩。如果硬要我做选择的话，我宁愿选十一月里冒着寒冷散步时，从褐色的泥土上拾到的一颗白橡树籽，那种放到嘴里嗑开后的滋味远胜于精心切成片的菠萝。当然，南部的名媛可以继续保留菠萝，而我们有自己土地上的草莓就心满意足了。据说食用菠萝时要将"快成熟的草莓"打成泥后涂抹在上面，口味和果香会非常美妙。不妨请教高贵的女士，那些从海外运到英格兰的橘子，与树篱上的蔷薇果和越橘相比又有什么短长？她或许能轻轻松松说出其一，却绝对不能说出其二。那就去翻翻华兹华斯[①]的诗集吧，或任何她读过的诗集也行，看看诗人怎么分的高下。

与加工方法的繁简和食用方式的雅俗无关，这些野果的价值只在于人们看到它们后的视觉快感和心理愉悦。仅看看"果实"（fruit）这个英文单词的来源就可以证明此言不虚。这个英文单词源自拉丁文"fructus"，本意是"可适当利用或能用来取悦的事物"。即使这不是事实，"采浆果"（go-berrying）和"逛市场"（go-

---

[①]华兹华斯（William Wordsworth，一七七〇至一八五〇年），英国"湖畔派"诗人。

marketing）这两件事给人带来感受也是相似的。话说回来，无论扫地还是拔萝卜，从事任何工作时是否兴趣盎然都取决于你的心境。比方说桃子吧，不用说是色香味俱美的东西，但在桃林里收获桃子只是为了拿到市场上去卖，决不会像在野外自娱自乐采浆果那样快活自在。

花了大把银子造船，添足设施，雇来壮汉、童工，然后出海驶向加勒比海，又过六个月后满载菠萝返航。如果这次航行只是为了带回这些东西，就算这次航行"赚得盆满钵满"，我也觉得远不如孩子第一次去野外采浆果有意思。虽然后者带回家的不过是勉强盖得住筐底的越橘，却因为走到从未涉足的地方而体验到成长。报纸和政客们都会另有一番正儿八经的话要说——什么要人也抵达了，又叫出什么价格了——但这都改变不了这个事实。我还是认为野外采越橘的意义大过前者，是一项产出重大的活动，那些报纸编辑写的、政客们说的统统是一纸空言。

衡量任何一项活动的价值都不能凭它最后盈利多少，而应该看我们从中得到多少长进。倘若新英格兰的一个男孩摆弄橘子或菠萝得到的长进大于采摘越橘或拔萝卜，那么他就完全有理由把前者看得高于后者，反之亦然。那些异地运来的水果固然好看，却和我们的关系并非那么密切；令我们感到亲切的是那些我们亲手采摘来的果子，为了采摘它们，我们不惜花整整一个下午远足到湿地，不畏攀越山岭的辛苦，就为了尝鲜，就为了能在家里款待友人。

一般来说，得到的越少越快乐，越感到充实。富家少爷能得到可可豆，穷人小子只能得到花生豆，这倒没什么；糟糕的是小少爷压根不会打理可可豆，到末了也不晓得怎么榨出可可油，而穷小子就能把花生做成花生酱。在贸易活动中，果实被夺去的往往是其最原始、最粗糙的形式——它的梗，它的荚，因为大自然顾不上精细柔美。就这样，被去梗脱荚后装进货舱，运到异国，扣了税后终于上了货架。

这是不可辩驳的事实，即在贸易中你不可能只抽出果实中诱人的那一部分来买卖，也就是说，果实最有用和最让人愉悦的部分是无法买卖的。对其进行采摘加工的人能感受到的那种快乐是你买不到的。好胃口也是无法买卖的。简言之，正如你可以用钱买到一个奴隶或奴仆，却永远买不到一个朋友，果实也是如此。

芸芸众生总是容易上当受骗。他们总爱走老路，而老路上总有这样那样的坑坑洼洼和陷阱，他们注定了会掉进里面。为数众多的青年一心要投身商务，更不用说那些教会人员和政界人士了，这都不应遭到轻视。那么对于教会和国家来说，草原上那些紫色的杜松子除了有美学欣赏的意义，还有什么别的意义吗？杜松子果受牧人喜爱，此话不假，但凡生活在乡村的人都喜欢它们，却没听说有什么地方的人采取什么行动保护它们。谁看到它们都会悉尽采摘，不留半个在枝头。可既然被当做商品买进卖出，它们也理应得到文明的呵护。英国政府铁定代表英国人民，就问问这个政府吧。"杜松子有什么用？"这个政府一定这么回答："可以做杜松子酒。"我从一篇报道中读到，为了酿制杜松子酒，"英国每年从欧洲大陆进口的杜松子果高达成千上万吨"。"可就是这样大量的进口，"该报道作者写道，"仍远远满足不了消费者对这种烈性酒的巨大需求，以致不得不用松脂来填补杜松子不足的缺口。"这样做对杜松子就不是适当利用了，而是滥用，是糟蹋。任何一个开明的政府（如果的确还有这么一种政府的话）都不应该掺和进这种事情里。就算一个牛仔也比这个政府明白得多。我们要明白是非，实话实说。

这一来，也千万别以为在新英格兰生长的果实都卑微低贱，不堪为人称道，只有那些生在异国他乡的才身价高贵，值得流芳百世。对我们来说，本土所生所长的东西，不管是什么，都比别人那里生长的意义更重大。我们借由这些本土生长的果实能在家乡学习知识，滋养身体。相对进口的菠萝、橘子、可可和杏仁来说，家乡的野草莓、野苹果、胡桃和花生对我们增长见识起了更大作用，且不说单就口味和香气评比来说后者也会稍胜一筹了。

如果认为我这样未免显得格调不够，且听我引用古代波斯国王赛勒斯的一句话："佳果丰饶之地，绝非英雄勇士之出处，此乃天意。"

以下介绍的野果按笔者的观察顺序一一道来。

榆树果

　　五月十日之前（大约在七日到九日之间吧），翼果形状的榆树种子里开始伸出嫩叶样的东西。这一来，还没发芽长出新叶的榆树上就像密密麻麻落了一群小蚂蚱。在所有的乔木和灌木中，当数榆树结籽最早吧。它们未免也太性急了，以致没有落到地上时总被人当做真的新叶呢。我们大街上最早的树荫就是它们的功劳吧。

蒲公英

　　约莫就在这个时间，在人迹罕至的地方，还有土壤含水多的河岸边，人们还发现那些地方不仅草长得更绿了，而且到处都可以看到蒲公英的种子。也许我们还没来得及多看，它们就早早捧出那些嫩黄的小花盘了——蒲公英种子就这样长成并包裹在可爱的球里。男孩儿总忍不住要使劲对着这些小毛球吹气，据说这样做可以预测自己的妈妈是不是需要自己去帮个忙，搭把手——如果能一口气把小毛球吹得一下全部飘散开，那就是说还不用赶着去帮忙。第一次看到这些绒毛毛在空中轻盈自在地飘呀飘呀，渐渐落下，真是开心。这正是大自然一年中对我们发出的最早提示,即人生是有义务承担的。这一招真是棒,又快又明确,对于这般造化神功,人类望尘莫及。到了六月四日,蒲公英已经把种子播撒在茂密的草丛中了。放眼望去,无数毛茸茸的小球点缀着草地,孩子们开心地拔下蒲公英多汁的梗子做指环玩。

柳絮

到了五月十三日,树林外围暖和的地方,垂柳醒得最早,迫不及待地抽出了一条条嫩枝,每条约莫一到两英尺。柳条上挂着三英寸长左右的柳絮,乍看上去还以为是些虫子呢。和榆树的果实一样,柳絮的颜色也是绿浓浓的,会被人当做柳叶。柳絮散开后纷纷飘下。如果说最先播种的是榆树,那柳树就是第二。

又过了三四天,杨柳科柳属中最袖珍的高地矮柳又开始飘柳絮了。这些树往往比白杨和岑树更喜欢干燥,所以总长在地势高的地方。矮柳的柳絮通常在六月七日前就飘尽了,种子就此播下。

菖蒲

才不过五月十四日,河畔的菖蒲就在长出叶子的支干分叉处冒出了一些细细的小东西，这些小东西绿绿的，是菖蒲的果实也是花苞。我常拔出菖蒲，吃它的嫩叶。早年的植物学家杰拉尔德[①]曾这样描述道："菖蒲之花形狭长，极像香蒲之花，浅褐色；粗细与普通芦苇相仿，长约一寸半，绿中带黄，深浅斑点交织，犹如用绿、黄两色丝线精心穿插绣成，令人称奇。"

五月二十五日这天，菖蒲的花苞虽已怒放，但花蕾仍然柔嫩，十分可口，足以让我这样饥肠辘辘的行人果腹解馋。这时的菖蒲刚刚露出水面，我就常常移舟靠近它们集中的水域，进行采摘。连孩子们都知道，越靠根部的叶子味道越好。麝鼠喜欢吃菖蒲，孩子们的喜欢程度也不差。六月里，我常看到孩子们一大早就出发，去采集菖蒲，哪怕要走一两英里也不怕。然后，他们带回大捆连着叶子的菖蒲，回到家后再悠悠闲闲地把叶子扯下来。六月过了一半，花谢籽结了，菖蒲也就不好吃了。

春天，揉搓一下菖蒲嫩嫩的枝干，就能闻到沁人的幽香，妙不可言。这幽香该不是年复一年从潮湿的泥土里吸取来的吧。没错，准是这样。

杰拉尔德声称，鞑靼人（Tartars）一直对菖蒲的根非常看重，"他们对此看重到这一地步，没有浸泡过菖蒲根的水不能饮用。他们只喝用菖蒲根浸泡过的水"。约翰·理查森爵士[②]则告诉我们说："印第安克里部落的人称菖蒲为'*watchuske-mitsu-in*'，意思是'麝鼠吃的东西'。"美洲的印第安人用菖蒲的根治疗疝气，"将根切

[①] 杰拉尔德（John Gerald，一五四五至一六一二年），英国植物学家。
[②] 约翰·理查森爵士（Sir John Richardson，一七八七至一八六五年），苏格兰探险家。

成豌豆大小的碎粒，用火焙干或用太阳晒干，成人剂量为一次一粒……用于治疗儿童时，则将其碾成粉末，冲水服下"。谁小时候没有喝过这种苦药呢，当然，父母为了安慰孩子总会在吃药后再给孩子一块糖（不过克里部落的孩子就没有这种优厚待遇了），这恐怕是印第安人最古老的药方了。好吧，就让我们像麝鼠一样来迎接夏天吧。我们可以和麝鼠共享菖蒲，麝鼠寻找菖蒲时得到的乐趣就和我们寻找蒲公英一样。麝鼠和我们彼此倒是很相像。

柳叶蒲公英

　　大约是五月二十日那天吧，我看到柳叶蒲公英[①]结出了第一批籽，并和矢车菊一起各自将种子随风扬到草场四处，密密麻麻，草地几乎都被这些白色的种子染白了；这还不够，有些种子还落到池塘里，漂在水上。不像当初开花时那么贴在地上，这些小东西现在可高多了，让我们这些采花的人得费力弯腰。这种具有与生俱来的英国气质的植物，在杰拉尔德笔下被这么描述："这些草只长在不适于进行栽种的地方，如河边的沙地，只要阳光充足就能生存。"

---

①柳叶蒲公英，又名鼠耳草。

槭树翅果

五月二十八日上午,我看到银槭结的翅果漂在水上。被杰拉尔德称作来自欧洲山地的"了不起的槭树①之果"的就是这些东西。在对槭树的花进行了一番描述后,这位植物学家如是说道:"花期过后,枝头就挂上了这种长形的果实,它们对生着,彼此紧贴,除了连接处的果仁明显突出,整个果实都扁平犹如羊皮纸,亦如蚂蚱腹部的那对薄膜。"

二十日左右,银槭上的翅果就很明显了。这些翅果不算小,长约两英寸,宽约一英寸半,呈绿色,翅果靠果翼处的边缘呈波浪纹,看上去就像马上要产卵的绿色大蛾子一样。到了六月六日,这些翅果已经落了一半。据我观察,槭树果落下的时间正好是天蚕蛾破蛹的时间,那一阵,在河面上总可以看到天蚕蛾的蛹壳和破碎的槭树果囊。

红槭的翅果长度不及银槭的一半,美丽却远胜于后者。五月,大多数枝头繁花似锦,而红槭树上的翅果不是花却胜过花,美得令人驻足。随着果实渐渐长大,红槭树就像赤桦一样,似乎被染成了棕红色。五月中旬,洼地周边的红槭果实逐渐成熟,成为那一带最养眼的一道风景。在阳光好的日子里看过去,比满树锦绣还耐看。

现在,我站在洼地中的一个小丘上,观察到一株树龄不长的红槭在根部向阳那一侧长出了许多枝丫。这棵树上的果实颜色很鲜亮,深红中又带点粉色,垂下来足有三英寸长。挂满这些对生果实

---

①槭树是槭树科槭属树种的泛称,其中一些俗称为枫树。

的树枝努力向天仰起后再柔婉地往下，线条优雅动人。树枝的颜色比翅果稍微深一点，任意地向四周伸出，在微风中轻轻颤动。

像棠棣属类的花叶一样，槭树结果也远早于长叶，甚至远早于别的树。刚进六月，这些果实就长在枝头了，但这时大多数果实还不是深红色，而是较浅的红色。它们变成深红色要等到六月七日左右。一到六月，大多数树都进入花季，并开始结果。这时现身的还有青葡萄。

草莓

若说好吃的果子中，一年中就数草莓成熟最早。进入六月的第三天我就发现它们了，不过多数果实还要再等一个星期才能成熟，也就是十日左右，这仍比人工栽培的上市时间要早一些。草莓口味最佳的时候是在六月底，但草场上的草莓还要推迟一周左右，甚至到了七月还能在草场上采到。

塔瑟[①]终身坚持只为最辛苦的农业劳作写诗，就连他也不禁在《九月》中用朴实的文字吟唱道：

贤妻，快到园里，辟一方地，

栽下草莓，须知此物非寻常，弥足珍惜；

[①]塔瑟（Thomas Tusser，一五二四至一五八〇年），英国农民诗人，诗风简明朴质。最著名的作品是诗集《耕种的百利》（*A Hundred Good Points of Husbandry*，一五五七年）。

> 藏身荆棘，千般寻得，
> 精心侍弄，温柔采摘，果中佳品，此言不虚。

植物学界前辈杰拉尔德曾非常生动地描述英国草莓，虽然那是一五五九年之前的事了，但仍可用来形容今天的本土草莓：

> 草莓的叶子匍匐在地上，有匍匐枝，复叶，小叶三片，椭圆形，边缘具缺刻状锯齿，呈绿色，至顶端渐趋白色。花白色或略带红色，每花另由五片小叶组成花托。花托中心淡黄，以后增大变为肉质。其色红，然味不同于桑葚，近似山莓，有酒香，肉质部分多汁色白，藏有小籽。草莓植株矮小，有短粗的根状茎，逐年向上分出新茎。

他还对草莓的果实进行了补述："就其营养来说，充其量只是点水分，食用后没有及时排出会令人不适。"

五月十三日那天，我看到的草莓还是青青的。又过了两三日，我散步爬上一座光秃秃的小山，然后下到南坡，因为这里多少干燥点，故间或有些低矮的树木，不那么光秃秃。就在这样的坡地上，我眼前一亮——看到了草莓果的身影。于是我立马喜欢上了这地方，在这样一个贫瘠的山坡上仔细寻觅，发现在最干燥也是阳光最无遮拦的地方，总会有零零星星的几株草莓，挂着红红的草莓果。我把这看成是成熟的红色，其实每个果子只是向阳的部分红了而已。后来，在铁道路基的沙石处我又看到一株几乎被完全压住的草莓，甚至在一个牧场的大坑里的沙子中也能发现它们。好像天意也要珍藏这些宝贝，草莓附近总会有些植物垂下泛红的叶子，如不刻意留心，即使挂了草莓果也很难发现。瞧，它们就是这么生性谦卑，匍匐而生，犹如不起眼的地毯。这样贴近地面而生又能食用的野果，大概只有这些在高地最先结果的草莓了。不错，蔓状苔莓也是这样挨着地面蜿蜒，结出可食用的果实的，不过这种果实需煮熟加工后方能入口。

还有什么样的清香和甘甜能和这精致的草莓果相比？它只是自顾自地在初夏时钻出泥土成长，从未得到人们的眷顾和照料。这种集美丽与美味于一身的天然食物何等美妙啊！我赶紧采摘这些野外结成的第一批果实，就算有些靠近地面的部分还泛着绿、有些酸青气，我也顾不上了。有的是挨着地皮结的果，所以吃起来还有泥土香扑鼻而来。我吃了好多，连手指和嘴唇都被染红了。

次日，我又来到这里，在草莓长得最茂盛、果实最甜的地方采了几捧熟了的草莓，或者说我硬要把它们当成熟的采下。不可避免的，我也第一次闻到了虫子的气味，甚至还吃进了嘴里；这是一种很奇异的虫子，属于盾蝽（*scutellarides*）一类吧。这种虫子的气味和园子里常见的一种虫子差不多，也算是这个季节捉弄了我一回吧。这种虫子，正如大家知道的那样，偏偏就喜欢爬到植物果实上，并留下自己特别的那种臭气。就像那种占着食槽的恶狗一样，尽做些害人又不利己的事，糟蹋了好果子，它自己半点好处也没得到。不知道冥冥中什么力量把它引到这些草莓身旁。

要找到最先结出的草莓，就得去草莓喜欢的这些地方——小丘旁，山坡上；对了，还有年年牛群过冬后出栏去牧场时，途中会因为要争当领头牛而一起发威，用蹄子使劲刨出的小沙坑里以及周边。有时，牛群刨地扬起的土让草莓也变得灰头土脸。

整个春天里，我都仔细观察，长期记录，却还是弄不清草莓缘何有着难以言表的独特香气。也许，那来自泥土里的芬芳，是千百年圣贤的哲理名言在那里酝酿而成。虽说果实是花开后才结，但我没有见到草莓开花。不过，可以肯定，由于这是大自然奉献的一年中最早的美果，所以必将春天里所有的芬芳馥郁都赋予了它。草莓来自天赐，岁月悠悠，其芬芳也悠悠。难不成每一颗果实的汁水里都浓缩了大自然的精华？

草莓早就因其香气和甘甜而美名远扬了，据说其拉丁文命名为"*fraga*"就是因为这一点。与平铺白珠果的香气一样，草莓的香气也是很多种香气的复合。一些常绿树的嫩枝枯萎后都散发出这种香气，尤其是冷杉树发出的特别浓郁。

几乎没人能明白说出到哪里才能找到这些早早结果的草莓。实际上，这是印第安人的古老智慧。在这个星期天的早上，他们之中一些被称作学徒的人正好从我眼前这条小路走过，目标是那些小山冈，我对此了如指掌。无论他们在什么样的工厂或作坊学艺，平日里深居简出，一到草莓结果的季节，他们就冒了出来，把这些果子采到怀里，如同前面提到的那种虫子一样绝不错过。这是他们与生俱来的本事。只有他们有，其他人无论如何也得不到真传。我们一般人几乎没法抢在他们前面。

那些种在园子里的草莓，用筐装着放在市场出售的草莓，还有那些精于算计的邻居称好放在盒子里卖的草莓，都无法吸引我。我心仪的草莓是那些在干燥坡地上一簇簇、一丛丛野生的，它们自在天然，一看到就忍不住要采下捧在手中。没人雇园丁为它们浇水灌溉、除草施肥，它们却生机盎然，枝蔓匍匐着盖住了周边光秃秃的地面，点染得泥土也平添了几分红色。有的地方土壤贫瘠、寸草不生，却只有草莓生长，其枝蔓顺势蜿蜒，长达十来英尺，宛若一条红色的长带，好不叫人赞叹。当然，如果短期内不下雨，这些草莓也会旱死。

有时也会在另外一些意想不到的情景下采到草莓。一次沿河放舟，遇到了雷雨，只好匆匆将船靠到岸边。正好这片河岸是个大斜坡，我就把船翻过来当成挡雨的小屋，在船底下贴着地面躺了约莫个把小时。妙的是这样居然也发现了草莓——雨停了以后，我爬出小船舒展筋骨，踢踢腿，伸伸懒腰，就在那时看到五米之外有一小片结了果的草莓，每一颗都晶莹剔透，我连忙摘了吃得干干净净，一点儿也没剩下。

上苍赐予这种果实，我们却接受得多多少少有些不那么舒坦。六月已经过了一半，天气干燥却又常常雾气沉沉。看来，似乎我们从天堂下来后进入了混沌的俗世，清明不再，就连鸟鸣也少了生气和活力。这正是这种可爱小草莓的成熟时分，人们心中已没有那么多希望和愿景。由于已经分明看到希望遥不可及，人们不免有点伤感。天堂美景都随眼前的薄雾飘散，留下的就是星星点点的草莓。

我曾发现有的地方草莓很密集，但这样的草莓都叶子茂盛而挂果稀疏，这是因为旱季来临时营养大多都被叶子抽走了。只有那些匍匐于地势高处的草莓才能在旱季来临之前结出果实。

许多牧场上也常可看到密集生长的草莓，它们叶子过于茂盛，却不结果。不过有的牧场上的草莓叶子、果子都长得好，这种草莓丛一眼看去就很漂亮。七月里，这些牧场上的草莓也都熟了，引得不少人为了采集它们而心甘情愿地在长得高高的草丛里穿来穿去。千万别指望一眼就在草丛里看到草莓的果实，你必须费力拨开那些高高的草叶，在地面上搜索才行。它们扎根在一些太阳照不到的小坑里，而这时其他地方的草莓早因干旱而枯萎了。

虽然我们一开始不过是为了尝个鲜，但总会采得住不了手，结果指尖染上的香气和红红的果汁总要到来年春天才会消散。行走在这样一些地方，一年里能采到两三捧草莓就觉得收获颇丰了。我总是把成熟草莓和还没有红透的，甚至草莓叶子混在一起做成沙拉，而回忆这种沙拉味道时只对成熟草莓的香甜念念不忘。

在远离海岸的地方就不是这么一回事了，因为草莓喜欢凉爽的地方，那里的草莓多，并不稀罕。据说草莓的老家是阿尔卑斯山和高卢地区，但"希腊人却不认识这种东西"。往北走一百英里是新罕布什尔州，那儿的路边草丛里草莓数不胜数，毗连着新垦的荒地上的树桩周围，都有大量的草莓等着人去采。你简直想象不出那里的草莓有多么鲜活，多么茁壮。一般来说，有草莓的地方附近就有鳟鱼，因为适宜鳟鱼的水和空气也同样适合草莓生长，所以在那里的客栈里既可以买到新罕布什尔山地的草莓，也能买到钓鳟鱼的鱼竿。听说在缅因州的班戈市，炎热的夏天里，草莓跟草长在一起，虽然草长齐膝，人们却可以顺着草莓的芬芳找到它们。还是在缅因州，佩诺布斯科特的高山也是草莓丰饶之地，站在那些高山上可以看到十五英里以外双桅船鼓起白色的风帆在水面航行。上述地方除了银餐具较为少见，其余什么都非常富足，人们聚会时把草莓大碗大碗地放进牛奶桶，加入奶油和砂糖一起搅拌，大家人手一把大匙子围在桶旁,好不开心。

《北洋放舟》(*Journal to the Northern Ocean*)的作者赫恩[1]写道:"印第安人称草莓为'心果',因为草莓果实的形状像一颗心。甚至北至丘吉尔河[2]沿岸都能看到草莓,不但个儿大,而且味美。"他说得没错,尤其是烧过荒的地上长出的草莓最甜。据约翰·富兰克林爵士[3]说,克里部落的印第安人称草莓为心形果,而特纳[4]说奇普维部落的印第安人则称其为红心果。其实都是一个意思,就是像一颗心一样的果子。特纳说奇普维人常常能看见自己去了另一个世界,途中看到已故人们的灵魂围在硕大的草莓四周大吃特吃,于是就拿出大匙子也挖下一块果肉吃起来,可是吃到自己嘴里,草莓就变成了遍布苏必利尔湖区的那些粉红色岩石。在达科他方言里,六月又被叫做 *Wazuste-casa-wi*,意思是"草莓红了的月份"。

根据威廉·伍德[5]一六三三年前后出版的《新英格兰展望》(*New England's Prospect*)中的描写,当时这一地区野生草莓处处皆是,果实也大得多,但自从人们将其人工栽培并予以品种改良后就盛况不再了。"有些草莓,"他写道,"约两英寸大,一上午就可以轻轻松松采到一蒲式耳(约36升)。"何等佳果,本应生在奥林匹亚山上供奉众神,却也甘心用那朝霞般的红色为这儿的土地涂上一抹红晕,为其增添光彩。

---

[1] 赫恩(Samuel Hearne,一七四五至一七九二年),英国探险家。
[2] 丘吉尔河(Churchill River),加拿大东部的一条河,流程约一千六百零九公里,向东注入哈得孙湾,曾经是重要的毛皮贸易通道。
[3] 约翰·富兰克林爵士(Sir John Franklin,一七八六至一八四七年),英国皇家海军军官、北极探险家,曾绘出三分之二的北美洲北部海岸线图。
[4] 特纳(John Mallord William Turner,一七七五至一八五一年),最著名的风景画画家之一。
[5] 威廉·伍德(William Wood,一七四五至一八〇八年),英国神学家兼植物学家。

罗杰·威廉姆斯①在其著作《解密》（Key）中写道："英格兰一著名医生常说：只有上帝才能让草莓变得更完美，但上帝也没有这么做，因为草莓已经很完美了。有些地方，草莓已经由当地人进行栽种，我发现没几英里的地盘内收获的草莓就足以装满一艘大船。印第安人把草莓在研钵里捣烂后与谷粉和在一起，就这样做出了草莓面包……而且有好些日子都只好以这种面包为唯一的食物。"而《新法兰西自然史》（Natural History of New France，一六六四年）的作者鲍彻②告诉我们，在所有的新法兰西地区③，都盛长覆盆子和草莓；而《兄弟会北美传教史》（History of the Mission of the United Brethren among the Indians of North American, especially the Delawares，一七九四年）的作者罗斯凯尔④，在书中，特别是在"德拉瓦族"（Delawares）一章中如此说："这里的草莓不但多，还果实硕大，以至整个平原似乎都被覆盖在一方巨大的曙红布单下，好不灿烂。"一八〇八年，一个姓皮得斯的南方人，在写给费城某个协会的信中证实，弗吉尼亚某地有片方圆八百英亩的树林，上个世纪毁于一场火灾，此后那里就遍地生长着草莓，欣欣向荣。他做了以下陈述："凡此处所长草莓，皆丰茂兴旺。另据此地传言，草莓结果成熟之时，果香四溢，虽在远处，亦可闻及。更有人称草莓开花，四野缤纷，花朵坠地，凌乱成泥，时有精灵显现，虽未经证

---

①罗杰·威廉姆斯（Roger Williams，一六〇三至一六八三年），英国神学家。
②鲍彻（Pierre Boucher，一六二二至一七一七年），法国天主教传教士，一六三五年随其父至加拿大。
③新法兰西地区（New France），指十六世纪起到《巴黎和约》（一七六三年）前法国在北美的领地，《巴黎和约》签订后，法国所有的美洲领地都分给了英国和西班牙。新法兰西的最大疆域包括加拿大东南的大部分地区、大湖区和密西西比河谷。
④罗斯凯尔（George Henry Loskiel，一七四〇至一八一四年），摩拉维亚主教。

实,但众说纷纭,不可不信。此一美景引来蜂群无数,蜂鸣如歌,更催得花果茂盛。此处平原山峦,悉数被此物装点,而成为原野佳境,如诗如画。"

据新罕布什尔的历史学者们考证:"与当年还没被垦荒时相比,现在这里的草莓已经减少了许多。"其实,这里减少的不仅仅是草莓,还有乳酪。前面提到过,草莓的拉丁文命名"fraga"完全仗着它妙不可言的甜美香气,但一旦换成人们精心施过肥的土壤,这种芬芳便消失殆尽。要想得到这种圣女般纯正的果子,依然闻到这种神奇绝伦的芳香,就得到北方去,在那些清凉的河岸上寻找,太阳把光芒洒在那里时,很可能也把草莓的种子撒在了那里。也可以去东北的印第安阿西尼博因部落,传说那里的草莓无边无际,诱得马和水牛流连忘返;还可以去北极圈的拉普兰,有人从书里了解到,那儿低矮房屋背后高耸的灰色岩石上也"点缀着野生草莓的猩红——拉普兰的大地上到处都长着草莓,遍布四处的草莓甚至把驯鹿的蹄子都染红了,被染红的还有游客们乘坐的雪橇。那儿的草莓口味浓郁,甘甜无比,难怪沙皇专门派遣使者把那里的草莓千里迢迢地运到皇村夏宫"。拉普兰的日照不强,不可能催红草莓,所以那里的草莓不像其他地方的那样熟透。"草莓"这个名字实在有点土气,因为只有在爱尔兰和英格兰,人们种草莓时才会把稻草铺在土上。对拉普兰人和奇普维人来说,这名字实在不咋的。还是印第安人起的名儿好——心果。仿佛天意似的,初夏时咬开一个草莓,就真的像吃下一颗红彤彤的心,勇气豪情顿时油然而生,一年余下的漫长日子里就能面对一切,担当一切。

偶尔也能在十一月发现几颗草莓,这是落果后发出的新枝结的果。

这些意外长出的果实红若夕阳,难道不是对那些朝霞的回应吗?

虫瘿结节

当橡树刚刚开始长出新叶时,各种各样形同果实的虫瘿结节也出现了,比如说假越橘(huckleberry apples)等。六月六日那天(还包括之后的几天),在马醉木的灌木丛里我看到一些颜色浅绿的囊袋状的结节。这些东西个头不小,直径约两英寸半到三英寸,有的一侧还略带红色。虽然外观和那些遇到湿热天气就会从枝头落下的加拿大李颇为相似,这些东西却能坚强地挂在树丛,变得黑乎乎,直到冬天来临它们还在那里颤抖。这种时候从美髯兰(swamp pinks)上也能看到些虫瘿结节,不过这类的个头小一些,颜色略略发白,似乎更加结实,里面的汁也多一些,它们开裂后发出的气味和菌类的相似。

我曾与一个行为懒散、性格怪异的人[1]有过交往,他告诉我,他把这些东西统统称作湿地菌瘿果。他说自己很喜欢这种东西,并深信自己幼年时吃下去的绝不少于三蒲式耳!这么说他的习性也正是这些东西养成的咯。

---

[1] 经查阅梭罗一八五六年五月二十日日记,此人姓海恩斯(Haynes),是个木匠。

柳树

六月十日前后，远远就能看到河堤上的银柳（white willows）已经结苞了，从苞子里长出的黄色子房微微垂下。到了十五日，傍河而生的黑柳（black willows）也扬花结子，柳絮飘落，撒到水面，这样的光景会持续一个月。到了二十五日，河上泛舟的人会看到一番有趣的景象——这些柳树枝上因挂了什么东西而变得色泽奇异，好像被撒上了一层粉绿色，就像树上挂了果一样。

棠棣

棠棣果俗称六月果，到六月二十一日就可以吃了，但最佳食用时期还要等几天——大约是在六月二十五日到七月初——并且一直到八月都还有得采集的。此地的棠棣有两种，分别叫小山棠棣（*bitryapium*）和长叶棠棣（*oblongifolium*）。前者要高一些，叶面光滑，多丛生在地势较高的地方；后者只有六英尺高，叶面不那么光滑，生长在地势较低的地方。劳登[1]称前者为"加拿大欧楂……野生梨树"，总之，比后者出现的年代要久远一点。

如果说到可以食用的果实，棠棣果是继草莓之后，一年中第二种成熟的果实，蓝莓稍后一点（蓝莓刚长出的时候正是棠棣果的

---

[1]劳登（John Claudius Loudon，一七八三至一八四八年），苏格兰植物学家、园艺设计家、《园艺》杂志编辑。

高产时节）。在树木或灌木结的果实中，从时间上算，当数棠棣果最早。

五月十五日左右，有些棠棣枝上的花谢了，长出了细小的子房，除了柯利果，所有可食用野果的最初成型都是这样。不过草莓可能不这样吧，而青青的醋栗和黑醋栗惹人注意的时候又还没到。到了月底（三十日左右），棠棣果实已经有豌豆那么大了，这可比其他任何一种树上结的浆果都要大哟。再等一个星期，就会为这些青绿色小东西膨胀的速度感到惊讶，当然那些长在低处的蓝莓呀，稠李呀，也都长得很快。不过就是这么一下就由花而果了。

六月十七日再看到它们时，发现它们已开始变红，变软，虽然还没熟透也能吃了。不采摘下来的话，再过三四天，会发现它们变得更红，一片大红中会夹杂些紫红色的果子，就表示完全熟透了。这种熟透的果子颜色很深，近乎酱紫色，不如没熟透时的大红色好看。无论从颜色，还是从个头和生长期来看，棠棣果和一种蓝莓都很相似，虽说肉质软一些，但椭圆的果形，上端还连着细细的梗儿和不离不弃的叶儿，就像小个儿的苹果或梨。你会发现，大多数果实通体都遭到各种虫子的伤害，或者明显被鸟啄食过，遍体鳞伤，几乎不成形。即使这样，我还是找到了几颗侥幸逃过大劫而平安成熟的果子，我不得不说它们的味道和蓝莓、越橘难分高下。也许小型树上结的果子里它们算得上是口味最好的了。遗憾的是，因为数量不多，棠棣果还缺乏足够吸引力和关注度。小山棠棣的果子外层柔软，而长叶棠棣的外层就坚硬得多。

这一带的棠棣并不多，所以人们不容易看到成片的棠棣。沿着阿萨贝特河①河畔的科尔贝恩农庄，生长着一个小树林，树林尽头有一处窄窄的洼地草场，看上去好像很久以前这里还是河床的一部分，而就在这里我竟然看到了密密的棠棣林，这可真是罕见。那天是一八五三年五月二十五日。这当然让我欣喜若狂，也许我赶上了好时候吧。在包括一种叫胖胖鸟在内的众多小鸟的啾啾声陪伴下，我摘下了一夸脱（约合1.1公升）的果子，这些小鸟一定也在为这些果子抓狂。那片低矮茂密的棠棣丛林，随风微微起伏。在其中穿来穿去采摘时，我觉得自己犹如身处遥远的北方，大概就是加拿大的萨斯喀彻温河②河滩吧，划着平底船，环顾四周，别无他人，唯有河岸尽头天连地接处才有村舍点点。次日，我用采回的这些果子做布丁，它们吃起来很像是用一种樱桃做的，不过没有核，也没那么多水分，还是生着吃口味好。有些上年纪的农夫听说后，都表示诧异。有位还说："呵，我在这里住了七十年了，别说从没看到过这玩意儿，连听都没听过呢。"

后来一次是一八六〇年的七月三十日，有人领我来到马西亚·迈尔湿地西南边的莎草滩，说他曾在这一带发现了很多的棠棣，而且个个都果体完整，没受虫害，我估计他说的是长叶海棠。这块地方地势稍低，平坦开阔，莎草滩周围有一片小树林，林间错落分布着一些灌木丛。这里还是大森林时，这些树丛没活下来，现在又缓过来了。就在这样一个地方，长着茂密的棠棣丛林，林带长约一杆半③，每棵树高不过三英尺。这番景象着实吸引人，因为它

---

①阿萨贝特河（Assobet River），一条小河，距波士顿二十英里。
②萨斯喀彻温河（Saskatchewan River），加拿大的主要河流，全长五百五十公里，向东流经萨斯喀彻温省和马尼拉巴湖，注入温尼伯湖。
③杆（rod），长度单位，一杆约5.3米。

们美得不俗,朴质的风韵令人流连。这片棠棣的面积比通常的越橘树丛要大两三倍,墨绿的叶片有点像白杨树叶,枝叶下藏着不规则生长的短短花序和红得深浅不一的果实,似乎所有的红色都集中在这里展现。那些夺人眼球的红色果子——因为其中大多数都变成红色了——都结在并不浓密的枝上,红彤彤的果实和绿油油的树叶相映,十分耐看。这些结果的枝条多半比别的伸得高一些,也就得到更多的空气和空间,这使我一下联想到了冬青树。这里熟透的果子和已转成酱紫色的果子直径不过半英寸。这样一片缺墒少肥的荒凉滩头,长的树也多难得结果,在这样的地方居然看到枝繁叶茂、果实累累的景象,好不喜出望外。这种果实的奇特之处就是色泽大红的虽然不如深紫色的熟,却比熟透了的更可口。大概只有在那些多雨又凉爽的夏天,这种果实才能结得又多又好。

虽说棠棣果的口味不错又很新鲜,但我仍觉得越橘和蓝莓的滋味更胜一筹。利德湾头一带更是棠棣的福地,那里人们称它为佳士梨(Josh pears),据当地人解释,这个"佳士"(josh)是"汁水多"(juicy)的讹传。

棠棣得到真正改良是在英国人落脚驻足的美洲。北美的印第安人和加拿大人都把它当作下人吃的果子。理查森说:"这种果子伐木工人、劳工和下人才吃,克里人称其为'*misass-ku-tu-mina*',道格力部落人称其为'*tche-ki-eh*'。越往北,这种植物越沿着河流两岸铺开生长,开花结果,顺着与加拿大麦坎西河平行的公路向西直进到太平洋边。所以在加拿大的新斯科舍呀,纽芬兰呀,拉布拉多呀,还有美国北方的各州,棠棣都不是稀罕物件。这些深紫色的果子大小和梨差不多,味道很好,容易晒干。晒干后和肉干一起做布丁,简直和葡萄干一样好。"据说在这些地区,棠棣果也是最好的水果。如果我们常认为有草莓的地方就有鳟鱼,那么我们也可以认为有棠棣的地方就有西鲱鱼,当棠棣花染白了山坡或河岸时,捕捉西鲱鱼的好时候就到了。

在我们这个小城里,总能看到棠棣的变种,树身高达二十英尺。乔治·B·爱默生[1]形容在切斯特[2]看到的一株这样的棠棣树:"高约五英尺七英寸,这是从五英尺处开始量得的数据。"我也曾在新罕布什尔州西南的蒙纳德诺克山看到过非常袖珍的棠棣树。

矮灌早熟蓝莓

矮灌早熟蓝莓又叫小矮人蓝莓(dwarf blueberry),植物学家称其为宾夕法尼亚蓝莓(*Vaccinium Pennsylvanium*),它的果子在六月二十日就成熟,六月中旬就在市场上有的卖了。它最兴盛的时期应当是六月二十五日前后。如果有别的树木庇护遮挡,矮灌蓝莓果可以结到八月呢。而在山区,结果的时间则要再晚一两个月。

以前,欧洲植物学家总把我们北方长的东西统统归到加拿大名下,南方的则归到维吉尼亚或宾夕法尼亚名下,几乎没有什么植物

---

[1] 乔治·B·爱默生(一七九七至一八八一年),美国教育家、博物学家,著有《马萨诸塞州的树与灌林》(*A Report on the Trees and Shrubs Growing Naturally in the Forests of Massachusetts*)。
[2] 这里的切斯特是美国宾夕法尼亚州东南部城市,位于费城郊区处特拉华河上(另一个在英国)。

冠以新英格兰或纽约。甚至连马铃薯也被冠以维吉尼亚，尽管这玩意儿原产地压根和那里挨不上边。之所以这么做，不仅仅是为了容易从地域上区分，还因为维吉尼亚这个地名容易让人想到这个地方的烟草贸易。给植物命个普通名，再加上不同地名，让人一听就会知道，那个地方这种东西多了去了，这样倒是很方便，也实在。

一年中，最早能看到的浆果就是小矮人蓝莓，它是美洲伞房花月橘灌木中成熟期最早的，也是最迷你的一个品种。除此以外，与别的这类灌木挺直生长不同，小矮人蓝莓的树形多少有些倾斜，甚至可以说它似乎总想立马趴下，所以它的枝干往往向四周铺开。枝干色绿，花色多为白。在所有浆果类植物中，只有它无论植株还是果实都最柔软，最需小心对待。

我六月一日就注意到它开始结出幼果。又过了半个月，一般的蓝莓和越橘都果实满枝挂，急切地提示人们采摘它们的季节就要到来，可早就结出的小矮人蓝莓果依旧不紧不慢，才刚刚长成样。这个时分，就是人们常说的"采越橘的前几天"，它依旧果子青绿。二十二日那天，我来到高处山坡上，看到一处岩石上趴着长了一些小矮人蓝莓，就摘下两颗果子尝了鲜；次日就听说急性子的人已经将其悉数摘去做成蓝莓布丁了。

大自然不仅向我们献出果实，也向我们献出鲜花。

我每天走到树林，只为发现第一批结出的莓果，却总无功而返；终于不经意间，在这么一个好地方，看到这些果实已经长大成熟，那一刻，该是多么惊喜啊。的确，除非对自己家园周边的那些树丛很熟悉，知道这些小家伙长在哪里，每天造访并用日记记录，否则很难准确说出那些小矮人蓝莓和越橘是在哪一个星期的星期几成熟的。说一千道一万，正像我们自会打理照顾自己一样，它们也会打理照顾自己，所以自会在最佳状态时才向我们一展"莓"艳。

那些长在山上的要比别处的先熟，外地来的人常常在进村前就察觉到了。当老年人只能在家附近找到零星的小矮人蓝莓时，对周围一带浆果的生长地方了如指掌的孩子，早已采得筐满桶满，当街卖了换零花钱了。

第一批棠棣由青转红时，这些浆果就紧接着长了出来。

由于草莓结果主要靠春天的清新雨水，所以一般都认为草莓是属于春天的果实，而这个时候在高地上已经变干燥了。这种柔美、天赐的果实在六月落下，撒落在牧场有青草遮阴的泥土里。而果实结实得多的蓝莓这时方才露面。当然，最结实的是坚果，它们也是最后挂果。

这种蓝莓香甜清新，也许清新香甜正是以它为写照，要不它们的颜色怎么也是那么质朴大方呢？从颜色上来说，蓝莓有两种。常见的一种叶子嫩绿中带点嫩黄，果实蓝晶晶的，不太深，还带着果霜。另一种果实则深沉得发黑，叶子也深得成了墨绿。很多人会把这两种当成一个品种，认为前面那种果皮上的果霜擦掉后也会是蓝黑色。实际却并非如此。二三十年前，我来到一片灌木杂草丛，走进之后竟发现，被高高灌木挡住的是一方胡乱长着树苗檗枝之处，而就在这样一个地方，我看到一蓬兀自兴旺自在的蓝莓，果实累累，枝条都被压得全倒在了地上，却颗颗完完整整，连果霜也一点没被擦坏。至今，那情景还历历在目，记忆犹新。挺拔向上、披一身新绿的橡树树苗和山胡桃树苗下，安详匍匐着栖息的是这些精美的果子，何等的奇妙啊。

按加拿大人的叫法，我也把这种矮灌早熟蓝莓俏皮地称作蓝矢车菊（bluet）。这种蓝莓大约在新英格兰地区分布广泛，见缝就钻，有些地方人们甚至不知道还有高灌蓝莓和越橘呢。它们性喜温寒，多丛生在山地。多年以前，我在瓦楚塞特山①露营，帐篷里的地上铺着牛皮毡。由于在那儿没找到水源，我就把带去的牛奶作为饮用水。就在地上那块牛皮毡子的缝隙间，我居然采摘到这种蓝莓，量多得使我就着牛奶当晚餐，吃了个肚儿圆。不过，在蒙纳多克山区它们家族更兴旺，而且那里的果实成熟期还要晚，但也幸亏那里冷得多，果期也长很多。那一带的灌木都长不高，蓝莓也不例外，但产量颇丰。一八五二年九月七日那一天，我就在蒙纳多克主峰的岩石缝隙间看到果实累累的蓝莓丛——它们颗颗硕大圆润，色泽鲜活，清爽可口，解决了那里没有水源的难题。下午一点左右，我把在峰顶连株采下的蓝莓包在帽子里开始下山，又走了四英里来到特洛伊市，转了几道车，五点一刻才回到康克达。从在主峰上采摘算起，总共约四个小时，但帽子里那些蓝莓株仍然生气勃勃。对那些秋天到这里来的爬山客来说，这些蓝莓和加拿大越橘俯首可得，堪称充饥解渴的上品。新英格兰地区的高山都高耸入云，山顶都云雾缭绕，也都长满了这种美丽的蓝色果子，丰饶茂盛，把那些人工种植的水果都比下去了。

新罕布尔什州的大小城镇都依山而建，四周村民世代都到山中采摘浆果，所以每当浆果成熟季节，山顶上满是采浆果的人。有时，四周村里成群的人拎着桶呀、篮呀等各种东西，一起不辞辛劳

---

① 一八四一年七月中旬，梭罗曾和理查德·富勒（Richard Fuller）在此地旅行四天，根据此行体会写了《漫步瓦楚赛特山》（*A Walk to Wachusett*）。

爬到山上，好不壮观。这种情形往往发生在星期日，因为这是大家的休息日。在这种地方露营，原以为自己已脱离尘世，可尽情享受如此清闲，却没料到会受到这些采浆果人的干扰——有的人等不及雾散云开一大早就上来了，生怕和同行人走散，就使劲敲打铁桶，以声为讯号通气。在采浆果的季节里，几乎天天都是安息日，人们天天采草莓来放松心情。

在岩石峥嵘的山顶上，矮灌早熟蓝莓树丛往往可延绵数英里长，宽却只有几杆甚至几寸，它们或浅或深的蓝果实（甚至紫黑色）在岩石上俏皮地招摇，不过都没有粉霜，有时可见到与它们为伴的鲜红御膳橘。这一带曝露在岩石上的蓝莓枝条通常都结藤环绕，沿着岩石攀爬，稍有平坦处就又铺开生长。往往越是陡峭的地方，蓝莓长得越好，结果越多。此时，站在康科德，我朝远处那些灰蓝色的山峦向北望去，不禁想：这不就和蓝莓的颜色一样嘛。我们这里，只要把树丛砍了，这些东西就一拨接一拨地长。在我记忆里，我曾有过两个小时就采摘到十夸脱蓝莓的纪录，把一个面粉袋塞得满满的。这件事就发生在松树岭，我们市通往林肯郡的路旁。三十年了，现在那里早已成了茂密高大的山林。

树木砍伐后，那些被学者称为宾夕法尼亚蓝莓的小东西终于得见天日，它们抽出枝条，绿得更浓。再过两到三年，原先终日在大树遮挡下几乎从不结果的枝头就挂上果实，沉甸甸的，把枝条都给压得趴在地上了。更妙的是，这样结出的蓝莓往往比别处的要大得多，口味也浓郁得多，就像千万年来那些山旁岭下的古老往事在它们的记忆中被激活了，要借此来宣泄一下。

于是在接下去的几年里，周边村民都能享用到这些蓝莓，直到这一带的树渐渐长高，重新遮住天日，这些蓝莓丛又退缩到不花不果的状态。蓝莓只在旧树林倒下后到新树林长起来之间的短短几年里结果，就是如此。

在你认为还要等上十天半月蓝莓才成熟，心里想到蓝莓就觉得一定还是青绿色、并不好吃时，树林住的孩子却已挎着装有熟透蓝莓的篮子敲开门，向你兜售他采来的果子了。什么？那位急性脾气的先生前年冬天就把他家在勃姆西迪卡岭上的林地给伐了，你还不晓得？他这番举动的后果可远远超出他事先所料。好风吹得人人舒坦，好雨下得大家滋润。本来，急脾气先生以为削平一片山头，受益获利的只有他家。他种下去的庄稼也好、树苗也好当然该他独家收获，别人无权分享；但周围的村民甚至远处的城里人却也因此得到补偿——那里长出的蓝莓是人人可以采的。等那些砍下的树木被运走后，人们就赶来拾宝贝，这宝贝不是柴禾，而是一篮篮的蓝莓。别操心家里的园子了，管它长什么，爱长不长，别忘了一年里就只有这么几天可以采到蓝莓果。再过些时日，又会长起新的小树林，这就是大自然安排的，一物长，一物消，反复循环。看到新砍伐的林地，我就不由得感叹天地造化。

各种各样的伞房花月橘也都长在灌木丛中，相依为伴。它们都不太高，结的也是紫色果，沉甸甸垂在枝头。和其他不列颠属下的美洲地区一样，黑色的浆果和蓝莓在我们这一带的山区都不像其他类越橘那么繁茂，但凡有，就一定是一大片。伐木工人叫它们"蓝花草"，有些品种的果实在漫长的冬天都能保鲜，可以储藏到来年六月，当然在非常靠北的地区才行。

从这儿往北走上约百来英里，就会发现"宾夕法尼亚蓝莓"不再是你熟悉的模样了。它们叶子大多了,叶面也光滑多了。同时还能发现加拿大蓝莓,这种蓝莓枝叶水分多一些。不过,不细心就看不出这差异。这种蓝莓哪怕生长的地方南北相距五十英里,也会有很大的差别,不过一般人都不以为然而已。

在潘诺斯各特河和圣约翰河的发源地缅因州,我看到的不是宾夕法尼亚蓝莓,而是大片大片的加拿大蓝莓,在近乎贫瘠的山顶上、岩石上铺天盖地生长。那里除了它们还有马尾松和短叶松,再就是漫天遍野的巨石。在卡塔登山地,我也找到过蓝莓,也许是因为早过了采摘的季节吧,这些蓝莓吃起来倒有种辛辣味。在上述地区,它们是熊的佳肴,在蓝莓成熟的日子里,有蓝莓的地方就能看到熊在转悠。旅行者麦肯齐说,在北方的苏必利尔湖(美、加边境上)周围大地茫茫,倒下的大树之间会长出许多醋栗、覆盆子。新罕布尔什的红岭也是这样,在倒下的大树之间会找到这些果实,而在蒙纳多克山区,和这些果实一并生长的还有宾夕法尼亚蓝莓。它们准是将一些特点彼此相传,所以加拿大蓝莓长到南方后就像宾夕法尼亚蓝莓一样,叶子也变得光滑;反过来宾夕法尼亚蓝莓长到北方,也会具有加拿大蓝莓的特点——就像北方人穿皮衣,南方人穿棉麻。无论如何,出于实际考量,我们都认为加拿大人要比别地方的人更应算作北方人。

另外,我在加利福尼亚州东部的怀特峰上发现的一些浆果应当是蓝莓的变种或另外品种,这些浆果有水越橘和矮脚越橘等。前者在生长繁殖方面大概是蓝莓中最厉害的,但吃多了会让人头痛。

红色矮脚黑莓

这种浆果罕见，只有植物学专家才认得它们，拉丁名是 *rubus triflorus*，而我则自作主张称为红色矮脚黑莓。从结果的时间来看，它排第四，但在所有的悬钩子一类里，它是第一。五月二十四日，它们的果实就从花房中长出来了，尽管只有一点点大，像粒小青豆一样，但已经有了果子的模样了。从六月二十六日到七月中旬的这段日子里，它们慢慢长大成熟。我只在草甸上看到过这种果子，在那儿拿根棍朝泥土里插，一下可以插进十多英尺。但是格雷①说这种东西生长在长满树的小山坡旁。和一般的矮脚黑莓一样，它们也是匍匐在地上生长，不同之处在于这种红色矮脚黑莓的茎干像草本植物，非常短，而且没有刺。它的叶子也是皱巴巴的，藤蔓伸得非常开，果却结得稀少，人们也就别指望能采集到很多了。在缅因州的最北部荒野的阜甸子上，我也看到过这种东西的藤蔓并采摘到一些果子。和这里的一样，结的果也是稀少得可怜。这种果子不算大也不算小，色深红、有光泽，每个果子里有十来个小颗粒，肉眼看得出那里面裹着种子。这种果实吃起来酸酸的，但味道不错，有那么点像覆盆子。无论外观还是味觉，都让人怀疑它是覆盆子和悬钩子杂交的后代。

---

①格雷（Asa Gray，一八一〇至一八八八年），十九世纪美国最重要的植物学家。

人工种植樱桃

六月二十二日，自家种的樱桃熟透了。这棵樱桃树是早熟樱桃，结果最早。我们家人都说这多亏了当时住在威斯顿的叔祖母，是她老人家把这棵早熟樱桃树带到康科德来，送给她当时因为坚定保皇而在这里蹲大狱的哥哥西蒙·琼斯。那是一七七五年六月十七日，正是邦克山战役①打响的那一天。作家普林尼②在描写第一个纪元的中期时这样写道："在卢库勒斯③战胜米特利达特斯④之前，意大利没有樱桃树。到了这个城市（罗马）六八年建城时，卢库勒斯从本都⑤引进了第一批樱桃树。一百二十年后，这些树已经繁衍到各地，甚至远渡重洋，在不列颠土地上生根。"我想补充说，这些树甚至过了更远的海洋，来到了美洲，而且年复一年，那些带着树种飞来飞去的鸟儿还在继续卢库勒斯本人没有做完的工作，把这些树带到西边、更西边。圣皮埃尔说："我在芬兰的卫堡（Wiburg）——那可是纬度超过六十一度的地方——看到樱桃树生长在外面，没有任何保护。而它本来是长在纬度四十二度的地方的呀。"不过有人认为卢库勒斯引进的只有极少优良的品种，现在欧洲本土栽培的就是它们的后代。在评论当时人们种植的樱桃时，普林尼说："朱利

---

①邦克山（Bunker Hill），三百二十六米高，位于马萨诸塞州的波士顿。美国独立战争时期第一次主要的战役就于一七七五年六月十七日发生在附近，被称为邦克山战役（the Battle of Bunker Hill）。
②普林尼（Plini，公元二十三至七十九年），罗马学者、博物学家、百科全书编纂者。
③卢库勒斯（Lucullus，公元前约一一〇至公元前约五十七年），古罗马将军。
④米特利达特斯（Mithridates，公元前约一三二至公元前六十三年），黑海边古国本都国国王。
⑤本都（Pontus），古国名，位于小亚西亚半岛、黑海东南沿岸。

安味道甜美①，但只能守着树摘下就吃，因为它们太柔嫩了，经不起搬运折腾。"

树莓

野生的树莓②到了六月二十五日就成熟了，直到八月还能采到，不过果实最佳的日子当数七月十五日左右。

树莓叶片较大，常常较密集地聚在一起，甚至形成小小的树莓林，在那里人们常常可以捡到被雨冲刷到地上的树莓果。不经意间，信步走到这样一片树莓林前，看到树上结着淡红色的树莓果，不由得令人惊喜，但随之也感叹这一年又快过半了。

在我看来，树莓可以归于最朴实、最单纯也最宝贵的一类野果。其欧洲的一个品种就得了个名副其实的命名：*Idaeus*，这个拉丁词本意"理想之物"。在新英格兰一带，它们多长在湿地的开阔处，在山坡上也能看到一些，不过结果很少，几乎不被注意。如果夏天多雨，比如像一八五九年和一八六〇年两个年份里的夏天，这四周的树莓结果就很可观，人们摘下树莓把它正儿八经当食材用。和草莓一样，树莓也喜欢到新地方落脚，那些新近被烧过荒或刚砍去树木的地方也是它们喜欢的安乐乡，理由嘛，当然是那样的地方土壤潮湿，我们这一带的土壤早先也是如此。

---

①原文为"the Julian, of an agreable taste"，"Julian"应该是对樱桃的称呼。
②树莓，又称悬钩子或覆盆子。

印第安土著也罢,后来的白人也罢,古人也罢,今人也罢,都喜欢采摘这种个头小巧的野果。据眼下一些流行的故事,一些远古的族群以树莓为主食之一,现在在瑞士的一些湖底发现了很多远古的遗址,人们推算这些族群的生活年代当远早于罗马时期。英国植物学家林奈[1]说:"我眼前就有三株树莓科的植物,它们的种子都是在(英国)三十英尺深的地下发掘的一具男性尸骸的胃里发现的。他的殉葬中有些带有哈德良大帝[2]的铸币,由此可以推断,这些种子也有一千六百年到一千七百年的历史了。"然而,这一说法的正确性遭到质疑。

九月中旬,我仍然能在湿地间看到一些色泽依旧鲜艳的草莓。有人告诉我,深秋又在一些地方发现第二批果实的品种。

欧洲的一些植物经过长期移植栽培,终于委曲求全在异地扎下根,然后就不顾一切向野地扩展地盘。普林尼观察到这点后便如此写道:"人按理生而知晓如何善待大地。"接着又写道:"可是恐怖、也应当遭到天谴的是,人也学会了压条和插枝这样一些技巧。"唉!

桑葚

六月二十八日那天,看到红透了的桑葚,第二天树上还挂着一点。周围一带田野里还长着两三棵桑树,不过那恐怕是有主儿的

---

[1] 林奈(John Lindley,一七九九至一八六五年),英国植物学家和园艺家。
[2] 哈德良大帝(Emperor Hadrian,一一七至一三八年在位),罗马皇帝,一二二年在不列颠巡游。

了。关于桑树，普林尼说过："若论花期，桑树最迟；论果熟，桑树又为先。因桑葚果汁易着色，成熟的桑葚会染红手指。不染色者，则味酸。这种树已被人用多种方法嫁接改良，花样繁多，树名也因此有了多个，但无论怎样，到头来结出的桑葚大小不变。"普氏此言不虚。

更早些时候，那些早熟蓝莓、树莓和茅莓什么的，果实都已齐刷刷成形，只等变熟了。

茅莓

黑色的茅莓等到六月二十八日就可以采了，一直到整个七月都可以采到，不过最好的采摘时期还是七月半。六月十九日的时候，我看到的茅莓还是青青的，它们的枝蔓长在一些树木新生的苗地里，或顺着墙爬，刈草的农人顺着草刈到尽头就能摘到了。

茅莓这种浆果生相朴实，一点儿也不张扬，没有诱人的香气，颗颗结实，果肉饱满。年少时，我曾沿着院墙走来走去，和小鸟比拼看谁能先采到它们，结果我采到了好多，然后把它们放到空心草的草茎里（如果手头没有容器，这可是把它们装起来带回家的最佳方法），好不快活。

到了七月中旬，茅莓的果实就开始脱水变干。我曾在十月八日还见到茅莓结第二茬儿果，有的熟透了，有的还没熟。六个星期前，此地下了很多雨。

高灌蓝莓

大约十天后吧,高灌蓝莓果就露面了,它又叫做湿地蓝莓(swampblueberry)或欧洲越橘(bilberry)。我们这里较普遍的有两大品种:果实蓝色的(*vaccinium corymbosum*)和黑色的(*atrocarpum*)。后者不如前者那样多见,果实细幼而色泽青黑,味偏酸,果实表面无果霜,但成熟期略早于前者一两天,也早于茅莓,大约七月一日就熟了。两种的果期都长达三个月,也就是持续到九月。五月三十日,我就看到它们青绿的幼果了,第一次看到一颗熟透的果实是在六月初(也就是一日到五日之间),果子成熟最多的时候则是八月份的头五天。

据说北到加拿大纽芬兰和魁北克都有它们的踪迹。它们多长在湿地和湿地边缘(也许就是看上这样的地方水分多吧),还喜欢长在池塘边,山坡上也可偶见。这植物太亲水了,紧挨池塘的土多陡峭、多坚硬也挡不住它们扎下根来。瓦尔登湖和古斯湖就可以看到这情形,它们紧紧地抓住靠近湖边的一点土,紧贴着安下身,只有在湖水水位高涨的季节里,它们才长得很好。就像其他一些低地生长的灌木一样,高灌蓝莓也在提醒人们这里的地表已经出水了。一旦那些树丛下的土壤下沉到一定水平,就会含有大量水分,长出泥炭藓等一类的亲水植物;如果不受到人为影响,这一带的四周就会冒出大片的高灌蓝莓,沿着湿地边缘蔓延,甚至一径穿过湿地。这里高灌蓝莓树丛,小的方圆几英尺,大的则达到几百英亩。

这种坚韧的植物在我们的湿地上再普遍不过了,有时我自己在考察或散步到小树林里被它们的枝条绊挂住,也不得不狠心砍掉。一旦看到头顶上它们茂密的枝叶,我就知道自己的鞋已经进水了。它们的花香很好闻,带着浆果特有的那种悠悠香气,采一捧尝一尝,舌尖会渐渐感到有种微微的酸味,但是一点儿也不讨厌,甚至觉得很不错。它们的果实也有独特的清新味道,微微带酸。植物学家珀什①曾评说一种高灌蓝莓,"此莓实黑,淡而无味",虽然他写的是"*Vaccinium corymbosum*",但想必是别的什么品种。在比利时的昂吉安,阿勒姆博格大公(Duc d'Aremberg)的花园里把它们用苔藓围起来,就像从前人们种越橘的方法一样。他们怎么会发现这种东西好呢!我就吃过一两次,每次都觉得有种怪异的苦涩,难以下咽。蓝莓果实有大有小,颜色也不尽相同,我还是认为果子大的、蓝色带果霜的那种好吃些,也更酸一些。于我而言,这样的蓝莓才足以体现湿地的精华和风味。蓝莓长得肉厚滚圆时,沉沉地把枝条也压弯了,但几乎没几个的看相能让人夸赞的。

新长出的枝干上果实零零星星,就是结出的一颗直径也不过一寸多点儿,就和大个的越橘差不多。我爬上一棵高灌蓝莓树,采摘的成绩实在不敢公布。

并非所有的高灌蓝莓都向往湿地。贝克斯托湿地、戈温湿地、达蒙草甸、查尔斯迈尔草甸等等,这些长满盘根错节的山茱萸和越橘的野地,我们每年都会以朝圣般的热情前去。听说那些地方有蓝莓,但能在林间找到它们隐蔽藏身之处的却没几个人。

记得好几年前,在大野地东边,我奋力走出一片橡树林后,发

---

①珀什(Frederick Traugott Pursh,一七七四至一八二〇年),英国植物学家。

现眼前蓝莓树一棵挨一棵长成一条蜿蜒细长的林带,我还是头一次发现这条林带呢。深陷在湿地中的大草甸在森林中若隐若现,草甸中也有被绿色覆盖着的隆起。它们大约高出地面三英尺,想必是些低灌马醉木和绣线菊,因为那里的土已经干了。除了仲夏时分和寒冬季节,那里的泥沼里绝无人迹,甚至连野兽的足迹也看不到。这块草甸的另一头,白头鹞安逸地绕着飞来飞去,它们很可能在林子上飞了好久,一眼看中这里后就把巢筑在这里了。这里蓝莓树成丛生长着,四周环绕着天然的树篱屏障,树篱中混杂着马醉木、花楸果木,还有结着鲜红果子的冬青树,等等,多样而和谐,相映成趣。你很难说明白,为什么要采下某种果实自己吃,而留下另一种给鸟们当午餐。就在这个草甸子上,我沿着一条往南的小路走,这一条小路可真够小的,不过一个脚掌宽。就顺着这条小路,我来到另一块湿地,低弯下腰,就能大把大把地采到各种浆果,装了满满一口袋。这块湿地和先前的那块草甸彼此相连,也十分相似,大约是孪生湿地草场。这些地方都不远,但都被树篱围住,一年转到头,才有可能无意之间歪打正着发现这样的一处。站在这样地方才发现,原来如此隐秘之处居然近在咫尺,再看到周边长着好些枝繁叶茂果实丰饶的蓝莓,那种释然的愉快和新奇冲击交加,不由得让人目瞪口呆。真会以为自己走了千山万水(如同从康科德走到波斯去)才看到这种景象,哪晓得还没转出家门口呢。

那些在湿地边的干土里长的蓝莓树,由于养分不足而显得没那么挺拔,结的果子数量少不说,果皮也不光滑,但仍然不失为勇敢者——因为就是这样它们仍要把枝叶伸向湿地的方向,摇曳生姿,与长在树下的水仙和泥炭藓相映成趣;而水波不时泛起水花,冲击到五六英尺远的岸上,虽说可以打湿蓝莓树根部的土壤,同时却把讨厌的水葫芦类带到了树根上,这些水葫芦乱七八糟地裹缠在那里,与蓝莓垂下的枝条纠缠在一起,从来没人想过要去解救后者。这里混杂生长着许多品种的浆果,再也找不到一处的景象比这里更狂野纷杂、更多姿多彩的了。

要说哪里蓝莓长得更美,那当数查尔斯·迈尔斯湿地。那儿的蓝莓生在树被砍后发出的新苗间,抬头就看得见清新的枝条,和上面提到的相比,其多姿多彩程度一点儿也不逊色。我记得好几年前就去那里采过蓝莓,还是特意在人们对那里进行修整前去的。走到湿地中央,听到从看不见的什么地方的房子里,悠悠飘来迈尔斯先生演奏古代提琴的声音,琴声悠扬。据说这位先生时间观念很强,安息日这一天绝对会唱诗礼拜。虽然不见得千真万确,但那琴声的确传到我同样也颤抖的耳边,撩人遥想逝去久远的日子,缅怀先民古人的高尚,我脚下还果真不是普通寻常的土地。

所以说,到了夏天,不拘什么特别日子,在屋子里读读写写一上午后,下午不妨移步野外树林,随兴转向植物茂盛却又地处偏僻的湿地,你一定会发现那里有好多浆果迎接你呢。这才是真正属于你的果园。也许,你得使劲分开长得比你还高的稠李树丛莽(这些稠李低处的叶已经开始泛红),撅断一些白桦新枝,才能前行。于是你看到悬钩子、高矮不一的马醉木,还有大片大片密密长着的湿地黑莓。再往前走一点,就来到一片开阔地带,凉风习习,原来那高高隆起的几处,是披着墨绿树叶的高灌蓝莓林,上面结着果子。如果到的地方正是湿地阴凉处,很可能你头顶上就是它们伸展开的树枝。摘下一颗,轻轻一咬,肉甜汁美,舌上齿间留下清凉,久久不散。我这下倒记起来了，杰拉尔德说欧洲越橘"又名荷兰响果，因为咬开时，它们会轻轻发出啪的一声才裂开"。

有些面积大的湿地几乎只看得到蓝莓树，它们一大丛一大丛长在那里，树枝相互交接，树下则有无数由野兔踩出的蜿蜒小路通向四面八方，犹如迷宫般难寻尽头。只有兔子才能识别那些小路，人很容易迷路，所以要记住，一定跟着太阳走，而且要注意脚下，每次落地脚都落到草丛上，这样就不会打湿鞋。或是结伴而行，注意听你伙伴敲铁皮桶发出的声音，朝声音传出的方向走。

有的蓝莓树看起来灰蒙蒙的，气势像橡树一样，让人不禁怀疑这种树上结的果实会不会有毒。大自然就是这样，让果子味道刺激，你就知道是有毒的不去吃，它就能安然无恙。我偏偏要尝尝，吃起来就像阔叶莓和麝鼠根一样，很像我之前采的越橘，味道很刺激。大概我这人吃起浆果来真能百毒不侵吧。

有时八月也会阴雨绵绵，这一来就会催生许多二茬儿生的蓝莓，这些东西长大也变色，不过真正成熟的还没几个，但这会儿那架势像要一心一意履行春天的承诺似的。就连湿地的情形也不例外，过上两星期再回那里看看那些浆果树，谁都会对眼前所见难以置信。

挂在枝头的蓝莓好几个星期都没什么变化，因为枝条太密，它们就这么你挨着我，我挨着你，有的黑色，有的蓝色，有的黑蓝混合色。我们常常会为长在蓝莓一侧的冬青果那样浓郁的色彩而感叹，但对于蓝莓却只注重它们的口味，而忽视了它们的外表。如果它们有毒，那也是为了吸引我们能注意到它们的美丽。

直到九月，蓝莓还挂在枝头。一次，瓦尔登湖水位上涨，竟然在湖的南岸上冒出一大批新鲜的高灌蓝莓，我划小船过去采摘，那一天是九月十五日。那儿还有很多仍然青绿的蓝莓果,要是在湿地,它们早就被冷风吹落了。一般来说,八月刚过半,蓝莓果就开始枯萎,就算外表看来依旧丰满新鲜,那种清新美妙的味道却渐渐变淡、消失,吃起来很不新鲜。

我时不时地会看到些果形椭圆的蓝莓,没有果霜,树干约两三英尺高,叶形狭窄,花萼的形状介乎高灌蓝莓和宾夕法尼亚蓝莓之间,这是高灌蓝莓的一个变种。

这附近的湿地由于长有蓝莓而身价大增,被许多人划为己有。听说还曾为这些蓝莓生过纠纷,仲裁调停下,竟允许人们将其焚毁。用这种蓝莓做的一种点心就叫"空心蓝莓"(blueberry hollow),它其实是种布丁,做法很特别——是将蓝莓塞入一种挖空的特殊硬面皮里,而蓝莓也可以用黑莓代替。

蓝莓树落叶时看起来羸弱憔悴,颜色发灰,宛若行将枯萎,不过那些树龄老的则仪态庄严。它们远比人们想象中要活得更久,之所以还能生长在这里,全仰赖生长位置的庇佑——湿地旁,湖泊边,或湿地中地势高处,帮助它们躲过连同大树一起被砍掉之劫难,得以保全。古斯湖畔也长着好些这样高寿的蓝莓,株株相连长在一起,形成宽不过三四英尺的一道狭长蓝莓带,也是多亏所生之地是在陡峭的山脚和湖岸相连处,才躲过刀砍斧斫的厄运。那里没有其他树生长,只有那条环湖蓝莓带,宛若古斯湖的美丽睫毛,风情万千。那些蓝莓树上爬着苔藓,树色变灰,披着沧桑,大多树干虬曲,横生斜长,甚至彼此枝干互相纠缠,即使砍下其中一棵,也很难将其从纠葛在一起的枝干中抽出来。

冬季来临,湿地结冰,可以行走其上。这样就能走到它们跟前好好端详一番。由于受到雪的重压,树枝几乎弯到冰地上。即便如此,每棵树的侧面仍然都有新枝长出,就像那种老态龙钟的长辈家中偏会养出一些气态轩昂的后生一样。这些树的外侧树皮呈灰色,一片死气沉沉,没什么生气,纵向撕开会有胶状物丝丝相连;树皮内侧则呈暗红色。我发现这些树丛中还有不少其他的树,其树龄都相当于人的半百之年。有一棵树最粗的树枝有八英寸半粗,年轮竟达四十二圈。我还从一棵树上砍下过一节四英尺长的笔直的树枝,量量细的那段也有六英寸半粗。没人能告诉我,这种纹理细密、沉甸甸的树到底是什么树。

我见过最大也最漂亮的蓝莓树是在弗林特湖一个小岛上,我称那岛为萨萨弗拉岛。那棵树高十英尺,但树干蓬勃竟往外蔓延成方圆十多英尺的蓝莓树丛,枝繁叶茂,生机勃勃。细细一看,原来主干在离地面五英寸处就分成五个大枝丫,这些枝丫往上长了三英尺,就平行于地面展开长,顺次量得其周长分别为十一英寸、十一点五英寸、十一英寸、八英寸、六点五英寸,平均九点六英寸粗。靠近地面的五大枝丫分叉前形成粗粗的树干,围着量量,竟有三十一英寸半,或者说直径超过十英寸。很可能原本这是不同的几棵树,由于年代久就混为一体,因为这些枝丫看上去并不像同一品种的蓝莓种子发芽长成。那些小枝杈往高处伸展时也都多少往横向发展,不但生得七拐八弯,甚至还有转着圈长以至呈螺旋状的,有的干脆就插到另一枝的分叉处自顾自待着,久了就长进它依靠的这根枝杈里面去了。一块块鳞状的树皮泛着红色,其间常有些部分被大片大片黄灰色的苔藓包裹,看上去后者大有要蔓延至整个树干的趋势,不过越靠近根部,树皮颜色越红。蓝莓树长到高处分出无数小枝，像伞一样撑开，周边一片开阔，越发叫人感到它有种要顶住苍穹的气势，哪怕严冬也不低头。因叫声得名的猫鹊（catbird）在树顶筑巢，而长皮蛇（black snake）也喜欢到树上栖息（不晓得它们看到那些猫鹊没有）。对比我数过年轮的那些其他树，我估算这棵树应该在这里长了近六十年。

爬上树，在四英尺高处，我找到一处很舒服的地方坐了下来，这一处足足可以同时坐三到四个人呢。遗憾的是，这个季节蓝莓不结果。

山鹑一定对蓝莓树林的分布了解得清清楚楚。准是老远就能根据蓝莓树顶部如伞的特征辨识出来，并如出膛子弹那样嗖的一下飞向这里。在冰上还可见到这种鸟啄食树上嫩红芽孢留下的痕迹，那大概是前几天冰开始化时的事了。

由于生长在人们几乎无法涉足的小岛上，这些蓝莓树才得以免遭砍伐之灾。四周没有别的藤蔓寄生阻挡，它们也能自在长成这么大、这么高。白人没来伐木之前，兴许还有更大的蓝莓树呢。这里任何一个果园里的果树都不及它们年长，说不定写书人还没出世，它们就已经结果了。

低灌晚熟蓝莓

几乎就在同一时期，晚熟的低灌蓝莓（也可以说是另一种低灌蓝莓），即人们常见的低灌蓝莓也出现了。这种蓝莓通常和越橘混长在一起，果实充盈饱满，大小也和越橘差不多。这种蓝莓虽不高，枝干也不粗，但笔直挺拔，绿绿的树皮上，通红的是刚冒尖的嫩枝，灰绿色的是叶，玫红色是开的花（而且有玫瑰的那种精美色晕）。平整的山坡，开阔的草场，树木被砍伐后冒出的新枝丛里，稀疏的林间，都是它们驻脚的地方。它们一棵挨一棵地生长，高度从一英尺半到两英尺不等。

这种长着灰绿色叶子的矮树上结的果实要比越橘成熟得早一些，而且从味道方面说，即使不比其他莓果甜，那也比越橘甜。这种蓝莓和高灌蓝莓的花都比欧洲越橘开得浓密，所以结的果自然也就不像越橘那么稀疏，而是密集成串，顺着树枝一撸就是一大把，大的、小的、生的、熟的应有尽有。最开始熟的低灌蓝莓不在山顶也不在靠近山脚的坡地上，而是长在半山腰向南的地方，那里的日照充足，气温也高些。

对大多数没能早些出门观察的人来说，这恐怕是唯一能见到的低灌蓝莓了。通常被称为蓝矢车菊的低灌早熟蓝莓，这时已经过了果期，它们生长的地方在海拔高一些的山区，而且春天结果，浅蓝的果实上有层果霜，看上去集漂亮、简约、美味于一身；不过说实话，若和晚熟的蓝莓相比，早熟的还是有那么一点不如意——果肉少些，也不那么脆生生，味道也淡了点儿。这种晚熟的虽说看起来不那么漂亮，但果肉结实，有嚼头，吃起来有种面包的感觉。

有的年成里，这些蓝莓也能结出很大的果，产量也很多。到了八月二十日，蓝莓果还看起来不错，其实已经进入干萎阶段，而越橘又登场了。一进入九月，随着雨季到来，它们纷纷落下，烂掉。但是不少像被放到锅里焙过一样仍然保持半干状态，这样的味道依旧甘甜可口，又不像越橘那样爱被虫蛀。听我的建议绝对没错，这样的还是可以摘下，放心大胆吃下去，因为它们还是好果子。受旱的年份它们干萎后也仍然比常年同时期要好得多。九月中旬我还采到过一些，虽说这时蓝莓树的枝叶都变红了，披上了浓浓秋意，但这些莓果仍然很不错。挂在枝头的这些蓝晶晶的果实和色彩斑斓的秋叶对比鲜明，十分抢眼。

黑越橘

黑越橘的成熟始于七月三日，普遍成熟则在十三日左右，想大片采摘则要再等上九天，最佳果期要到八月五日，过了八月半仍可以采到。

大家都知道，黑越橘这种灌木细长笔直，叶子茂盛，树顶平展，树皮呈深棕色，而新出的枝芽则为红色，受生长处阳光强弱影响，有的也稍显矮小壮硕些。与其他品种相比，这种的花要小些，颜色也红得深一些。从加拿大中南的萨斯喀彻温省部到美国南部的乔治亚州山区，从东海岸到密西西比河的纬度区间，据说都能见到它们。而这里只有很小一块地方能看到它们成群的身影，很多迹象表明：它们生长蓬勃的地方有许多，只是还未被发现而已。

植物学家将其命名为"*Gaylussacia resinosa*"，说是为了纪念盖-吕萨克[①]这位著名的法国化学家，我实在看不出理由何在。如果

[①]盖-吕萨克(Louis Joseph Gay-Lussac，一七七八至一八五〇年)，法国化学家。

是他第一个提炼出黑越橘的果汁并将其放入烧杯试管,那他当之无愧。又假设他早年是一个采越橘的高手,将采得所卖交了学费,甚至就算他只是对这种植物偏爱成癖,我们也不说什么了。可是,就连他活着时是否看到过黑越橘一眼,也并无史料证实。只怕就是一群法国营养学家决定后,将这重要消息向一个意大利女仆宣布,后者恰恰在法属安大略省东南的休伦湖边采摘了满满一篮这种果子呢!这种做法就好比我们把以达盖尔①命名的银版照相法改为"吹风唤雨大力神"(*The-Wind-That-Blows*),这是印第安奇普维部落的一个赫赫有名的巫师之名。另一种叫法是伞形乳态浆果(*andromeda baccata*),不错它的果结成的是伞状,但牛奶什么的却怎么也扯不上。

六月十三日那天我就观察到青青的果子了,又过了三个星期,就在我已经快忘掉这回事时,在向阳的坡地上又看到它们。这时的它们有的蓝色,有的紫色,有的仍是青色,都在叶子中间探头探脑。明知还不到成熟的时候,我还是打定主意要尝几颗,以示隆重庆祝越橘成熟季节的来临。又过了一两天,混杂在青绿果子间的黑色越橘果为数就很可观了,而且一点儿也不像被虫子咬过的。大概第二天我就从树上采了一大把带回家,并把这消息告诉大家。说起来居然没人相信,原来大多数人对季节的感受和常识都很落后呢。

如果年成好,到了八月,满山遍野都是黑越橘,一眼望去黑压压的。在羚羊湖的一块野地里,我看到成百株黑越橘长在一起,由于果实累累,枝条都被压得朝下面的岩石弯曲。虽说一颗也采不

---

①达盖尔(Louis-Jacques-Mandé Daguerre,一七八九至一八五一年),法国艺术家和发明家、达盖尔银版摄影法的发明者。

到，却也觉得那景象可谓壮哉壮哉。这些果实形色各异，味道也不相同。滚圆的，梨状的；黑亮亮的，黑沉沉的，紫中带黑的那种皮又厚又粗，不过怎么也不会是浅紫色，也没有粉霜；甜味浓些的，味道淡些的，植物学家都难悉数辨清。

这个日子，也许可以在树木被砍伐后留下的场地上采到那种果形较大、味道较甜的黑越橘。由于长期以来被大树挡住了天日，所以它们一百年来都没能结果。但这段漫长的岁月没有白过，它们反而得以更好地养精蓄锐，从大自然那里获取精华。犹如古老的葡萄园一样，一旦开花结果，就奉献出最美的香甜。以后，当你脚下泥土肥沃湿润，你也会发现一些紫色的黑越橘果，它们个大肉厚，让你都不相信它们也属越橘一族，更不敢放进嘴里。这种情形的发生有两个可能，要么你去了国外，要么你在梦乡。欧洲越橘中有一个品种结的果的确大于其他品种，因此非常引人注意。

仔细端详黑越橘，就会看到它的果皮上有一些小点点，就像什么黄色的灰尘或小颗粒溅了上去，似乎擦擦就能去掉。放到显微镜下，可以看到那像是溢出的树脂，如果是在绿色的幼果上，这种东西的颜色就是浅浅的橙色或柠檬黄，和一种黄色的地衣相似。显然，在果实还没有长成之前，这种树脂状物的作用是包裹住叶片，以保护长出的果子牢牢粘在叶腋间。这种品种也因这种树胶得了个拉丁名，叫"有树胶质的果子"(*resinosa*)。

湿地里还长着一种黑越橘，树形细长，一般有三四英尺高，但最高也有达到七英尺的。这种黑越橘的枝干像草秆一样倒向一边，结果比前面说的那种迟但个儿大些，黑乎乎的颜色，皮上也有那种树胶质。这种的花序为总状花序，花心不分叉，虽说更常见的是单独生长，十到十二株长成一丛却也常见，我称其为湿地越橘。

最引人注目的当数一种红色的越橘，越熟红得越深，和黑越橘成熟时间一致。这种越橘的果实形状像梨，红里透白，肉质半透明，外面撒了一些精精致致的小白点，非常耐看。就算没熟时也一片青绿，仍不难让人一眼就将其与别的品种区分开来。就我所知，这个镇上有三四处就长着这种越橘，其拉丁名字叫"*Gaylussasia resinosa*"。

我曾为一人做过一些调查[①]；眼看调查快要结束时，此人才说他也没把握什么时候能付我酬劳。尽管这是不妙征兆，但一开始我并没太在意，心想可能他认为应该在合适的时机付酬劳给我吧。他还补充说，我大可以放心，他的猪圈里还有几头猪（而且都是最好的大肥猪），而我调查的农庄又的确在他名下，这点我也和他一样心里有数。这样一来，我就更没有顾虑了。好几个月后，他才送给我一夸脱的红色越橘，因为这正是他自家农庄地里长的，我认为这可不是个好苗头。由于我算不上他的什么特有价值的朋友，他就用这种礼物来打发我。我还发现这是他给我的首付——他这样断断续续支付，不知到何年何月为止。以后的几年里，他也以钱的方式支付了部分。这种支付方式是我最讨厌的，以后但凡看到人送我红色越橘，我都要小心提防。

除非在七月底之前能有充沛雨水，否则到时候越橘很容易因脱水而干瘪变形。雨水少的年份，往往等不到成熟它们就干瘪变黑。

[①]一八五三年一月十一日到十二日，梭罗应格罗斯（John Le Grosse）之邀对附近两家农庄及林场进行调查并画图。后根据梭罗日记记载，格罗斯在当年八月送了一些红色越橘抵部分工资。

另一方面，完全成熟了，遇上连日阴雨，它们又会不断落下，于是下场就是沤坏或踩烂。到了八月中旬，越橘果变软了，就该招虫了，一般到了二十日，孩子们就不再挎着篮子叫卖越橘了，因为没人敢买了。

越橘招虫也未免太晚了，所以采越橘的人才会逗留得那么久！我这个独行侠现在总算能独享清静了！

依时令气候不同，在小树林边或湖边生长的越橘通常可以在树上保持新鲜达一星期或更久。有的年成里，越橘结的那叫个多呀，人采不赢，虫子和鸟也吃不赢；在这样一个年成里，甚至在十月十四日，当时越橘树的叶子都几乎落得光光的了，没落下的寥寥几片也变成了金黄，可枝头仍有越橘果坚守，虽说早已变软，也饱受雨水折磨。

间或，越橘也会在八月中旬就开始脱水，这时它们已经完全熟了但又还没有烂掉。到了八月底，树上看到的越橘已经萎缩干瘪，变成皱巴巴的棕色一团，就像被人弄破或烧糊了一样，没一点儿生气，这都是天旱作的孽。九月里，它们的果实把山坡也染成了黑色，这时还挂在枝头的越橘干得像被用火焙过一样，变得硬硬的，在风里晃来晃去。有一年，到了十二月十一日，还看到一大块地方的越橘挂在树上，不过是还没等到成熟就干瘪的那种，一点甜味也没有。大概正是看到它们这样被风吹干的样子，印第安人才得到启发来干燥处理越橘吧。

八月的头几天里，正是越橘和低灌越橘长得最好、大批结果的时候。进入三伏后（至少在头伏的十天里），它们的果实挂满枝头，个儿头也长足了。

50

按植物学家分类，越橘和以下种种归为同类：酸果蔓（包括水越橘和山地越橘）、雪果、熊莓、山楂、平铺白珠果、麻醉木、桤叶树、月桂、杜香、鹿蹄草、梅笠草、水晶兰，等等。这些统统被称为石南科，它们不仅相似之处众多，而且在欧洲的生长环境也都相似。如果第一个植物学家是美洲人，那么上述种种，包括石南在内，很可能会统称为越橘科。刚才列举的植物是有顺序的，据说越是先提到的，其化石越早被发现。有人说只要地球上还有生物，它们就不会消失。乔治·B·爱默生提出一说：欧洲越橘和石南科其他植物的本质区别在于，它水分含量高的果实是结在花萼里的。

大多植物学家认为，欧洲越橘是越橘一属演化而来，我却觉得它真正的祖先是一种叫巴卡（*bacca*）的浆果，虽然语源学对这一词组的渊源还有争议，但这种东西是所有浆果之源。欧洲越橘也好，覆盆子也好，蓝莓也好，凡此种种名字都是在英格兰起的，被命名的本是欧洲越橘（*vaccinium myrtillus*）的果实，以及较少见的笃斯越橘（*vaccinium uliginosum*）。在新英格兰看不到前者，只有后者。欧洲越橘的英文是"whortleberry"，据称系撒克逊语言的"*heort-berg*"（鹿的浆果）演化而来。覆盆子的英文是"hurts"，是一个很古老的英文词，只用在文章里，据贝利解释，那是"一种球状物，象征着覆盆子"；德语族人称之为"Heidel-beere"，意思是"石南的浆果"。

"Huckleberry"（越橘）这个词最早见于一七〇九年劳森①的话。这个词怎么看都像是"whortleberry"（欧洲越橘）的美洲版，而且

---

①劳森（John Lawson，一六七四至一七一一年），美国人，著有《去卡罗莱纳州的新航线》（*A New Voyage to Carolina*）一书。

二者指的正是同属一科的植物，只是大都可以看做"whortleberry"的不同品种。据英语词典上解释，"berry"（浆果）一词来源于萨克逊语言的"beria"，意思是葡萄或成串的葡萄。在法语里，叫"raisin des bois"，意思是"树林里的葡萄"。显然，在美洲，"berry"这个词有了新的含义。这里浆果有多么丰富，我们都没有想到呢。古希腊人和古罗马人所以几乎没有提到过草莓、越橘、甜瓜等等，只不过因为他们那儿没长这些东西。

英国人林奈在《植物的自然体系》（*Natural System of Botany*）中写道：越橘科植物"原产北美，在纬度高的地区数量众多；欧洲并不多见，只集中在桑威治岛（英国东南部）的高山地区。"正如乔治·B·爱默生所言，它们"绝大多数可见于气候温和地区，或美洲较温暖地区的山区。也有些生长在欧洲，以及亚洲的部分岛屿，还有大西洋、太平洋和印度洋的一些岛屿"。他还说道，"同样的气候地理环境，欧洲长石南，北美洲则是欧洲越橘和酸果蔓的安乐之地。其美丽不比石南少半分，用处却远远超过石南。"

根据我们对北美洲植物的最新整理，新英格兰地区有欧洲越橘的十四个品种，其中十一种的果实都可食用——八种可以生食，越橘、蓝矢车菊或宾夕法尼亚蓝莓、加拿大蓝莓（新英格兰北部有生长）、前文列的第二种低灌蓝莓（也是最普通的低灌蓝莓）、高灌蓝莓（或湿地蓝莓）则数量众多，时节一到也不罕见的蓝越橘就不在这里罗列了。此外，我还从劳登和其他人那里搜集了资料，证明在英国真正能生食的越橘只有两种，而我们这里有八种；也就是说：水越橘和湿地笃斯越橘这两个在大不列颠只生在北部和苏格兰的品种，在北美洲却并不少见，尤其后者在怀特山脉①更是常见之物。我们刚才列出最常见的五种中，英国只有一种。总而言之，劳登描述的三十二种浆果中，除了以上提到的两种，还有四种也都只多见于北美，而欧洲有的只有三四种罢了。可是，和个别英国人谈到这个话题时，他们偏要说英国的浆果品种和我们国家的一样丰富。我就引用一些植物学家的话，说实际上他们国家能生食的浆果只有两种，而我引用的这些植物学家大多数还是他们的同胞呢。

劳登对湿地笃斯越橘如此评论："这种越橘味道也算宜人，若与水越橘相比则逊几分；若进食太多，或可引起眩晕及轻微头痛。"谈及他祖国仅有的那种笃斯越橘（又名欧洲越橘）时，他又写道："从英格兰的康沃尔到苏格兰的凯思内斯郡，英国的任何地方都生长着这种植物，东南各郡略少，越往东北越多。""这种植物树形别致，能结果。"其果实"人们将其用于烘烤小馅饼，亦做成果冻或与奶油同食当点心，这种使用方法在西部和北部各郡尤为盛行；其他地方的人们则喜将其用作食材放入布丁或烤饼"。他还说这些越橘果"无论是与牛奶搭配，还是就这么食用，都是儿童喜爱的食品"，并列举其他食用方法。

《山野植物大观》（*Woodlands, Heaths, and Hedges*）一书的作者科尔曼②在该书中写道：

> 行走在我们这里的山中或高地，一定会看到这种可爱的灌木丛，它们无处不在，如影相伴……地势越高，它们越茂盛，

---

①怀特山脉（White Mountains），美国新罕布什尔州北部阿巴拉契亚山脉的一部分。
②科尔曼（William Stephen Coleman，一八二九至一九〇四年），英国画家、插图家。

这个国家里最高的山峰也会因为拥有这些结实可爱的居民而显得更壮丽……

约克郡及其他北方各郡均有大量笃斯越橘出售，人们在制作点心、布丁和果酱时都毫不吝惜地加入这种浆果……更值得一说的是，由于这美味的果树只有在野外才能舒展自在，所以它们也往往是攀山客随手可得的美食……

大片越橘树丛中，孩子们在采摘红彤彤的越橘果（这儿市场上出售的越橘大部分都是由孩子采摘来的），在这一带行走，这往往是最让人赏心悦目的风光。他们或躬身在齐膝高的灌木丛中，或为了摘到最好最多的一兜而攀爬到险峻高耸的大青石上，孩子们晒得黑红的小脸透着健康，身上到处都粘有红色、紫色和白色的果汁——再衬上荒原高地一片深紫树影、青灰岩石和褐色大地，这样的色差对比绝对会使画师为之倾倒。

这些权威人士告诉我们，不仅孩子和大人喜欢这种果子，鸟儿也喜欢吃。但显然，这种果子并非英国人在自己国家常能吃到的，而在新英格兰这里则见多不怪。试想，英国人如果夏天里没吃到越橘布丁那会是什么感觉？新英格兰人的布丁让英国佬吃了想必会大跌眼镜。

新英格兰首批植物学家里有玛拿西·卡尔特[①]博士，他对越橘轻描淡写，称只有孩子才喜欢就着牛奶吃这种果子。博士大人多在孩子身后如是说，未免太有负越橘！在越橘成熟的日子里，博士大

[①] 玛拿西·卡尔特（Manasseh Culter，一七四二至一八二三年），美国人，写过介绍俄亥俄地区乡村、河流的专著。

人和他的乡党们一样三天两头吃越橘布丁，我可是丝毫不会意外的。如果他用手指抠出布丁里的越橘果，并神气地说："我这博士就不一般吧！"我也不会见怪。话说回来，未必是英国人写的书读多了，又或许他生活的年代新英格兰人还不怎么吃越橘呢。

虽然散落在野外不受重视，笃斯越橘在英国一直都不少，这点无需怀疑。有位植物学家说："越橘中的这个品种如果条件适宜，会长遍英格兰，并和石南、岩高兰（怀特山区也长有）一起构成那里富有特色的植被。"黑越橘是深色越橘的一个品种，不列颠找不到任何这类越橘，就是在这里的遥远的北方，这种品种也难见踪影。要说可以食用的浆果，一般来讲新英格兰比老英格兰要多得多。

再说说学名叫"rubuses"，而人们一般叫山莓的东西吧。咱这里的黑莓、悬钩子和糙莓都属于这个谱系。据劳登说在英国山莓有五个品种，而这里就有八个。就算他们那里有五个，也只单纯指常见而已，可咱这儿的八个里的五个都是又常见又好吃。英国的科尔曼谈到它们英国最好的一种悬钩子时这样说道，"由于野生的数量很少所以不被看重"，而我们已经开始对其进行种植栽培了，很多别的野果也被引入到园艺里。显然，那里的人更重视蔷薇果和山楂类，我们则对山莓更有兴趣。

之所以说这些，就是想提醒我们实在应该满足，满怀感激之心。

不应忘记，与我们这里相比，不列颠地处北纬较高的地区，所以植被有如此差异：我们这里的山上可以看到那里平原才生长的植物；而笃斯越橘和水越橘正是长在那里高山上的，在我们这里就长在较北的地区。

只要稍加留意，就能发现你身边处处有蓝莓和越橘树丛，虽然枝干瘦小或结果稀少，但任何小树林边、未被开发的原居民保留地上，都有它们的身影，随时都准备发芽长枝，和其他的植物一起竞争高下。人们为了获得各种利益砍光山林，又正是它们重新将秃岭披上新绿。无论什么样的树林被砍伐后，它们都会紧跟着冒出繁茂的枝条，这正是为了不让任何土地裸露而生生不息，所精心预备的造化。大自然这位母亲不但用它及时修复大地上的创口伤疤，还用它补偿我们，既然森林不再了，那就用它为我们提供美食吧。就像檀香树用香气让砍伐它的人如痴如醉一样，大自然哪怕对糟蹋资源的人也予以这种意想不到的回报。

只要记得哪一处树林被砍过，每年算算日子差不多了，就可以去那里采摘它们了。它们已在树林深处沉睡了百年，一见天日它们就迫切要飨我们以美果。为了收获牧草或阻止小孩进草场，农夫往往用火烧荒或把草砍光，这一来这类浆果反而长得更加繁茂，蓝莓嫩枝新叶的那种红色甚至能染红一片草场。我们这里包括波士顿的三大山①（不用说还有邦科尔山）在内的所有山岭都是——或曾经是——浆果之山。家母就记得现在罗维尔教堂所在之地，就是她当年采笃斯越橘的好去处。

总而言之，在英国人占领过的美洲部分和北边的一些州，笃斯越橘的各种品种都聚集在大森林里休养生息，大树一被砍掉，它们就挺起腰杆，还要北上扩大地盘。什么红莓呀，越橘呀，酸果蔓呀，格陵兰的爱斯基摩人将这些统统叫浆果草；葛兰兹②说他们冬

---

① 波士顿三大山峰为：彭伯顿山（Pemberton Hill）、贝肯山（Beacon Hill）、弗农山（Mount Vernon）。
② 葛兰兹（Grantz），身份不详。

天把叫"越橘草"的东西和皮毛、泥巴一起铺在屋子外面。他们还用这种东西做燃料。我就听说这一带有人发明了一种机器，专用来将越橘树杆铡碎后做燃料。

笃斯越橘的成员对土壤和阳光深怀敬意，以如此四海为家的方式在我们身边到处生长，多么了不起！我们可以毫不夸张地说：几乎每提高一百英尺就会产生一个笃斯越橘的新品种，而且不管在什么地方，不管其植根的土壤如何，它们一定根深叶茂，充满生机。在湿地有高灌蓝莓；在其他性质的土壤和坡地，则有第二种低灌蓝莓（即晚熟蓝莓）和越橘；在温度低的地方或开阔地带（尤其是林间的开阔地带和山顶），则有宾夕法尼亚蓝莓和加拿大蓝莓；而我国最高的山脉峰顶（即怀特山脉）还有独特的两个品种，这又是其他地方绝对没有的。新英格兰的大部分地区——从海拔最低的谷地到最高的山区——都分布着笃斯越橘家族成员，它们的灌木林蓬勃兴旺。

同样如假包换的是，笃斯越橘品种中的美洲越橘，只在这里生长。不清楚附近有没有一处灌木林，我就是知道有这么一种越橘的品种生长着。劳登声称笃斯越橘类"只能生长于泥炭性土壤，或类似的黏土中"。但美洲越橘不是这样的。它生长在这里的高山上，无论土壤多么贫瘠荒凉，它都能扎根安身，甚至我们的沙漠上都有它，就那样把根扎在沙里；肥沃的土壤里它同样欣欣向荣。有一种美洲越橘特别适宜沼泽地，即使没有可以生根的泥土也照样长得自在；不说别的，就拿毛果蓝莓来说吧，虽然这一种味道不好，但沼泽地里就长着它。在森林中美洲越橘相对长得少一些，但有一个品种却非常特殊，因为它就只生长在潮湿的树林里和灌木中，这就是蓝越橘。因为大自然母亲的眷顾，飞鸟走兽也好，人也好，但凡来到这里，都受到这种浆果的款待，虽然它们的好吃味道会因气候和土壤差异而有所变化。玉米、马铃薯、苹果，还有梨等，生长地区都有限，而这种笃斯越橘中的佼佼者，你就是在华盛顿峰[1]之巅也能毫不费力采上一大筐；更别说平常我们都熟悉的那些美国越橘品种了，就连格陵兰一带人们也能采到，而我们在家园附近就能采到的越橘，格陵兰人做梦也想不出它们的样子，这是大自然对我们独有的馈赠。

我这么花力气赞扬的美洲越橘中很大一部分都连绵不断地生长在阿尔冈昆[2]人生活的地区，即现在的美国东部、中部和西北部诸州，以及加拿大一些地区，还有曾经是易洛魁[3]人居住地的纽约州所环绕的地区。所以这些美洲越橘实则是阿尔冈昆和易洛魁越橘。

当然了，印第安人远远比我们重视野生果子，尤其是越橘。他们不仅教会我们食用玉米、种植玉米，还教会我们食用越橘，以及如何将这种果子干燥后保存过冬。当年，如果不是看到他们吃这种果子，我们白人准会忐忑好久，无法下决心放开胆子尝。正是看到他们吃，我们才凭经验估计这种东西野生无主却有益无害。一次在缅因州，我跟着一个印第安人走，观察到他边采边吃的一些越橘中有些是我从没想过要放到嘴里去的，于是我又知道更多的可食越橘品种了。

---

[1] 即怀特山脉主峰，海拔为六千二百二十八英尺，约合一千九百七十一米。
[2] 阿尔冈昆（Algonquin），居住在魁北克的渥太华河谷和安大略省的美洲印第安族。
[3] 易洛魁（lroquois），美洲土著居民邦联，在纽约州，最初包括莫霍克、奥内达、奥农达加、卡尤加和塞纳卡等族人。一七二二年后，塔斯卡洛拉人加入邦联，组成了六国，也作"lroquois League"。

为了让大家更容易了解印第安人是如何广泛利用越橘的,我将用大篇幅引用旅行家们的叙述,并尽可能依这些引文出版的先后顺序转述。尽管他们去的地方都相距甚远,但发生的事却都能相互印证。只有这样耐心倾听前辈不断重复讲述那些发生于不同时间的故事,我们才会明白真相。

印第安人很重视越橘,但关于在收获越橘的日子里他们怎么利用新鲜越橘,这些发现者们倒都没怎么说,那很可能就直接放进嘴里嚼吧。现在有种成卷成卷的大书叫食谱,书中提到用果子做的小煎饼上桌时,只写着"立即食用",再没半个字了。所以我们至今不了解当年印第安人是如何采摘这种果子的,要知道他们会花上六星期或更多时间干这事,很可能还为此露宿在越橘集中的野地里呢。

现在我要追溯到更早的时候,用我相信的那些有力著作来证明:印第安人绝不是从白人那里学到食用越橘的。

那还是一六一五年,魁北克的发现者尚普兰[①]远征到渥太华,观察这里的情况,并在前往淡水湖(那以后就叫贺顿湖)的途中遇到阿尔冈昆人,在和他们一起的日子里,他记下了他们如何为了过冬采集一些细小的果子并干燥加工。他把这些小果子分别叫小蓝果和悬钩子,而前者正是那一带最多见的蓝莓,也可以说就是我们称作低灌早熟蓝莓的一个品种。来到淡水湖边,他又发现这些土著用碾碎的玉米粉和上煮熟后捣成泥的豆子烘烤成面点,有时也会放入这些干了的蓝莓和悬钩子。这可是比那些远渡大西洋来到这里的清

[①] 尚普兰(Samuel de Champlain,一五六七至一六三五年),法国探险家,于一六〇八年在今魁北克省建立了一块殖民地。

教徒移民^①早五年哪。这也是迄今发现的关于用浆果做面点的最早文字记录。

方济会的修道士加布里埃尔·萨加德回忆一六二四年游历休伦湖^②一带的经历时写道:"这里蓝莓实在太多了,休伦族人^③把所有的小型果子统称为'哈希克'(hahique),唯独把这种果子叫'奥亨塔克'(ohentaque)。就像我们把梅子晒干一样,这些原始居民也常将其干燥后贮藏过冬,也用来给病人开胃,还将其作为调味剂放入粥内和面包里,后者通常放在炭火余烬里烘烤至熟。"据他所称,那些人放入面包的果子不仅有蓝莓和悬钩子,还有草莓、桑葚,以及"另外一些晒干的小绿果子"。在早年来到美洲的法国探险家们笔下,采摘蓝莓对土著人来说是经常性事件,他们采得欢天喜地,犹如庆祝丰收。

耶稣会的修士勒·热恩来到魁北克定居。在一六三九年写的《往事如烟》(Rolation)中提到那些土著时说:"他们有人竟觉得自己已经生活在到处都是蓝莓的天堂里了。"

非常了解印第安人的罗杰·威廉姆斯一九四三年出版了一本书,专门介绍他的土著邻居。他这样写道:"这些当地人把葡萄和越橘晒干后叫做'索塔什',这些索塔什可以整年贮藏,吃的时候将其敲打成粉末,放入谷类,能做成一道叫'索塔斯格'的非常好吃的东西,他们吃起来的那种快乐就像英国人吃李子饼或豆蔻点心

---

①清教徒移民(Pilgrims),一六二〇年在新英格兰建立普利茅斯殖民地的英国人,主张脱离国教。
②休伦湖(Huron),北美五大湖中的第二大湖。
③休伦族人(Hurons),美洲土著居民的一个联盟,曾居住于安大略省东南西姆克湖周围,现在人数已很少,主要居于魁北克省和俄克拉荷马东北,在那里他们被称为怀安多特人。休伦人曾在整个加拿大东部广泛地从事贸易。

时一样。"

但是一六六九年出版的《忆新英格兰》(New England's Memories) 一书中，作者纳撒尼尔·莫顿写道：一六三六年，有一个叫奥达姆的印第安纳拉干赛部落的人去世了，白人传教士为表示哀悼去守灵并献唱赞美诗。"煮熟的板栗就相当于他们的白面包，举办宴会是件大事，人们挖空心思像英国人那样做些特别的东西——比如在玉米布丁里放入很多黑莓，这东西与加仑子有几分相似"，无疑这里说到的就是越橘。这番话分明暗示印第安人是学英国人吃东西，或是专门为英国人做英国食品，然而他们自己并不爱吃，抑或这种英国式食品对他们而言很稀罕。可是我们早就发现他们对这些食品习以为常，更可能是白人学印第安人范儿这么做的呢。

一六七二年出版的《新英格兰奇趣逸闻》(New England's Rarities Discovered) 一书的作者约翰·乔什利[①]在讲到该地果类时写道："这里有黑色和天蓝色两种欧洲越橘，后者较前者更为常见……印第安人将这些越橘晒干后用桶出售给英国人，而英国人就将其代替加仑子，煮熟或烘焙后放进布丁里。"

规模最大的采越橘盛会就我所知是丘吉尔[②]船长回忆录中提到的那次。一六七六年夏天，他率人马为了追赶菲利普国王，在现在的新贝德福德附近的一处平原上遇到一大帮印第安人。这些人多为妇人，正在那里采摘越橘，见军队来了，弃筐而逃，果子散了一地。丘吉尔不但对这些人举刀相向，杀死多人，还掠了六十六人。

[①]约翰·乔什利（John Josselyn，一六三八至一六七五年），十七世纪到新英格兰旅行的英国人，他是这一地区物种的最早发现者。
[②]丘吉尔（Captain Churchill），引自约翰·乔什利的《新英格兰奇趣逸闻》。

俘虏们告诉丘吉尔，她们的丈夫和兄弟共数百人还在不远的雪松湿地等着与她们会合，趁她们来这里采摘越橘之时，这些男子就去斯贡第岩颈（Sconticut Neck）宰牛宰马，把即将举行的盛大欢庆准备得更充分。

一六八九年，和众多法国旅行者一样，拉·翁坦①在五大湖地区写出的信中也反复说起印第安人如何晒干贮藏蓝莓。他写道："如果能幸免于被摘采，北方的蓝莓满坑满谷皆是，原居民夏季便可大量收获。"当时蓝莓数量远比我们想象的要多。

拉舍尔神父一六九一年曾撰写了《阿贝内基语辞典》（*Dictionary of the Abenaki Language*），他注明在阿贝内基②语中新鲜蓝莓是"*satar*"，干的是"*sakisatar*"，"七月"如译成英语则是"蓝莓成熟的月份"。这也印证了蓝莓对这些人有多重要。

亨内平神父③一六九七年写道，在圣安东尼大瀑布附近他被苏族的瑙多维希人俘虏过。他观察到俘虏他的人将一种蓝莓当调味品，拌入野生稻米中食用。"他们将那种蓝莓晒干，其味道可以和柯林斯一带的葡萄干媲美。"柯林斯葡萄干就是从希腊进口的加仑子。

英国人约翰·劳森关于卡罗莱纳州的著作于一七〇九年问世。书中对北卡罗来纳如此描述，"这一带的美洲越橘（或蓝色的越橘）

---

①拉·翁坦[La Hontan, 一六六六至一七一五年（？）]，法国贵族，在法国海军陆战队服役期间，考察过明尼苏达、威斯康星和密西西比河上游流域。
②阿贝内基（Abenaki），原居住于新英格兰北部和加拿大东南部的美国土著民族。阿贝内基语是阿贝内基人所使用的两种东阿尔贡金语言中的任何一种，也称作瓦巴纳基语（Wabanaki）。
③亨内平神父（Father Louis Hennepin, 一六二六至一七〇五年），基督教传教士、探险家。

有四种之多……第一种和英格兰北方盛产的那种蓝色欧洲越橘一模一样……其次则植株矮小"，并提到后一种果子更小。"第三种生在地势低的地方，株高三到四英尺。第四种株高如树，十到十二英尺高，树干如成年男子手臂一样粗，多长在低地和溪流处……印第安人采下许多，摊在垫子上晒干，用来做成面包或别的一些好吃的点心。"我记忆里，他还是用"美洲越橘"这个词的第一人。

著名的生物学家约翰·巴特拉姆进入当时还是蛮荒之地的宾夕法尼亚、纽约的易洛克和安大略湖一带考察，一七四三年回到费城。他说自己"（在宾夕法尼亚）见一印第安妇人正在晒一种越橘，她在地上支起四根有枝丫的棍子，每根高三到四英尺，然后搭上很多草茎连成一片，再将美洲越橘铺在草上，就像烘干麦芽时铺在炉子上的毡子上那样。然后，妇人在地上升起一堆火，用烟熏干那些越橘。她让自己儿女中的一个守在火边照看"。

卡姆[①]记叙自己一七四八到一七四九年间在这里的游历时说："我在易洛克部落领地中旅行时，当地人总会以玉米面包招待我，这种面包是椭圆形的，里面加了越橘干果，就像我们往李子布丁里放葡萄干一样。"

上个世纪末，大半生都和特拉华印第安人一起生活的摩拉维亚的传教士赫克韦尔德言之凿凿地说，那里做的面包有一英寸厚，六英寸宽，而且里面的确"掺了越橘，或新鲜的，或干的，但不用煮了再放"。

[①] 卡姆（Pehr Kalm，一七一六至一七七九年），瑞典探险家，一七七三年出版《北美游记》（*Travels into North America*）。

一八〇五年,刘易斯和克拉克①在落基山西边看到印第安人做很多东西时都用越橘干果。

最后再引用一八五二年出版的《威斯康星、爱荷华、明尼苏达地理调查》(Geological Survey of Wisconsin, Iowa and Minnesota)一书,作者欧文写道:"宾夕法尼亚蓝莓(也就是本书中提到的低灌早熟蓝莓):圣克洛勒斯河流上游一带几乎是不毛之地。但这种普通的美洲越橘之一,在这样的沙地上也青葱一片,与班克松的生长特性相似,果实累累,其他植物不可同日而语。印第安人采集后熏干,大量贮藏,美味可口。"

从这些古人今人的作品中,你可以看到北美的印第安人一年四季都不离开美洲越橘,吃法和处理方法远比我们先进,美洲越橘对于他们也远比于我们重要得多。

以上引用的诸文中还证实了:用越橘干果做各种食品也是印第安人极为普通的做法,他们或做成布丁,或做成粥,或做成糕饼。用美洲越橘做成的越橘饼我们当点心,印第安人当年却作为主食,当然他们还用其他一些果子做食材。没听说他们往面点里放入苏打粉、碳酸钾或明矾,但他们也真的放过一些我们不会觉得好吃的东西。在这个一度盛产玉米和美洲越橘的国度,再也没有一种糕点食品能这样为全民喜爱并得到推广的了。我们的祖辈还没听说过美洲玉米和美洲越橘,这种糕饼就已经成为印第安人世世代代的美食了。如果你能在一千年前来到美洲,没准那时无论是在东北的康涅狄格河谷,还是东部的波托马可河沿岸,抑或是北边的尼亚加拉,

---

①刘易斯(Lewis)、克拉克(Clarke),两人身份不详。

加拿大的渥太华，还有密西西比流域，你吃到的都会是同一种越橘玉米饼。

几年前，我看过一幅画，画中生动描绘了南塔克特最后一个印第安人[1]手提一大篮美洲越橘，这似乎也暗示了他在末日到来前的工作。我一定不会比这些越橘活得还久，这一点我深信无疑。

一七八九年，特纳[2]被印第安人抓住，从此和印第安人一起生活了很长时间。他能说出至少五种越橘的佩瓦语名称。他说："*meen* 是一颗蓝莓，*meenum* 是很多蓝莓。"他还这么说："这个词是最基本的词，佩瓦语里，所有果子的名字都含这个词根。"也就是说所有的果子都是在"*meen*"前加音节。和今天对我们来说一样，蓝莓对其佩瓦人也是最普通最亲近的东西了，是一切浆果的代表，或者就是浆果之王。

如果植物学家保留印第安人对于各种美洲越橘的不同名称，而不是采用那些名不副实的希腊文、拉丁文和英文命名，那一定要好得多。那些正式命名可能对大西洋另一边的科研或一些应用很方便，但的确不适合家族庞杂的美洲越橘，这些越橘生长在大西洋的这一边。何况对拉丁文的"*vaccinium*"至今人们仍有争议，谁也不能断定是指花，还是指果。

植物学家为这种植物追根寻源。杜纳福尔[3]毫不犹豫给它授一

---

[1] 梭罗曾于一八五四年十二月末去过南塔克特，为那里的文艺协会做演讲。在当年十二月二十八日的日记中他写道："最后的一个印第安人就在这个月里死了，尽管他的血统已不是纯印第安的，我看到一张他的画像，画上他挎着一大筐越橘。"这位印第安人名叫阿勃拉姆·夸利（Abram Quary），死于一八四年十二月二十五日。梭罗看到的那幅画至今仍挂在南塔克特文艺协会里。
[2] 特纳（Tanner），身份不详。
[3] 杜纳福尔（Joseph Piton de Tournefort，一六五六至一七〇八年），法国植物家，他是给植物准确分类的第一人。

古香古色之名：艾达之葡萄。不过稀松平常的英国树莓过去的希腊名字也叫艾达之莓。这样看来，这种蓝莓和树莓都生长在寒冷的开阔地带，高山峻岭正是其自在之乡。这一来，我就接受了这类叫法，因为这种东西的确生长在艾达峰。不过，蒙纳德诺克峰尽管有个不太好听的绰号"凶石山"，倒和艾达峰的环境一样，甚至很可能更宜蓝莓生长。看在岩石越是凶险越能入诗人笔下这一点，我们还是把这个不太有把握的东方推想放置一边，姑且相信西方定论吧。

北方各州都有野生的李子、没法下咽的海棠果、可口的葡萄，还有好些坚果。但我还是认为能和热带水果叫板的，仍是品种繁多的美洲越橘，而且我也决不愿意用我们的越橘去交换。因为这并不是装船运来可以买卖或食用的东西那么简单，关键是采集过程中的愉悦是无法估量的。

和采集美洲越橘相比，收获梨子如何呢？园艺家们为自己栽培嫁接的梨树忙忙碌碌，究竟又有几家会正经种梨子或大筐大筐头回梨子呢？比较而言，梨不过就那么回事。一年到头，我尝的梨不会有两位数，而且我相信大多数人吃的梨还没我吃得多。要说明的是，写刚才那段话时，我邻居[①]的梨园还没有结果；自打果园开始结梨，他就往我和其他人口袋里塞梨。老天爷让我们在足足六个星期里（或更多）可以吃到越橘。满园苹果也比不上越橘重要，一个家庭一年吃的苹果再怎么样也不会超过一桶吧，可是想想看：一两个月的日子里，男女老幼天天都吃越橘，还有那些鸟也来打秋风。

[①]这个邻居就是赫赫有名的美国作家、哲学家和美国超越主义的中心人物爱默生（Ralph Waldo Emerson，一八〇三至一八八二年），他果园的梨树于一八六〇年开始结果。

就是那些橙子呀、柠檬呀、坚果呀、葡萄干呀、无花果呀、楹椁果呀，等等，对我们来说也都没什么了不起。

用金钱衡量的话，它们也不是无法获利之物。听说一八五六年那年，就有阿什拜的居民靠卖这种美洲越橘得了两千元呢。

五月和六月里，这里的田野和山冈到处都开着一种花型有几分像铃铛的花，非常别致。这种花就是美洲越橘家族成员。花通常带几抹淡淡的粉红或大红色，开放后轻轻弯下，引来小虫围着嗡嗡地飞个不停。每一朵花都将结出一颗浆果，这种浆果是大地母亲能献出的最无粉饰、最有益健康、也最甘甜的果实。我思忖这只怕就是最大的浆果家族笃斯越橘的一个品种，竟开出这样能带来果实的花！这种植物无处不在，饱满充盈，数量丰富，而且不需半文就能采，岂非神赐？可是总有被魔鬼迷了心窍的蠢人，居然以烟草为生计，穷尽心思，耍卑鄙手段，不惜毁掉这些莓果，甚至伤天害理蓄奴耕作等等，作恶多端。田野里飘起一圈圈烟雾，这就是那些烟草的主人对财神的膜拜。我们被谁授予了怎样的权利，竟然要用这种方法来区分基督徒和伊斯兰教徒？为了每一种生灵的利益，比如说鳕鱼、鲭鱼，都可以上诉到地方议会请求判决，可是没人理会越橘的利益。最初的发现者和探险者向我们报告这种越橘的存在，然而现在的人压根不理会它们的生死。

蓝莓和美洲越橘就这样朴实平凡而生机勃勃，对人类付出了关爱。简直难以想象有什么地方没有长这些东西。就像鸟离不开它们一样，人也离不开它们。当红皮肤的土著人还活在这片土地上时，它们覆盖着满山遍野，现在那些人不在了，它们还在。难道它们不就是野果之最吗？

67

只有在这一个季节才能丰收这种果子，那么这有什么寓意呢？大自然总是尽最大力量好生呵护着自己的孩子们，春天孵出的小鸟现在刚刚学会觅食；每一棵小树和每一根藤蔓也都做足了准备，用既营养又美味的花果款待行人。无论脚下的路把他引到哪里，上山下山，还是进入森林或来到旷地，路两旁永远有数不清的浆果，种类多样，根本无须离开大路，他就能尽兴采摘，要多少就有多少，而且这些美洲越橘生长的地方不同，色彩和味道也不一样。那种晚熟的低灌蓝莓生在水分多的土壤里结的果最大，而到了湿地，高灌蓝莓味道甜酸度最佳，不管走到河岸边还是来到平原，只要脚下是沙土地或疙瘩，你准会采到低灌黑莓，尽管品种不会很多。

行人终于与大自然如此亲近了，他就像其他的生灵一样走到哪儿就采摘到哪儿。大地和山冈是永远摆开的餐桌，大自然备有食物也备有饮料，好提神醒脑。各色佳酿在那些莓果薄薄的表皮下如同装在酒瓶中，各料丰富，飞禽走兽尽可以畅饮。与其说这些越橘是为我们提供食物，不如说是向我们示好，这是一种特殊请柬，邀我们与大自然一起真正野餐。摘下这些果子，放进我们嘴里，就记得大自然母亲的恩惠。这可不是禁果，不是邪恶的蛇诱惑着去吃的禁果——这是大自然赐予的圣餐，我们便是在领受圣餐。舌边留下淡而纯的甘甜是大自然对我们的友善示意，她接纳我们做她的嘉宾，让我们备感她的关怀和呵护。

每每登山之时，见山路旁丛丛美洲越橘或蓝莓摇曳，挂满果实的树枝似乎不堪重负，低低垂向地面，不禁想到这是何等尤物，只应生在奥林匹亚山供众神受用。你往往都没意识到，正是因为有了它们，这里的山也就等于是奥林匹亚山仙境乐园；你采下吃了，就如同神仙般快乐。既然有生以来做了回神仙，也就不必再眷恋神位不思人间了。还是去山那边干燥的牧场，那里也有这些果实。它们不仅等着让你一饱口福，还会让你吃的时候也自然联想到：这种果实就像它外表那样没有矫饰，能滋养大脑，助人思维。

如果偶尔果子结得少，次年就一定会结得多，好像它们也晓得要做补偿一样。记得有的季节里雨水丰沛，果子结得又多又大，结果这里的座座山猛一看全是蓝紫色的。这种"大年"的年成里能出现许多前所未见的新品种，任一切生灵尽情享用也不会耗竭。有一年刚好是越橘的大年，人们在康南顿峰的一侧深山沟发现的新品种就多达五六个。记得先下到树荫浓密的沟地，那里就能找到第一批浅蓝的蓝莓，它们鲜艳漂亮，一大簇一大簇地静候在那里，分明就是奥林匹亚圣山之果——香气美妙，皮薄汁多，味道清爽。然后，再往上爬，就能看到一样密密长在一起的各色低灌晚熟蓝莓，果肉结实甘甜；爬到更高处，有果实更大的各种美洲越橘，或紫或黑，疏密不一。位置最高的当数疯狂生长的低灌黑越橘枝蔓，黑色的果实层层叠叠堆聚在藤蔓上，随着藤蔓蜿蜒生长忽而生团，忽而成圈，震撼视觉。与这些黑越橘交错的是高灌黑莓，主干高高挺立在那里，颇有鹤立鸡群之态，树上果实将熟未熟，或密或疏挂在枝头或藤上，细小树枝和大小叶片将它们自然分开，使其透气畅快，不至未熟便烂掉。就这样，沿着藤蔓树丛随意前行，信手采下你认为最好的果子，高灌黑莓枝上的果实也许和你的拇指头差不多大小，但大小并不重要。看到这样的过去采一点儿，又看到那样的再过去采一点儿，就这样边走边采，采了一大捧，不少还落到地上被你踩烂。手中莓果形态颜色各异，但论及味道，一定还是那种带有粉霜的最好吃，口感最清爽。我本人就曾这样深入树丛寻找它们，最后竟然发现了一种从不为人知晓的品种。每看到新的一块爬满黑莓藤蔓的地方或新的越橘树树丛，你总认为比之前看到的颜色要更深，因为果子更多。有些地方的美洲越橘实在太多太好（比方说长的全是这种黑越橘），你就会做下记号，以待来年造访。

尽管越橘果实累累，却不见飞禽走兽对它们下口，看见的倒是蚂蚁和小虫子在它们身边忙个不停。牧场上的奶牛走来走去，对它们视而不见，这也算是我们人类的福气了。其实飞禽走兽也吃浆果，只不过我们看不到而已，一来这种果实分布广、数量多，二来那些动物也不敢光天化日朝有人的地方钻，因为知道我们会猎杀它们。不过，动物们远比我们更需要这些浆果。我们不注意的时候，知更鸟常常光顾我们的樱桃树啄食樱桃，而狐狸总趁我们离开后才在那些长满越橘的野地出没。

有一次我买了一大捆越橘树枝放到小船上，然后我就划船回家。和我同行的还有两位女士，她们把树枝上的果子采得一颗不剩，采完一枝往水里扔掉一枝，采下的足有三品托（一品托合约 0.55 升）呢。

就是寻常年份里，美洲越橘结果没有那样丰盛，我采摘到的也绝不少于大年里的收获。当然，这样就得走远一点儿，去偏僻点儿的地方，在那些粗心的农夫房舍院墙之间的地带，土壤当然也比我家附近的肥得多，就能收获颇丰。只要是越橘，不管是树还是藤，都会结果。路旁树丛就是越橘之家，黑越橘、越橘、糙莓等等都各自为营结伴而生，枝头果实色泽鲜亮，数量丰富，哪里有半点缺墒短水的迹象，也没有被采摘过的痕迹。高高的岩石上，黑越橘从层层叶子下探出头向我张望。难道岩石上也能聚集水分吗？难道就没人来采摘过吗？我似乎进入到肥沃的乡土，人间的伊甸园。这就是忘忧山①，这就是河里流淌着牛奶、地上长满越橘的福地，不过那些浆果还没有放进牛奶里。这里的香草从不枯萎衰败，这里的露珠永远晶莹不干。这里的人受到上天何等眷顾啊！

"如果知道自己有多幸福，这些农人理应充满感激。"这是古罗马诗人维吉尔说的。

带儿童们认识野外森林时，这种浆果的作用也非同小可。越橘结果的季节距学校放假还有很长一段时间，但是果树间仍不断见到小小的手指上下翻动采摘小小的果实。这可不是什么苦差事，这分明是游戏，而且还是会得到实实在在回报的游戏。新英格兰八月一日那天就是奴隶解放纪念日②。

那些从没去过远处山冈、野地和湿地的妇人、儿童，这会儿都行动起来了，拿上干家务活用的一些工具，急急忙忙出了门。樵夫冬天进湿地为了伐树砍柴，而他的妻子儿女夏天进湿地则为了采浆果。现在，从女人采摘浆果和坚果的娴熟程度上，你一眼就能分辨出谁是真正的土生土长农家女，那种骨架身板粗大、两眼圆睁、目光狂野的女子往往就是，虽然她从没去过海滩③。

撒迦利亚④亲眼看到并去过的好地方叫极乐世界，但是不曾告诉人们在哪里，他当年就是搭乘运干草的车去的那儿，那时的大车

---

①忘忧山（Delectable Hills），见班扬（John Bunyan，一六二八至一六八八年，英国传教士兼作家）所著《天路历程》。
②美国南北战争前，新英格兰地区每年八月一日庆祝西印度群岛获得自由。
③梭罗自己在手稿旁边注释道，这是借用英国诗人济慈（John Keats，一七九五至一八二一年）的一首诗《无情的女人》（*La Belle Dame Sans Merci*）中对海边一妇人的描写，那首诗用了"两眼圆睁"（wild-eyed）。
④撒迦利亚（Zachariah），公元前六世纪的希伯来先知，《圣经·旧约》中有记录他言行的《撒迦利亚书》。

还没有弹簧，准颠得不行。咱不妨也搭乘运干草的大车去远方的极乐世界吧，好在现在有弹簧了，再加上身子下面垫着干草，多少能减几分颠簸之苦。这样的旅行方式虽然有许多不便和辛苦，还常常会中途停半天，叫人急得上火，但不失为聊天拉家常的好机会，而且除了发现越橘外，也能看到很多好风光。但对于老练的行者来说，一多半是在丛林里穿行的路程却也饶有新意，令人向往。天气很热的话，男孩子往往会砍下浆果结得多的枝条后扛到有树荫的地方，女孩就在树荫下轻轻松松摘下浆果。不过这一来倒也白白少了好多乐趣，不能好好领略田野风情，有很多好节目也就这样错过了——如果你对音乐敏感，阵阵牛铃声传来也是新体验，而伴随阵雨平地炸起的惊雷，很可能会吓得你慌不迭找地方躲起来，甚至瘫倒在地。

　　在长着越橘的野地里，我试着为长途跋涉做些预习演练。我从未为这些演练预习交过半文学费，也没置过装，但我从中学得到的反而比在任何学校学得的还要实在，而且收获颇丰。在新英格兰，西奥多·帕克[1]绝不是唯一一个借助采摘浆果而自学成才的人，虽然他原本也可以去哈佛或任何什么远离浆果地的学校念书学习。长浆果的地方本身就是一所大学，在这所大学里，不用听斯托里、沃伦和韦尔[2]耳提面命，你也能学到永远不会过时的法学、医学和神学知识，田野比这些哈佛教授不知强多少。为什么有人竟急急从浆果

---

[1]西奥多·帕克（Theodore Parker，生年不详，卒于一八五九年），美国建立图书馆第一人。幼年未上过学，一八二二年到波士顿，靠采摘浆果所得买下自己有生第一本书。从此为建设图书馆努力，并将自己的图书馆捐赠给波士顿市。
[2]西奥多·帕克一八三三年去哈佛求学期间，斯托里、沃伦、韦尔都是哈佛大学教授，分别教授法律、医学和神学。

地里抽身，赶着要挤进哈佛校园呢？

　　很久以前，有些人生活在远离城镇的荒原上。那时称不入流的人为"荒原佬"，意即不开化的异教徒，当然不是好词。因此，我深信像我们这些住在长着越橘的野地附近的人——那越橘野地就是我们的荒原——一定也被城里人看不起，很可能他们就叫我们"越橘佬"。但最糟的是，城市的扩大并没有拯救我们多少，反倒消灭了更多越橘。

　　我十岁左右，间或在夏日的上午（尤其这一天家里请了裁缝来做衣所以要招待，定下做蓝莓布丁了），会吩咐一个人去附近山上，这一来也就有了不上学的好借口。不管山上结的蓝莓数量怎么稀少，到十一点来钟，还是采够了做布丁的量，我还把它们反反复复在手上转来转去看了几遍，确保个个都是熟透了的。我给自己定的规矩是：在这种情形下，不采得够家里做饭做菜用，就决不吃一颗，因为采浆果的意义远大于吃浆果。家里人待在屋子里做布丁忙得翻天覆地，而我可以出门逛一上午——且不说这一来更有了好胃口能多吃布丁。他们只吃到布丁里的果子，而我得到的远比放在布丁里的更值得回味。

　　和玩伴一起采浆果时，有几位总会带一些形状特别的杯碗，我每次看了总对那些果子是怎么放进去的感到很好奇。有一个小伙伴带了一只咖啡壶去采越橘，这个东西的确有很大的好处——回家路上，如果贪吃，从中抓一把吃了，他只要把壶盖盖上晃晃就又显得满满的了。

好多次，眼看我们这一群人已经走到离家不远的荷兰屋①了，大家就不约而同地晃动着手里盛越橘的器皿。大概无论什么器皿都可以这样伪装吧。我们当中有人参加过青年美国②运动，现在这帮人已经变成老年美国，可是他们的主张没有变，动机没有变，不过是用来对付别的东西罢了。眼看快到采野果的地方了，每个孩子都加快脚步甚至跑了起来，急乎乎占一块地盘，大呼小叫道："这是我的了！"然后划出边界。另一个孩子又站到一处喊："这是我的了！"就这样一个个把地方分了。这样做对浆果地也不失为一种很好的法制管理。不管怎么说，这种做法和我们瓜分墨西哥和印第安土地的手段区别不大。

有一次我看到一大家子出来采浆果——父母带着一群孩子，他们也是这么分地盘采的。他们先将越橘树枝砍下，然后拿到一个大桶边使劲摔打，直到桶里满是越橘果（生的熟的都有）、树叶、树枝什么的，这才抬着离开，就像一群野人从我眼前消失了。

记得很清楚的是有一次（那是好些年后了），我满怀自由精神和勇敢探险的斗志，提着桶穿过一片野地，走了很远，来到一块湿地或山坡，待了整整一天。无论用什么好学问来换那一天里我的疯狂"拓展"经历，我也不换。所有的文化都必然通往自由和发展，我顿悟到的远胜过我在书中学到的。那里于我就像一间教室，所有值得听取、值得见习的我都能听到、见到，而且我无法不好好上

---

①荷兰屋（Dutch House），根据梭罗的朋友和邻居F.B.山伯恩说，这所房子很有荷兰特点，前部的屋顶很斜。
②青年美国（Young America），是十九世纪四十年代初在美国兴起的一个经济、政治、哲学运动，至五十年代中期结束，其特点是热衷鼓吹市场经济，支持世界各地共和运动，主张领土扩张。

课，因为身边一切都在给我教导。正是这种经历（通常能不断体验到）最鼓舞人奋进，促使人去深造，好生研究。

唉，现在可真是世风日下呀！听说有些采果子的人居然把地上的越橘也当做自己的了，我就看到有人竖了告示，清清楚楚写着禁止入内采摘。还有的则将地盘出租，或者限量采摘。*Sic transit gloria ruris.*（乡村美好不再了。）我无意怪罪谁，但的确这是很可悲的。我们曾经的生活中没有这样的事发生，真应该为此感谢上苍啊。乡村生活的真正价值究竟为何？如果什么都要上市场用金钱买进卖出，乡村生活还有什么意义？这就会导致卖肉的屠户推着一车越橘走来走去，这挥刀杀牲的家伙看样子要操办婚礼。这就是我们这个文明不可避免的后果，牛肉充斥，越橘减少；最后越橘减少百分之八十，采越橘活动也就消亡了。于是我们除了吃牛肉，只剩下没有果子的布丁。那就让我们做牛排吧。大家都知道牛排是怎么来的——那就是把为你辛苦卖命工作的老牛打翻在地，或者趁它还在活蹦乱跳时从它身上切一条肋骨，连皮带肉，然后等着小牛长大再砍。这一来，肉店门板上就用粉笔写这样的字："本店销售小牛头和越橘。"

随着人口的不断增加，欧洲大陆和英国的大城市也多了起来，我想那里的人也失去了许多享受自然的权利。这个地球上的野果没等被移入园子里就要消失了，就算在市场上能买到的也只是空壳。整个乡村都像被加工后一样整齐划一，人们根本不知道曾经的丰富多彩，剩下的果子只有蔷薇果和山楂果，寥寥可数。

如果长了越橘的地都被划为私人所有了，这个国家会是什么模样？走在大路上，看到路旁有这样私人化的越橘地时，我心情分外沉重。我看到这样的土地上草木没有了生机,大自然也垂下了面纱遮住自己。于是我加快步子,急着要赶紧离开这该死的地方。再没有什么比这更糟践大自然的了。看到这种情形,我想:这里那些甘甜姣美的越橘果都变成臭烘烘的钱了,这真是对它们的亵渎。是的,我们有权利把越橘作为私有财产,就像我们可以这样处置草地和树木一样;是的,这样做并不比我们公然立法支持的成百上千的行为更坏。但是,这样做的最大坏处是:它使我们看到了所有的恶,也使我们看到了这个文明和劳动的分工会不可避免地走向哪里。

这样的事已经发生了——甲是职业的越橘采摘人,他租了乙的地。想必这块地的越橘采摘工作由申请了专利的马拉采摘机[①]进行。丙是手艺高明的厨师,管理用某些果子做的布丁事宜。丁教授,坐在书房著书立说,而布丁正是为他做的。当然,教授写的书就是关于越橘的。在他的著作里将记录下上述所有工作。可是这样读起来又有什么意思?其实不过始于越橘地也止于越橘地而已。越橘的活力荡然无存,读这种书才叫受罪。我更愿意另一种形式的分工:丁(也就是教授先生)应该能进得书房写作,也能走到越橘地里采摘。

在上述例子里,我深感遗憾的是采摘的有利之事无法让大家分享,结果成为狗占马槽(dog-in-the-manger result)。因为这一来,我们就把其他采越橘的人也从越橘地里排除出去了,使他们无法享受采摘越橘的快乐、优质产生的身心健康,以及从中获得的启发,同样,也剥夺了他们采集其他野果的权利。那些野果比越橘更精美,更高贵,只是我们还没发现有人采摘它们,我们自己也没采摘

---

① 经查实,实际上并没有这种机器。

或拿去卖掉——因为没人想过要买——于是就让它们在树上自生自灭，干瘪烂掉。我们这样做的结果就是，我们再一次掐断了与大自然的联系。我个人认为这种做法愚蠢至极。只要任何人可以采摘，越橘果哪怕再小再少，也美丽可爱。可是如果对我说，这块湿地已被某人租用，我连看它们一眼也不愿意。我们竟然把越橘交托给这种不懂得欣赏它们的人。事实就变成，我们不交钱就不能去采，这一来大家就不再去采了。而这帮人对越橘哪有半点关心，他们关心的只是钱。这就是我们这个社会允许的——妥协、让步，任由越橘退化变坏，变成金钱的奴隶。

这是一定的，即当人们首次声称拥有这种随意生长的野果的所有权时，也一定多多少少自惭形秽，而且我们偏离那些快乐有趣的采越橘活动时，我们对自己也感到厌恶。如果交由越橘来裁定谁应该拥有它们，它们一定乐意让孩子们结伴走进用草绳围住的地里采摘，还有谁像他们那样能单纯感受采摘的快乐呢？

越橘减少也是我们为修铁路付出的代价之一。我们所有的所谓"发展"无不是为了要将农村改造成城市。只是这些损失却从没见任何人向我们补偿。这也意味着——正如我说过的那样，我们的官僚和各种多如牛毛的衙门本质就是这样的。这种做法已呈泛滥之态势，我并不是生来就爱抱怨挑剔——"我爱恺撒，但我更爱罗马"。[①]

[①] 引自莎士比亚《恺撒大帝》(*Julia Caesar*)中布鲁图斯的演讲台词（第三幕第二场），后面是："你们宁愿让凯撒活在这个世界上，大家作为奴隶而死呢，还是让凯撒死去，大家作为自由人而生？"

77

臭臭的红加仑子

一般的红加仑子，又叫醋栗（common red currant），总在七月三日左右长成。

一八六〇年七月七日，往后推了约莫三四天。

在很多关于新英格兰的旧作中，作者们提到的野生加仑子是黑色的，也有红色的，但现在已经很难看到了。毫无疑问，像草莓、鹅莓和树莓一样，加仑子也一度在这里生长茂盛。有人在安蒂科斯蒂岛（位于加拿大东部）看到的野生红加仑子，据说和这里人工种植的完全一样。罗杰·威廉姆斯就描述过一种印第安食物，是使用加仑子、葡萄和越橘的几种干果做成的。

从罗顿[①]到新罕布尔州康科德市的坎特伯雷镇路上，我看到路边有一种很臭的加仑子（ribes prostratum），已经变红了。[②]一八五二年九月七日，在蒙纳德诺克山的岩洞里我也采到过这样的加仑子。它们有一股臭菘的气味，但还不至于不能忍受。在怀特峰上也采到过一些，这种加仑子果实的外表被一些小毛刺包裹着。

---

① 罗顿是美国新罕布尔州的城市。
② 一八五八年七月四日，梭罗与爱德华·霍尔（Edward Hoar）一起去怀特峰，沿途他们对植物进行考察，路线是走霍罗大路（连接罗顿到康科德北的一座小城坎特伯雷）。一八五八年七月五日至十六日，梭罗和霍尔抵达新罕布尔州境内的怀特峰，与一些友人会合。

红接骨木果

正是在从罗顿到坎特伯雷的路上,我看到了成熟了的红接骨木果,那是一八五八年的七月四日。回想起来,我不只在新罕布尔州东北部看到过这种东西,在马萨诸塞州中部的沃尔塞斯特郡也见过。这是一种非常俏皮的果子。

北方野生红樱桃

北方野生红樱桃七月四日开始变熟,但很快就会烂掉。红彤彤的,很漂亮,但很难发现可以入口的。

一八五二年九月七日和一八六〇年八月四日,我在蒙纳德诺克山区看到过它们。

一八五八年六月二日。在位于特罗伊和费其伯格①之间的一些山上,尤其是被烧过荒的地方,看到大量野生红樱桃树开花。同样在用作营地的旧址和树林被砍伐的地方也很多见。

---

①特罗伊(Troy)在新罕布什尔州;费其伯格(Fitchburg)在马萨诸塞州,两地相距二十五英里。

萨尔莎

到了七月七日，好些萨尔莎①果就已经熟了。

根据一八五九年十月十四日记载，那一年已经好几个星期没有发现它任何踪影。

一八五二年六月十日。它的绿色果实刚刚长出。

一八六〇年六月十九日。拨开叶子看到那些小绿果实好不惊喜。

一八六〇年八月一日。现在菝葜树上不仅有绿色的果实，也有黑色的果实了。

低灌黑莓

低灌黑莓果实七月九日开始成熟，二十二日就可以动手采摘了，但最佳采摘时期是八月一日到八月四日期间，到了八月底还能在一些阴凉的地方找到一些。

一八五六年八月四日。果实已经变软，但和一八五一年七月十九日所见相比，数量翻了几番。

一八五六年七月二十一日。有几处黑莓果很密集，完全可以开始采摘了。八月二十八日，已基本采完。八月二十三日阴凉的地方

---

① 萨尔莎，又名菝葜（读音 bá qiā），攀援状灌木，有块状根茎，茎有刺，叶互生，有掌状脉和网状小脉，叶柄两侧常有卷须（常视为变态的托叶）；花单性异株，排成腋生的伞形花序；花被片六，分离，雄蕊六或更多；子房三室，每室有胚珠一至二颗；果为一浆果。

还看到一些。

"这里树林间此时到处长着一种很好吃的浆果,这种浆果枝干很矮,几乎贴地而生,此地人称其为露莓。虽然从外表来看,它和英国本土的同名浆果长得完全一样,但实际上它的味道远优于前者,还很酸。"①

七月九日,在一些沙土地的河滩上朝阳处已经有个别的黑莓熟了,一串串趴在地上,就像铺的铁轨一样。十七日,我看到孩子们在大田(Great Field)一带采摘黑莓。

一八五三年七月二十一日。看到山坡上那么多又大又亮的黑莓,不禁感到讶异。

一八五六年七月十七日。在J.P.布朗家和那座粗灰泥抹墙的房子之间的山上,也意外发现了大量的低灌黑莓,都熟了。这样暖烘烘的季节里闻到那种加仑子般的酸味的确不寻常。

一八五六年七月十九日。那些掘宝人在河滩(就是克莱门山那边的一条河)挖掘时②,把挖出的沙子堆在一边,而黑莓就从这些沙子里冒了出来,这也是我看到的今年第一批成熟的黑莓。大概是沙滩的热辐射促成了它们的提前成熟吧。恐怕我是唯一从这些坑里有所收获的人,而农夫们一致怪这些掘宝人把地上挖得左一个洞,右一个洞,却不填起来。不过一开始我没留心那是什么样的沙,也不因为这些黑莓就对那些掘宝的人或给他们支招的莫尔·皮彻③有什

---

① 该文引自戈斯(Gosse)的《加拿大自然面面观》(*Canadian Naturalists*)。
② 根据梭罗在一八五四年十一月五日的日记里解释,这些掘宝人(money digger)就沿着克莱门山南萨波里河挖掘,认为可以挖到海盗从前藏的宝贝。
③ 莫尔·皮彻(Moll Pitcher),臭名昭著的巫师。据说,有一个叫莫尔·皮彻的人给前来咨询的掘宝人支招,叫他们沿着一棵苹果树去挖,可以挖到宝藏。

么感激。有人受损，就有人受益。本是一些懒人的愚蠢，或者是迷信的糊涂，竟使我比别人能早些天得到黑莓。抬头望过去，才发现早在去年春天他们就已经挖过一个洞，一直挖到山上去了，大约有五六英尺了。那时那里还没有黑莓呢。

八月初，黑莓就变软了，但是在较阴凉的地方那些黑莓还是很新鲜的。

一八五四年八月十二日。在越橘树上，看到伸过来长长的梗，上面结着黑莓。那些个儿头大的和高灌蓝莓果一样大。

一八五九年八月二十三日。在特拉西小巷的松树下采摘到了非常新鲜非常大的低灌黑莓，吃到嘴里特别甜也特别软，开阔地方长的黑莓早就过气了。巷子里的这种黑莓和一般的黑莓不同，个儿头大，甜度大，又更柔和。它的果结得并不稠密，反倒很稀疏，悄悄栖身于叶子下躲开太阳，完全熟透了。那些能藏在阴凉处躲开日光慢慢成熟的黑莓果，总是特别大、特别软、特别甜，而且四周总有隐秘的灌木丛。

一八六〇年八月二十七日。采摘到一些很大的晚熟低灌黑莓，它们趴在一些小草和青苔上面，还有些则长在北美油松林里。

一八五二年七月三十一日。那些长在凉爽潮湿地上、叶子皱巴巴的，果子小但结得稠密而精神气十足的低灌黑莓，是不是就是普通的黑莓呢？我一直在琢磨这事。

一八五三年七月二十二日。这是哪种黑莓——果实不大，但密密成簇，尤其那些贴着墙使其他植物得以荫庇的东西，黏黏糊糊，味道又非常重。会是什么呢？

一八五六年八月五日。我找到一大片最后一批成熟的黑莓了。

果子并不大，吃起来凉凉的，黏黏的，有点酸，不过有些倒蛮甜。它们长在一起，低低地垂下。

一八五六年八月十九日。低灌黑莓的品种还真多呀！在这个松树坡上[1]，我又采到一些很大的黑莓，非常新鲜，味道沁甜。本来黑莓早就该下季了。看来，黑莓的季节比我们知道的要长得多。

野生鹅莓

七月十日那天我采到了野生的鹅莓。

一八六〇年七月二十二日。几乎在最北边的安努斯纳克墙角看见了鹅莓。

一八五四年五月二十七日。那些刚长出来不久的鹅莓大小和豌豆一样。

一八五三年七月三十日。在J.P.布朗家的地里看到了一些。小水珠一样，很光滑，红色，从果实内透出一条条纵向的细纹，两端略扁。（这里看到的不像种在园里那种早熟品种那么早就开花，结出的果实颜色却和后者结的有几分相似，也是深紫或蓝色，不过更光滑，含更多胶质。这种鹅莓很酸，味道更重。）

一八五四年七月十日。大多野生鹅莓都变黑了，也脱水了。

一八五六年七月十九日。在J.P.布朗家的小树林里又摘到一捧，果形都很漂亮，颜色有红有紫，甚至还有几个仍青青的，可能

---

[1] 梭罗在原稿上用铅笔写道："就是费尔海文山。"

很快就全熟了。味道还不够，不像人工种的。

乔什利如是说："鹅莓可见于乡间各处，它的果实又称刺葡萄，果小，熟者色红或呈紫。"

林奈则称其为加仑子鹅莓（*grosenlanceoe*），并说："此物北美洲尤为多见。"

金丝桃

这种学名叫"*hypericum ellipticum*"的东西六月十日在地势低的地方初露容貌。尽管它们当时外壳还没裂开，但看到它们红色的蒴果[①]也让我着实开心。

麦类

每年，裸麦生长之迅速都令我吃惊一回。

按传统的说法，一七七五年康科尔战役[②]时，苹果树已经开花，地里也麦浪滚滚了。我向一位老先生讨教这事，他说他不认为麦子

[①]蒴果（capsule），是果实的一种类型。由两个以上的心皮构成，成熟后自己裂开，内含许多种子。如棉花、芝麻、百合等的果实即属"蒴果"。
[②]康科尔战役（Concord Battle），一七七五年四月十九日发生在美国民兵和英军之间的一场战斗。

那时已经长得那么高了,应该只有几寸吧。四处观察,结果五月十四日看到的裸麦在地里就是这个样子,又过了些日子才在草地上看到它们。

七月十一日,收获季节拉开序幕。收麦人在树丛后收割裸麦,我只听到大镰刀割麦的刷刷声音,他们也许看不到上游处悄悄行走的我吧。

到了七月十三日,远处传来打连枷声,我心头顿时感到秋意袭来。回想往年情景,我知道这种声音会断断续续持续整整一个秋天,甚至冬天。唉!正如塔瑟诗中所写:

> 打麦呀,打呀,打呀,不断打呀,
> 一直打到来年五月来临。
> 打呀打呀,粮食满盆,
> 洒落在地的喂饱家畜家禽。
> 打呀打呀,下雨也不停工,
> 这就是我们的劳碌命。
>
> ——《五月农事》(*May's Husbandry*)

一八五一年十月八日。农民收获苹果和玉米,并将玉米脱粒。

十一月一日。储藏玉米。

一八五八年九月十三日。听到打连枷声,是为小麦脱粒。此地人们这样做已有两百多年了。不知这种声音还能听多少年?

一八六〇年七月三十日。今年第一声连枷声传来。也许某位农夫急于想把谷仓腾出些地方,抑或是等着粮食下锅。是打的小麦还是裸麦？也许二者都有。

圣皮埃尔认为，如果我们对果实的概念更清晰，就会把树上结的果实也纳入庄稼的范畴，而不仅限于禾本。但这样一来——"假设我们把庄稼的概念延伸到森林的产品，那么这么多年它们圆毁于战乱兵变，或焚于孟浪粗心之人造成的火灾，或遭遇飓风连根拔起，或洪水袭来悉数卷走，任何国家要补齐这些损失都需要数十年不可。"

阿方斯·德·康多尔[1]说过："通过对很多人的观察，法布尔[2]先生相信禾本山羊草能被人工种植成一种麦子。而这种禾本山羊草本身似乎就是从一种羊吃的草改良而来，在欧洲南部非常多见。有人认为这要归功于戈登先生，因为是他将改良后的种子在野生山羊草中大量播种，这样一来才有今日的小麦出现。"他说小麦在亚洲都是野生的，尤其在小亚细亚和美索不达米亚。

凤仙花

一八五六年七月十四日。凤仙花种子发芽了。

一八五二年九月二十七日。它的管束[3]像子弹一样喷出枪膛开

---

[1] 阿方斯·德·康多尔（Alphonse de Candolle，一八〇六至一八九八年），瑞士植物学家。1855年，出版了《植物地理学》，这部书是对当时植物地理学所有知识的综合和总结。
[2] 法布尔（Jean-Henri Fabre，一八二三至一九一五年），法国昆虫学家及作家。
[3] 管束（vessel），本质部的一种导管结构，包含死掉的圆管状细胞，它们一个连着一个，由孔连接起来，几乎在所有开花植物中都能找到它们的种子。

花——就这样把种子播向四周。我的帽子里就有这样一些管束，它们就在我的帽子里这么爆裂了。

一八五〇年七月三十日。悄悄地，它们开始发芽长叶，几乎让人察觉不到。说起来会吓你一跳：等你察觉时，说不定它们已经有茎了，还有小小的气孔，颜色是绿的，深浅不一。

野生冬青

到七月十四日，湿地野生的冬青果开始红得像酒鬼的眼睛，但外表如同蒙上天鹅绒一样。也许在所有的浆果中，这是最美的一个——细长的枝条上长满精致的叶子，冬青果就挤在这些叶子里，在枝头摇曳。

芜菁

七月十五日。看到野生芜菁。

另外一天黄昏时分，冷得手指都僵了，我集中心思改进拔芜菁的作业技术，一心想趁它们没冻坏时就拔出来。这样的天气里做这事挺有趣。这些芜菁那么饱满，那么青油油，同时还在为来年储存养分，这真是不宜错过。在那些已经开始发蔫的绿叶子中，那露出点点深红的，就是圆圆秃秃的芜菁，有的都快钻出地面了。看到它们，不禁联想到冷风里被吹红的面颊。的确，这二者还真有关联。只要你播过种，那么任何收获，哪怕冒着第一阵冷风，手指冻得发麻，也其乐无穷。

芝菜

七月十五日，芝菜①。

一八六〇年七月三日。在戈文湿地看到了芝菜绿油油的果实。芝菜看上去就像一棵长得直直的草，生长在开阔地带的池塘边，从许多苔藓中脱颖而出，和一些竹片般的茅膏菜混杂长在一起，它的果实被铅灰的小蓇葖包裹，一两根细枝就是它探查动静的工具。

一八五五年一月十日。欧洲酸果蔓湿地，看到池塘边缘的冰上有很多藏有这种东西种子的小蓇葖就像老鼠屎一样，如这般很细地排成行，多处分布，以便更好更多地吸收阳光，这些阳光下的芝菜小蓇葖已经将身下的冰融化了一寸多。可以相信，有些动物以这些种子为食。

一八五八年七月十三日。芝菜现在开花结籽了，除了戈文湿地，它们还长在列顿湖一带。

---

① 沼生草本，长十至三十厘米，基部有叶鞘和叶舌。花茎高十至二十厘米，直立，着生数叶，上部的茎叶披针形，较小，呈苞片状。总状花序，着生三至十花，花梗长约三毫米，后伸长达一至二厘米，花被片六，黄绿色。果为膨大的蓇葖果，每蓇葖含两颗种子。

阿龙尼亚苦味果

阿龙尼亚苦味果[①]七月十六日开始成熟,到了八月中下旬它的最佳季节就来了,紧接在美洲越橘之后。到了九月初就开始发烂了。

看到那些还没长得够大够好的阿龙尼亚苦味果,年纪小的采摘人往往会错当成越橘摘下放进篮子。在长着蓝莓的湿地里也常常长着阿龙尼亚苦味果,而且两者几乎同时成熟。抬头看到高处从枝头垂下的阿龙尼亚苦味果,你会忘记它们中看不中吃的特点。有的阿龙尼亚苦味果树高至少八英尺,甚至十二英尺,但你绝不会发现有什么动物会吃树上黑黑的果子。这是一种不被人叫好的浆果。尽管在一些湿地阿龙尼亚苦味果树只有三至五英尺高,果实黑压压一片,常叫人感到这个世界上阿龙尼亚苦味果实在太丰饶,丰饶到过剩了,也没人采摘。而但凡我们能加以利用的东西,造化都不会慷慨给予。

一八五三年八月三十日。维尔山上有大片阿龙尼亚苦味果,果实密密麻麻,粒粒大得像小樱桃一样,把枝条都压得弯到地上,整个地上都黑溜溜的。像这样结得密密实实的浆果,我还是头一回见到。

一八五八年八月十二日。今天吃了高灌蓝莓。但还是蛮想尝尝结出一大片密密实实的阿龙尼亚苦味果。因为从没人想过要吃它们,它们就待在树上把树叶压弯了。看上去应该很甜呀,吃起来才知道果肉干干的,而且很刺喉咙,嗓子有冒烟的感觉。

一八五六年八月十八日。继美洲越橘和蓝莓之后,阿龙尼亚

[①]又名黑果腺肋花楸浆果。

苦味果现在也处在结果高峰期。由于不被任何人或动物待见，所以果实都能留在树上，把枝条都压弯了。它们的数量不少于美洲越橘，乍入口也甜丝丝的，但马上就觉得那果肉像干了的纸浆，口感很差。不过一大片阿龙尼亚苦味果的样子倒十分壮观，大自然的本领有多大，我们很难一言概之，只知道决不能小看，除了要养活我们，她还有很多儿女需要滋养呢。

八月二十五日，虽然依旧密密地挂在枝头，但有些阿龙尼亚苦味果已经干得发黑了。

一八五三年九月四日。阿龙尼亚苦味果发出腐烂的气味。开阔湿地的一些矮小的果树上，依旧挂着许多果实，想必会一直挂到冬天。

一八五〇年十二月十九日。湿地上的阿龙尼亚苦味果都干了还挂在树上，好多啊。现在它们可甜多了。

一八五三年一月二十八日。在一块长有云杉的湿地上，采下几颗寒风中吊在树上的阿龙尼亚苦味果，尝尝，还挺甜的。

一八五八年一月二十九日。湿地里到处可以看到干了的阿龙尼亚苦味果。

一八六〇年八月二十六日。玛西娅迈尔湿地，这里生长的阿龙尼亚苦味果比别处都大，而且果树也特多，视觉冲击得令人眩晕。在这一望无边的密密匝匝的果林里，我费力地想踩出一条路。从没人尝过这些阿龙尼亚苦味果，长在低处的一些树叶也干了，泛着红色。这时的阿龙尼亚苦味果果肉依旧难吃，干巴巴的，但果汁味道挺好，不知是否可以用来酿酒。

一八五六年八月二十八日。继越橘和蓝莓之后，大量黑黑的阿龙尼亚苦味果和黑樱桃都成熟了，两者今年都逢大年。

臭菘

七月十七日，臭菘①结果。八月至九月间，在割过草的低地上，看到臭菘结出的黑乎乎的、有鳞叶包裹的果实，粗糙得犹如一个个研肉寇的舂臼一样。它们几乎贴着地面——几乎完全平铺在地上——托出硕大的椭圆形果实，它们虽然形似草莓，可是发出的气味与草莓全然不同。时常可见到被割草人劈开后扔在旁边的臭菘果，开裂后，住在小房子里面一样的种子就裸露出来。臭菘里层呈青绿色，很柔嫩，由于镰刀砍下时至多齐地面而削，它们大半部仍藏在没有耕种过的土里，所以也基本落得皮肉完整。臭菘的果实也就这样落到草丛里。这种形似北极松松球的果实最大的居然有三英寸长。七月底，割草人割光低地的一些草场后，会很意外地发现：尽管他从自己的地里和园子里依然能得到收获，老天爷还是将孕育了如此硕大的果实放在了这里。春天，我们在臭菘植株上看到的臭菘果方才成型，而现在这些果实已经成熟——这就是所谓肉穗花序②。整朵花最后只剩下花粉囊不断长大，一旦成熟就变成黑色。

人们一度根本不记得还有这么一种早春就出头的东西，都忘记它们了。它们深深埋在草的中间，为了让果实成熟，叶子都已腐烂。我们中可曾有人想过：曾经听到蜜蜂在它们的佛焰苞③上嗡嗡

---

①这是生长在温带沼泽和草甸中的植物，生长时会发出难闻的气味。我国东北人叫它黑瞎子白菜，其花期长达十四天左右，花苞内始终保持着二十二摄氏度的温度，比周围的气温高约二十摄氏度。花有臭味，却引诱着昆虫飞去群集，成为理想的"御寒暖房"。
②一种似棒的肉质穗状花序，通常开有被包在鞘状佛焰苞内的小花，有天南星属植物的特征，如马蹄莲和天南星。
③一种包含或衬托花簇或花序的叶状苞，天南星和马蹄莲上都有。

飞过,却从没人会在意它们!春光明媚时节,那些小巧玲珑的喇叭花让人们多少感到眼前一亮,真的让人很难将其与眼前这样黑乎乎的丑东西联系在一起。把臭菘果带回家后,朋友们总以为是松果什么的,几乎没人能确切说出它的家族。放在屋子里一周后,果子变软、发蔫,然后裂开,散发出甜丝丝的气味,几分像香蕉,闻起来以为该果可食。可是我刚放进嘴里,就觉得火辣辣的。我想没人会吃它,不过春天走在河滩边,常看到地上的洞口或浅滩上会有二十至三十个棕色的坚果,估摸着老鼠在收藏它们吧。

沙樱

　　沙樱的成熟期起于七月十八日,八月一日或稍后几天是最佳时期。

　　一八五二年六月十日。看到枝上长出的小结节状,和加拿大李差不多。

　　一八六〇年八月十日。有些已成熟。

　　这种果子俏皮好看,哪怕有人认为"尚可入口",仍是中看不中吃。不过偶尔也发现过一些味道还过得去的沙樱,至少比稠李好点吧。这种果子成束结成伞形花序①状并垂下,一束少则两颗,多

---

①单个花茎大致上总从同一个地方长出的,顶端扁平或圆的花序,如洋葱和细香葱。这里是指沙樱结果的形态。

则二十来颗，都由一处花梗生出。爱默生、格雷和比奇洛[1]都认为沙樱在本州（新罕布什尔州）是稀罕物件，可是在康科德市一带实在平常，不管地势高低，还是草甸牧场，都见得着。果实直径约八分之三英寸，长约十六分之七英寸。

欣德[2]在其著作《一八五七年报告》中提到，他曾在（明尼苏达）伍兹湖上的小岛上发现过沙樱，并说"土著称其为涅克米纳，甘甜可口"。或许在那个地方沙樱不但长得茂盛，味道也好得多。

龙血树果

七月二十日看到龙血树果，整个八月都看得到它们。

一九六〇年七月三十日。美极了。

这种植物就长在湿地边缘阴凉的地方。结出的浆果颜色深得特殊，近乎黑紫色，有的是靛蓝色（也像一种中国蓝——有人称"水晶蓝"）。它们的果实也是成伞形花序状，两到五个成束结在顶端枝头。那些树枝大约有八到十英尺高，它们裂开冒出花茎，然后就在这里结果。龙血树果呈椭圆形或有点方圆形，大小如豌豆但顶端有凹陷。此时龙血树的叶子依旧绿油油，浓浓密密，在地上投下一道道美丽的影子，而龙血树果就像被这些树叶托起一样，果叶辉映的

---

[1] 比奇洛（Jacob Bigelow，一七八七至一八七九年），美国当时著名的医生兼植物学家。
[2] 欣德（Henry Youle Hind，一八二三至一九〇八年），出生在英格兰的加拿大地质学家和探险家。

画面如诗如幻。而它们也的确如好诗一样少见并少为人知。正是借这种植物的花——由花结出果——叶子才能持久鲜活。

到了八月底,果实几乎都掉光了。

玉竹果

七月二十二日能看到玉竹了。又过一个月,玉竹叶就被食客采光了。一八五三年九月四日,这时看到的玉竹是最好的,也许九月一日就是这样了。

这种精致的植物长在山边,漂亮叶形包裹的叶茎婉转低回,通常结两颗青中带蓝色的浆果,实际上那如豌豆大小的浆果是深绿色,不过外裹一层带着蓝色的粉霜,吊在叶柄上,轻轻摇荡。通常,每株玉竹会长有八到九个这种从叶腋伸出的伞形花序,纤细精巧,约四分之三英寸,轻轻垂下,婉约动人。每把这样的精致小伞在末端又一分为二,所以结出的果当然也小巧玲珑——它们顺着叶茎从下往上长,每一颗的直径不过八分之一英寸,大的也不过八分之三英寸。

高灌黑莓

七月二十二日,我采到了高灌黑莓,只怕这是今年第一批呢。因为一般来说要等到八月初才能看到它们大批出现,而八月十八日就是黑莓最旺盛的时候,它们可以一直长到九月。

向阳的山坡上,它们挂满果子,黑亮亮的和红的、青的混杂在一起,枝头轻垂,与香蕨木①和盐肤木②为伴。在地势低的地方或路旁肥沃的土壤里,它们长得更密些,结的果实也大一些。无论在哪里,高灌黑莓都是能采到的浆果里最精美的,的确如此。但如果挨到晚一些的时候(比方说八月二十五日),你再去看,会觉得它们更精致美丽。这时低灌黑莓和美洲越橘基本上都早被采完了,你不要去那种尘土飞扬的大路边,而应该去布满岩石的矮林地,那里湿度大一点,又远离大路,唯有那里的黑莓才能逃过采摘人的眼和手而安然无恙地待到完全成熟,静悄悄半掩在浓浓绿叶下,几乎把树枝压弯了。许多结结实实的果子落到潮湿的泥土里,摔得扁扁的,或是挂到香气清爽、枝叶带芒又生脆脆的绿蕨上,被你我之辈踩得稀烂。这里的黑莓新鲜,黑得发亮,饱含果汁,随时都可能从枝头落下。现采现吃,和家里客厅的茶几旁享用的黑莓相差无几,这也是一种人们爱吃的浆果。

新罕布什尔和缅因两州的高地上,果味甜甜、果形长长像桑葚样的高灌黑莓,只长在乡间大路两旁的洼地里,似乎向路上的行人

---

①北美洲东部的一种芳香的落叶灌木(香蕨木属)。
②一种灌木或小乔木,长有复叶、绿色成簇的小花和红色覆毛果实,如毒常春藤和毒橡树。

打招呼。这位行人也常常走下大路，钻入比他还高的丛林，采摘饱餐，补充精力，重新上路。

直到八月底和九月一日还看到有些地方黑莓果仍然不少，人们很难注意到那些地方有黑莓的藤蔓蜿蜒（我倒很清楚要怎么走才能采到那样的黑莓）。走到很近处，还不会想到这里有黑莓，因为看不到它们的枝藤，原来是它们低垂混入那些绿蕨和盐肤木里隐藏起来了。这些黑莓熟得发黑的居然还不到一半，被阳光照得到的那些则已经开始干萎，而那些荫凉处的依旧水灵新鲜。

康科德一带有两种黑莓很特别，一种是新罕布什尔州到处可见的那种形似桑葚的，还有一种学名叫"*frondorus*"，果形圆球状，很大，一簇里结果数不多，果实光滑，味道清新；刚结出的果子呈浅浅的粉红色。

杰拉尔德曾说这是"普通的悬钩子"，"成熟时汁多甘甜，且微带热气，故食之感觉其佳也"。

即使大路边的黑莓蒙上尘落满了灰，仍然味道甜美。

美国稠李

七月二十三日，有的美国稠李[①]开始熟了，到八月二十九日就全都熟了。那时，我看到的稠李已大如小豌豆了。

[①] 又名野樱桃，原产于北美。其浆果淡红色，味酸涩，故俗称嗛人果，但也可用来制果冻和保藏食品。

伍德在其著作《新英格兰印象》中，这样评说我们的稠李："比英国本土的樱桃要小，如果没有熟透几乎一无是处，根本没法吃。咬一口，满嘴苦涩；咽下去，嗓子眼就像吞下蜡一样难受。这真是一群红色的小流氓，我就这么叫它们。按英国人的分类法，它可以算作一种英国樱桃，其实和印第安人一样未被归化。"

这儿一带没有别的植物像稠李这样可以沿着篱笆栽种当做树篱。美国稠李树齐人高，一串串结在梗上的果挂满枝头，每串总有两到三英寸长。果实大小如豌豆，色泽黑亮，圆形或略微椭圆，刚刚八月就干萎了——至少开始干瘪了——却仍能让人吃后嘴巴半天都是麻涩涩的。毋庸置疑，人们往往上了它外表的当，以为它是甜蜜蜜的。即使再过一个月，它吃进嘴里还是涩涩的，留在舌头上的果汁和口水相遇后味道变得更怪，就像往茶里倒进了酸牛奶。从外表看来，美国稠李胖嘟嘟的，圆润可爱，可是味道实在不堪，不过它们的模样（尤其将熟未熟之际）也可以弥补这种不堪了。看看十到十二个果子组成的一串串稠李，每一颗都光滑、鲜红、神秘，（半透明的一样吗？）谁也不会因为它们味道差而讨厌它们了。不过，那些八月底的稠李——颜色暗淡，熟透了，干了，反倒还入得了口。至少比我吃过的味道好一些，只是吐果核很麻烦。

美国稠李树不算什么大树，高不过二十英尺。萨卡其瓦人认为它们的果子，"虽然不好吃……干了以后弄碎了可以做成调味料，做肉饼用。"[①]

一八五四年五月二十二日。枝头的串串稠李密密匝匝挤在一

[①] 出处不详。

起，因太密不透气，有些都烂了。

林奈说："北美洲人认为用稠李（*cerasus virginana*）……喂牲口很危险。"

红豆杉

红豆杉果（*taxus americana*）大约在七月二十五日成熟，至少在树上还能继续待到九月十二日。

我只在康科德的一处见到过这种有趣的小灌木。它很少结果，头一年生长的杉树上，在距树尖处四到五英寸的树枝上零星结着几颗。这些小果子看上去简直不像天然的，就像蜡制的一样，是所有浆果中最令人惊叹的一种。原因嘛，首先它结在一种常绿的铁杉树上，我们很难把这种柔软鲜艳的浆果与这种树联系起来，它的鲜红色和杉树针叶的深紫色对比强烈，相映成趣。猛一看还会觉得意外，以为在铁杉树上看到加仑子了。第二个原因就是它的外表，太不自然了，怎么看都像是一个蜡制的小果子——外形像一只杯子，但是厚厚的更像个小巧的臼，底部则有一颗深紫色的种子。邻居们都不相信在康科德还能有这样的浆果。

野苹果

八月一日前后,苹果熟了,不过我认为吃起来再香,也不如闻起来香。把它包一个在手帕里,比任何店铺里买到的香水效果都好得多。有些果子的香气与花香一样,着实令人难忘。走在路上捡到一个长得疙里疙瘩的苹果,闻到它的香气就想到果实丰收季节①,想到红苹果堆成山的苹果园,堆满了苹果的苹果酒作坊。

又过了一两个星期,走过果园或花园,总会有那么一段路一路飘着苹果成熟后散发的香气,尤其在黄昏时分特别浓郁。尽情享受这种芳香,不用付分文,更不会为了要付钱而打主意去打劫。

所有自然生长的东西都散发出某种香味,吃起来有种难以捉摸的美味,而这些正是它们最宝贵的地方,这也是人们无法复制进行买卖的地方。天下果子千万种,没有任何一种的完全美味是我等凡夫俗子能品尝到的,如有此人,那必非凡人,只有不凡的人方能领受到每种果子的神奇美味。这个世界上每颗果子都能制成琼浆美食,但我们这样粗糙的味觉却感受不到,这就好比我们到了诸神居住的天堂却毫无察觉。每每看到一个特别工于算计的人,把又香又大的苹果运到集市上去卖时,总觉得好似看到一场角逐:一方是这人和他的马,另一方是马车上的苹果,而我心里总是向着苹果那一方。普林尼说苹果是最重的东西,牛只要看到一车苹果也会流汗。赶车的人一心要把苹果运到它们不该去的地方,也就是要运到非常糟的地方去。刚一上路,那些苹果就开始一个个从大车上溜走。车

---

①原文是"...reminds me of all the wealth of Pomona..."。"Pomona"是罗马神话中的果树女神。

老板不时停下来查看，拍拍麻袋，确认货物都在，可我却分明看到苹果一个接一个飘摇升天，带着它们最美好的那一部分去了天堂，运到市场上的只是它们的皮囊和果核。这已经不能算苹果了，只是一堆果渣。诸神可以借其永葆青春的伊敦①苹果就是如此吗？想想看，如果让洛基和特亚西②带回老家约坦海姆③的是这种东西，等到他们自己脸上皱巴巴，头发也会白时再吃，那还会有后来的善恶交锋、天下大乱吗？不会了。

一般到了八月末或九月，冷风频频吹来，尤其遇上大风还夹着雨水的时候，苹果就会被吹落不少。风住雨停，四分之三的苹果落到了地上，它们围着树静静躺在地上，摸起来硬硬的，但青绿诱人。如果苹果树长在山边，它们只怕就滚到山脚了。不过有人失之，有人得之——所有的人都走出家门捡苹果。这下今年的第一块苹果饼就可以吃到口了，而且还不用花多少钱呢。

十月，树叶落了，树上的苹果就更显眼了。有一年，附近一个小镇上，我看到一种树，它结的苹果数量之多是我从未见过的，走到路边都可以伸手摘到，显然这种苹果树不同于其他同类。粗粗的树枝被那么多果实压着，弯得像伏牛子的细藤一样。就连树顶部的那些枝干也压趴了，被一直结到顶的果实压得向四周散开后垂下来，就像画里看到的菩提树那样。有本英文老书里写得好："大树结苹果之时，向人谦卑施礼。"

苹果当然是万果之尊，只有最美丽的或最富睿智的人才有资格

---

①伊敦（Iduna），北欧神话中一女神，专事保管有使万物青春永驻之神力的苹果。
②洛基（Lokki），北欧神话中的邪恶精灵，在巨人特亚西（Thjassi）帮助下盗走伊敦保管的苹果，导致诸神衰老，人类受难。
③约坦海姆（Jotunheim），北欧神话中巨人之家。

受用,这正是它的真正价值所在。

十月五日到二十日,看到苹果树下放好了大桶。见一人好像正在精心挑选,我就上前攀谈。他拿起一只有些污点的苹果,左看右看,还是没放进桶里。如果要我说,我会告诉他无论选择哪个,都会有污点。因为他擦去了果皮上的那层粉霜,也就擦去了最优秀最美好的那部分。夕阳西下,凉意袭人,那农夫不得不加快手脚。最后,见到的只是几张梯子,无语斜倚在树下。

如果不将苹果仅仅视为树上结出的新鲜有机混合物,而是满怀喜悦和感激地将其视为上苍厚礼,那该多好啊。有些英语谚语还是蛮值得采纳借鉴的,以下引用的大多都是我本人在布兰德的《名言俗谚》(*Popular Antiquities*)[①]中读到的。比方说"圣诞前夜,德丰郡的农人结伴携苹果酒、烤面包来到果园,以多种形式向苹果树表示敬意,以求来年苹果丰收"。这些表示敬意的仪式包括"把酒浇在树根上","把烤面包掰碎撒到树枝上","围坐在当年苹果结得最多的一棵树下,连饮三巡"。其祝酒词如下:

> 向你举杯,亲爱的苹果树,
> 愿你发芽开花多多,香气扑鼻远万里;
> 愿你结果多多,来年喜开外,
> 装满头巾装满帽,
> 装满筐,装满桶,装满袋!
> 卖了换成钱,

[①] 尽管梭罗自称是在布氏书中读到的这些谚语,但实际上出自劳登著作《名言摘录》(*List of Books Referred to*)。

全家笑开颜。

哈哈!

英国的很多地区在除夕之夜还举行俗称"喊苹果号子"的活动。一些男孩儿结伴，依次来到各家果园，围着苹果树，不断念诵这样的句子：

树根呀，扎得紧紧的！
树尖呀，伸得高高的！
上帝保佑，来年丰收。
每枝每丫，苹果个个大；
每棵每株，苹果多又多。

然后其中一位吹牛角号，其余的就在号声伴奏下齐声高唱。在喊号子过程中，他们会用小树枝敲打树干，据说这是对树敬酒的表示，也是对果树女神献祭的古风继承。

赫里克[①]在诗中唱道：

向果树敬酒，愿来年，
无论李梅梨杏都丰盛；
你敬果树是否心诚，
回报自有注定。

[①] 赫里克（Robert Herrick，一五九一至一六七四年），十七世纪的英国诗人。

我们自己的诗人完全应该多写些歌咏苹果酒的诗，他们理应能写得比英国同行们写得更好，否则就太亏欠缪斯了。

一些被人工改良的苹果树（普林尼称之为"urbaniores"）就讲到这里打住。我更想不拘什么季节，走进年代悠久的果园，看看那些没有被嫁接改良过的苹果树。它们无序地生长着，树不成行还不说，有时两棵树竟紧挨在一起。那种乱糟糟的排列，令你以为种树人要么只顾大睡而不理会它们如何长大，要么当年栽种时也是迷迷糊糊在犯困。但凡被嫁接过的绝不应该长成这样。我今天说这话很有些怀旧的意思，因为这样天然自在的景象已被毁坏殆尽了。

我们邻县有一石头多的地方叫东溪乡，非常适宜苹果树生长，那里种下的树，只要长出来了，根本不用花心思打理，不像在别的地方时时都要费神劳力。据当地人解释，由于那里的土壤石头太多，加上离家又远，他们就不愿费事犁耙翻耕，所以那些果树也就任其自然生长。那里的果园总是（或曾经是）面积很大，却没有什么条理。这哪里是果园，苹果树和松树、白杨、枫树，还有橡树都混长在一起，但花照样开得艳，果照样结得多。每当在这样树种多样的地方，看到树顶圆圆的苹果树上挂满红彤彤、黄灿灿的果实，与周围的浓浓秋色和谐辉映，我总是惊叹。

十一月一日，发现山崖边长出一棵小小的苹果树，一定是鸟或牛把苹果籽带来的。历尽艰辛，种子终于发芽顶开岩石，露出地面，在乱石丛和野生树木中茁壮成长，还结出了果子。这样的季节，果园里的苹果树早被人采光了，而这棵树上的苹果还没有被霜冻坏半点。它就那么长着，带着一股疯劲，一树的绿叶，乍一看像长了刺一样，而那些苹果还是绿绿的，结结实实的，似乎就是到冬天才会好吃一样。有的苹果挂在枝上，随风轻摇，但有一半已经落到地上，或是被后来掉下的树叶遮盖住，或是顺着石头滚到山下了。看来这块地的主人毫不知情。它哪天开花，哪天结出第一个果，除了山雀谁也不晓得。没人来到这棵树下围成圈跳舞，对它敬酒，现在又没人来理会它的果子，据我观察，光顾它的只有小松鼠。这棵小小的苹果树完成了两件事——结出果实，还向蓝天高高伸出枝丫。多么神奇的果子！得承认它们的确比多数浆果的个儿头都要大，而且放到家里还能顺顺利利过冬，直到来年春天依旧味美质好。既然眼前就有这样好的苹果，我干吗还要惦着伊敦的永葆青春果呢。

　　岁末时分，早过了苹果收获季节，我艰难地爬到这个地方，看到这一树的苹果，不由得对它肃然起敬，即使我吃不到它们，也为大自然如此慷慨心怀感激。就在这么一个乱石成堆、野树遍布的山边岩石丛中，这棵苹果树生长着，不是有人刻意栽种，也非昔日果园遗迹，就是自然而然生长在那里，和松树、橡树一样，自然而然生长在那里。我们认为有价值并有用的果实大多数要靠我们栽种照料，比如玉米，比如谷类，比如马铃薯、桃子，还有各种甜瓜。可是苹果树像人类一样学会了独立生活，经营自我。它并非仅仅被动地随人漂洋过海来到新世界，从某种程度上说，它也像人一样主动来到这块土地上，任由牛呀、狗呀、马呀把它们的种子带到什么地方，然后找到生根处，健康蓬勃地生长。

　　甚至就是在最恶劣的地方结出的像山楂那样最酸涩口味的苹

果，也向人们证实着它们的高贵。

　　话说回来，这里的野苹果再野也和我本人一样，绝非此地土生土长之物，流入此地前仍然经过教化改良。还有一种更具"野性"的是这里乡间到处都有的一种山楂，"从未被人进行过任何改良"，米肖[①]如是说道。从纽约州到明尼苏达州，再往南走，可到处看到它们。米肖说"它们一般高约十五到十八英尺，但也可以看到高约二十五到三十英尺的"。他还说那些长得高的"非常像普通的苹果树"。"其花色白，杂有些许玫瑰红，呈伞状花序"，花香独特好闻。据他说，山楂的果实直径约一英寸或一英寸半，非常酸，可以用来酿酒或做成非常好吃的蜜饯。他总结道："一旦经人工种植，山楂结果就不再好吃，而且也很少了。聊以可慰的是总算依旧开花，花的芬芳依旧。"

　　直到一八六一年五月，我才终于看到了山楂树。就我所知，除了米肖做过相关介绍外，现代植物学家中无人视山楂为值得一提之物。因此这树对我也越发有些神秘。我精心设计了一趟旅行，专程去宾夕法尼亚州的格雷德，据说这片沼泽地上长着最好的山楂树。我想过要不要先到苗圃去看看这种植物，或许能日后将其与欧洲的山楂区分开来，但转念又怕那里也不会有。最后我去了明尼苏达，刚一进入密歇根，坐在车里的我就注意到路旁有棵树开着粉白色的花。起先我还以为那是一种蒺藜，但马上一个念头出现在我脑海里——什么蒺藜，这分明是我苦苦寻觅的山楂。在一年中的这么一

[①] 米肖（Michaux），植物学家。

个时期——五月半——它们花发满树，满山遍野都是它们。可是车不肯停，一直把我拖到密西西比河的腹地，我压根没机会碰一下山楂树，可以说是当了一回坦塔罗斯①。等到了圣安东尼大瀑布，人们告诉我这里离那些山楂非常遥远，我听了好不沮丧。好在后来在距大瀑布以西的八英里处，我到底还是找到了山楂树，不但走去摸了闻了，还采集了花的标本。这个地方大概是它能生长的最北端了。

就像印第安人一样，这种山楂也是地地道道在本土生长繁衍的。尽管如此，它们是否真的就比那些苹果树和苹果树的主人还要坚强，我对此表示怀疑。那些人生活在穷乡僻壤，而那些树的前生也曾被人栽种照料，只是偶然落脚到这种蛮荒之地，由于这里的土壤适宜它们，便生根在此了。没听说还有什么树比它们更固执，也没听说还有什么树比它们更能抵抗天敌。它们的故事的确有得一说。我们可以不断向人这么讲述：

五月初，我们在牧场放过牛的地方看到野苹果树刚刚发芽——就像萨德伯里（加拿大南部）的诺伯斯科特山顶上和东溪乡发生的一样。这些长出的小树最终会有一两株能经受住旱灾和其他非常事件而活下来——当然，它们生长的地方是第一道屏障，足以防止草木被侵害蚕食，还有其他的危害。

---

①坦塔罗斯（Tantalus），希腊神话中一位国王，因杀死自己儿子给宙斯吃而被打入阴间并被罚站立在水中，当他想去饮水时水即流走；头上挂有水果，但当他想拿水果时水果却退开。

冉冉两年①，春夏秋冬，

小树长大，与岩石比肩高；

从此更不怕野兽飞鸟；

但磨难也不断，

考验着青青的树苗；

老牛无聊，啃断树干，

小树好不烦恼。

这次很可能树还很小，牛把它当草啃了。不过下一年树会长高些，公牛就会认出了，哦，原来在老家还见过呢，现在也到这里落户了。苹果树的叶子、树枝和香气都是公牛很熟悉的，于是它停下来向野苹果树打招呼，表达了他乡遇故知的惊喜，问对方怎么来到这里的。"你怎么来的，我就是怎么来的。"苹果树答道。公牛听了后，又想想，觉得不管怎么说自己还是有权利啃这棵树苗的。

就这样，一年一度，公牛来到这里啃苹果树，而苹果树并没有因此停止生长。每次被啃掉一根树枝，那里就会长出两根新枝。就这样，苹果树把越来越多的枝干朝一切可以抵达的地方使劲长——崖边的空洞里，岩石的缝隙间，就这样，苹果树虽然长得不高，却越来越壮实。终于，虽然还不是一棵真正的大树，但也枝繁叶茂，想欺负它也不那么容易了。枝叶长得最

---

①这段"冉冉两年……"开头的诗后来出现在梭罗的日记里，写的日子是一八五七年十月二十八日。

密的地方也是最坚强的地方，而野苹果树的这种坚强和密集也远在其他果树之上。有时踏在它们刚露出地面的黑色嫩枝上，你还以为是踩在了杉树落叶上；走在山顶，冷风阵阵，这正是苹果树最要打起精神与之对抗的东西。难怪近似苹果树的山楂树最后要长出刺，因为随时都会遭到侵害，刺就是一种防护。不过虽然长出刺了，它们可不尖酸刻薄，只是甜酸可口①。

我刚才提到的那一块牧场，石头遍地，而苹果树就喜欢这种地方。这里到处都是一小块一小块的泥炭地，上面布满经年长在那里的灰色苔藓。就在这些苔藓中你会不断发现苹果树的树苗，而且还有很多苹果籽粘在上面。

每年牛群都会把树外围啃一遭，这一来就像定期修剪树篱一样，树越往上越尖，整个树形成了很漂亮的圆锥形，往往有四英尺左右高，仿佛刚被园丁精心修剪过。在诺伯斯科特山的牧场和那里的山坡上，太阳还没升到很高，那些山楂树投下的阴影也线条精致。对于在这些树上筑巢的小鸟来说，浓浓的树叶也是阻止雕鹰的掩体。几乎所有的鸟都会栖息在它们身上过夜，我就看到过有三个知更鸟的巢，其中一个直径约有六英尺呢。

一眼就看得出来，有些树已经有些年头了，如果从它们落到这里的那一天算起，也真算得上是老树了。可是看到它们还在抽条长枝，想到它们还有好些年里都会只能在这里，你又觉得它们其实还很年轻。我数过一棵只有一英尺高（但也有一英尺宽）的山楂树的年轮，发现这棵树居然已经有十二年树龄

---

① 原文是："there is no malice, only some melic acid"。

了，可是看上去依旧那么结实，那么有活力。由于它们都不高，走过的人不容易留心到它们，我在果园里十二年的树已经结果可观了。不过从收获上来讲，但你也失去了树的活力。这也是它们的金字塔原理——结果越多，后来剩下的精神元气越少。

就这样，这么过了二十年或更多一些时候，牛群每年来，使得这些树总是没法长高，就只好往周边伸展着长，直到有一天实在没法再横里长了，它们就索性做起篱笆防护——让一些分出的新枝往上长而不受到伤害。这些新枝开开心心向天空伸出臂膀。它们从来没有忘记过高尚的追求，骄傲地开花结果。

就是用这样的策略，苹果树机警地战胜了呆头呆脑的牛。现在，知道苹果树是怎么慢慢长大的了，你就不会觉得它只是金字塔形的那么一个东西，你会明白，这棵树里面会渐渐冲天长出一两条主枝，上面结出的果子会比任何果园里的树都要多，因为它积累了十多年的精力都用来滋养这一两枝往上长的树枝。不用等很久，它就会变成一棵真正的树了，一棵树形如金字塔一样的树，枝干一层叠一层，看上去又像一个计时的沙漏。先前底部那些往外扩展着生长的枝干不见了，那些来到自己树荫下歇息的牛，就可以在树干上蹭蹭痒，甚至可以尝尝树上的果实，把它的种子带到新的地方去。

就这样，牛群得到了树荫，也得到食物；而苹果树也开始了一段新的生命历程。

究竟应该如何给苹果树苗剪枝呢？是在它齐你鼻子高处修剪，

109

还是在齐你头高处呢？时至今日，已成为一个不容忽视的问题了。牛来修剪时只啃它嘴够得着的地方，我认为这个高度很合适。

尽管山楂树、野苹果树会遭到黄牛的践踏，或来自其他方面的种种不利或伤害，这种不被待见的小灌木却受到小鸟们的钟情，因为它们可以借这种小树掩护躲避老鹰。终于到了山楂树开花的时候了，然后就开始结果——虽然小小的，但却是真真实实的果子。

十月就要过完了，山楂树上的叶子也都落光了。我就看到过这样一棵树，长久以来我对这棵树的生长进行了细致的观察，几乎认为它已经忘记了自己的使命，不料就在这时，它竟结了果——有绿色的，黄色的，还有浅红色的。那自身向外长出带刺的枝干形成了一层盔甲，牛啊什么的都没法突破这些荆棘吃到山楂果。这可和其他的山楂树不同，不知是什么品种，我急忙摘下果子尝了尝。范·蒙斯[①]和奈特[②]发明了无数果树名称，却没为这一种安个名字。看来这属另一个系统——多亏范·母牛（Van Cow）和它的伙伴们，我得以看到这些新的植物品种，这甚至远比前面提到的那两位大家发现的多得多。

在那么艰苦的条件下生长，却结出这么好吃的果实！虽然山楂果小小的，但即使不能说它们好过那些果园里的水果，至少也不比后者逊色。严酷的生长环境成就了它们的美味。牛或鸟不经意把它们的种子种到了遥远的山坡岩石间，于是它们坚毅地破土发芽，没有人留意它们，但这些恰恰很可能就是所有山楂中品质最好的。总

[①] 范·蒙斯（Jean-Baptiste Van Mons，一七六五至一八四二年），比利时著名的化学家和园艺家。
[②] 奈特（Thomas Andrew Knight，一七五九至一八三八年），英国著名的园艺家和植物家。

有一天，那些外国的王室权贵会认识它们，那些皇家学会的学者会急于推广它们，但那块土地的所有者，除了脾气古怪还有什么优秀之处，恐怕就没人知道了，至少除了同村的人谁也不知道。波特和鲍德温就是这么回事。[1]

就像发现野孩子我们会兴奋激动一样，发现任何一种野苹果品种，我们也会兴奋激动。新发现的野苹果很可能就是一种很棒的新品种，这对人来说是多么好的教育呀！人类不也是这样吗，根据自己拟定的最高标准来决定那些天赋特权的人种值得繁衍，但其实往往是看人的出身或运气。只有那些天性最能坚持、最坚强的果实才能保护自己生存下来，战胜困难，发芽生长，然后把自己的果实与种子播向冷漠的大地。诗人也罢，哲人也罢，政客也罢，都是具备这种特质的人，他们就从这样的荒凉牧场中走出，把那些外来的高贵者远远甩在背后。

对知识的追求也往往如此。那天上的鲜果——赫斯佩里得斯[2]园中的金苹果——由一条百首之龙日夜不眠地看守，只有像赫拉克勒斯[3]那样不屈不挠的人才能采得到。

无论湿地、林间和路边，只要土壤适宜，就能稀稀拉拉地发芽生长，并迅速长大。这就是野苹果能到处生长的方法，也许堪称最了不起的方法。长在密林间的多半又细又高，我常常能从这样的树

---

[1]波特（Porter）和鲍德温（Baldwin），分别都是苹果的品种，就像金帅、红富士一样，不过它们是以品种发现者的名字命名的。
[2]赫斯佩里德斯（Hesperides），是希腊神话中三位女神的名字，她们与一条龙一起看守长有金苹果的花园。
[3]赫拉克勒斯（Hercules），希腊神话人物，因犯罪被罚做苦工，其中一件苦工就是采下金苹果。

上采下一些味道较淡的苹果。帕拉狄乌斯①说:"大地上到处生长着苹果树,没人种植,没人照看。"(*Et injussu consteritur ubere mali.*)

长期以来,人们都持有这么一个观点:如果那些野树结的果并不好,那么就可以将结出很好果子的枝条嫁接在这种树上。不过我并不是来找这种树做嫁接,而是一心要找这种树结的果,那种野性是什么也改变不了的。这种说法不适用于我身上:

最向往的就是

栽种香梨。②

野苹果也好,山楂也好,都要等到十月底、十一月初才能吃。他们熟得晚,要到那时味道才好,但外表仍然那么精神。我这么归纳它们的优点——也许农人不以为然——那种狂放的味道有如缪斯之神,给人丰富灵感,使人活力充沛。农人总以为他桶里的必是最好的,谬矣。他要是和我这样一个步行客一样有好胃口和丰富想象力(可惜他是不会拥有这两种东西的),才会明白真正好的是什么。

就这样,一直到十一月一日,这些挂在树上的野苹果也没人采摘,该不是土地主人压根就没想过要采摘它们吧。它们属于那些和它们一样狂野的孩子们,我还认识其中几个特别调皮的孩子呢;它们还属于田野中眼神狂野的妇人,对她们而言一切都是宝贝,无论

---

① 帕拉狄乌斯(Palladius,生于四〇八至四三一年,死于四五七至四六一年),爱尔兰地区的第一位基督教主教,在罗马天主教教堂里被尊为"圣人"。
② 引自安德鲁·马维尔(Andrew Marvell,一六二一至一六七八年),英国玄学派诗人。此处引自他的《英雄颂——欢迎克伦威尔自爱尔兰归来》(*An Horatian Ode upon Cromwell's Return from Ireland*)。

什么都要捡回家；它们更属于我们这些行客。见过它们，就拥有了它们。很久以前，这样的权利在一些古老的地方就得以行使了，也正是在这样的地方，它们学会了生存之道。有人告诉我道："赫里福郡早些时候就有捡苹果这样一个不成文的习俗，也就是说在收获苹果时一定要记得留一点在树上，那就是留着让人'捡'的。农夫离开后，一些男孩子就会扛着爬杆和口袋上树去'捡'。"

被当野果采的这些其实都是这一片土生土长的苹果树的后代。我还是个小孩的时候，那些土生土长的树就老了，现在早就不结果了，只有啄木鸟和松鼠还常常光顾它们。主人早就懒得管它们了，压根就不相信树枝上还会长出什么。稍稍站远点儿打量这些树，会以为从它们那里除了不时掉下的苔衣外什么也得不到。但对它们的信念会让你得到回报——走近了，就看到树下的地面上有一些挺新鲜的苹果，有的大概是从松鼠洞里出来的，上面还有小牙印儿呢，因为它们就是这么咬着往洞里拖的。有的里面还钻进了小蟋蟀，这些小虫正在安安静静享受大餐。如果树长在湿地，那这样的苹果里还可能会有蜗牛呢。树顶端残留的棍子和石块让你相信曾有人非常渴望能把那些果子打下来。

虽说我认为这些野苹果味道好过那些嫁接的，在《美洲水果和果树》(*Fruits and Fruit Trees of America*)[①]一书中，我仍没有找到任何有关野苹果和山楂的纪录。经过十月、十一月、十二月、一月，也许还有二月，甚至三月这么久的日子，这些苹果的味道变得更纯，也就更带着浓浓的美国风格的野劲儿，吃着让人神清气爽。

[①] 该书的作者是美国园林建筑师和园艺家唐宁（Andrew Jackson Downing，一八一五至一八五二年），此人也是白宫和美国国会场地的设计者。

邻居中有一老农，他说话总是一语中的："它们咔嚓脆蹦蹦，劲儿足。"（They have a kind of bow-arrow tang.）

那些要用于嫁接的苹果似乎都是精心挑选出来的，人们通常更看重味道是否适合大多数人，是否个儿头大、结果多，而不是它们会有什么强烈的独特味道，多么美艳的颜色。人们更看重的是不易遭受虫害、更具一般苹果特点。说实话，我不相信那些园艺家们精心挑选的果品目录。他们说那些苹果什么"最受喜爱"呀，"无与伦比"呀，"登峰造极"呀，但我尝了后只觉得味道平平，根本记不住。与野苹果相比，人们吃着只觉得"有意思"，而不会在舌尖感到浓郁的香气，也不会因为觉得津津有味而咂嘴。

在我们心里，果子温顺、慈祥。这种野苹果里有一些味道辛辣或涩苦，汁水非常酸，又如何呢？这样的还能算是果子吗？我还是会把这些果子送到酿苹果酒的作坊里去。味道不好，那是因为还没熟透呀。

也难怪，那些个儿头不大、颜色鲜艳的果子被视为制造苹果酒的最佳原料。劳登就引用《赫里福郡报道》（Herefordshire Report）里的话："个小的苹果如果质量没问题，往往比个儿大的更被看好，因为小个儿的果皮果核比果肉多，而果肉榨出的汁浓度低，味道也淡。"他还说："大概是在一八〇〇年吧，赫里福郡的西蒙兹博士[①]就做过试验，将果皮果核榨汁做酒一桶，又用果肉榨汁做酒一桶，然后将两者进行比较，发现前者酒劲醇厚，酒香浓烈，后者口感甜但酒味少。"

[①] 西蒙兹博士（Dr. Symonds），身份不详。

伊夫林①则声称一种叫"特红"（Red Strake）的苹果是当时最被人看好的酿酒原料，他转述纽伯格博士②的话说："我听说，泽西人都普遍这么认为，苹果的皮越红，就越适宜做酒。在酒厂大桶里，皮不那么红的总会被拣出来。"至今人们还是这么认为。

到了十一月，所有的苹果都够熟了。当初农人认为有的苹果不好吃卖不出去而没采摘，任其留在树上，现在对路人来说成为极品。不过有一点很值得注意——我为之大唱赞歌的野苹果在野外吃起来味道是那么清爽、特别，一旦拿回家里，味道就变得粗涩，很不堪了。

那种叫"漫步者"的苹果拿进屋，就连漫步者自己也咽不下。人的舌头会止不住要把它们顶出去，就像吃到不好的山楂一样，这时人们就觉得还是院子里种的好。而到了十一月，这种问题就不复存在了。所以，黑夜沉沉，提德瑞斯邀请梅利布斯③到自己家过夜时，主动提出以熟了的苹果和软软的栗子款待后者——我经常采到味道好而且口感清爽的野苹果，以致我都纳闷为什么人们不把这样的树种到院子里，所以就采下，把衣袋装满带回家。一旦坐到房里书桌旁吃时，味道就会变得意料之外的差——酸得简直能让松鼠的牙倒掉，让松鸦发出哀鸣。这些野苹果挂在野外树上，历经风吹雨打，霜冻日曝，也就将各种天气特质悉尽吸收浓缩，转化成种种味道，让我们一一回味。总之，它们只宜随采随吃，也就是在野外吃。

要想好好领略这些十月份长大的果子的美妙滋味，就得在十月

---

①伊夫林（John Evelyn，一六二〇至一七〇六年），英国作家，他的日记发表于一八一八年，是对他所处时代的有价值的历史记录。
②纽伯格博士（Dr. Newburg），身份不详。
③提德瑞斯（Tityrus）、梅利布斯（Meliboeus），都是维吉尔诗作中的人物。

或十一月里走到野外呼吸那里的清新空气。户外的空气和散步让人的口味也会随之变化，久坐时觉得不好吃或难以下咽的果子，这时也会觉得分外可口。野苹果就得在野外享用，这时你的身体已经被锻炼激活，风霜冻得你手指僵硬，听到树上的残叶被凄厉的风吹得嚓嚓响，松鸦在空中盘旋着尖叫。这时，那待在屋里尝着酸涩的果子现在成了走在外面最好吃的东西。有些苹果实在应该标记为：只宜野外寒风中食用。

当然啰，所有滋味都值得品尝，只不过每一种滋味只在一定的时间段内才会可口。有的苹果有两种截然不同的味道，其中一种只适宜在家里吃，另一种则专适宜户外食用。一七八二年，一个叫皮特·怀特尼的人从诺斯巴诺夫市给波士顿学院学报撰文，就提到那里有一种苹果树："结的苹果总具有完全对立的特点，同一个苹果会一半酸，一半甜；或者有的苹果酸，有的苹果甜，整棵树都这样集矛盾于一身。"

我家乡的纽肖塔克山上有一棵野苹果树，上面结的苹果带种苦味，我觉得非常特别，而且很喜欢。每次都是吃完大半个苹果时一种苦味才爬上舌尖，并停留在那里久久不散。吃的时候，还会闻到这种苹果散发出南瓜虫的气味。吃起来还真有滋有味，觉得在独享什么美食呢。

听说在普罗旺斯有种梅子叫"嘘嘘梅"（*prunes sibarelles*），因为这种梅子太酸了，吃后舌头半天没法恢复感觉，以致不能吹口哨。也许这是因为人们总是在家里吃这种梅子，如果到屋外，置身一种够刺激的环境中，谁说吃了就不能吹呢？没准还能吹出高八度音，而且更加动听呢。

樵夫在三九寒冬干活，吃饭时总喜欢择一得见阳光的林间空地进餐。一边享受微弱的阳光，一边憧憬着夏天到来时太阳的光会多么暖洋洋，其实这时身子分明寒冷得很；这种经历是只晓得窝在书房里的书呆子想想都痛苦的。同理，也只有在野外才能好生领略消受天然的苦辣酸辛，五味杂陈。那些在外面认真干活的人压根不会觉得冷，让他们待在屋里反倒会觉得冷得难受。对温度的感觉如此，对味道的感觉也是这样；就和对冷热的体会一样，对酸甜的体会也是这样因地而异。这种天然的浓烈刺激，这种被惯坏的味觉排斥的酸味和苦味，实在是最好的调味品。千万要让你的味觉保持对这些天然调味品的敏感，好好享用这些野苹果就需要活力旺盛、良好健全的感觉功能，味蕾不能动不动就软塌塌的、没精打采，应该健康，让舌头和上颚保持活力，这样才能好好感受味道。

和野苹果打过这么多交道，我终于明白了为什么很多不为现代文明人接受的食物，在未开化的地方却受到欢迎。后者的味觉就是户外人的味觉，所以只有野蛮的人和野蛮的味觉才能更好地体会野果的美味。所以，要能享受苹果——果中之王——的活力并为之陶醉，需要怎样适应野外生活的健康胃口啊！

> 我并非钟情所有的苹果，
> 因为并非所有的苹果都好吃香甜；
> 我并非想要那种据说可以延年益寿的苹果，
> 也并非想要泛着粉红的神奇青苹果，
> 不要那种，让人联想到什么人可恶的老婆，
> 也不要这种，据说会引起纷扰争斗。

> 这些都不要，不要。我要的只是从树上采下的苹果。①

所以呀，人们在野外想的和在屋子里想的不一样。我真希望我的思想能和野苹果一样，也能为路上的行人所欣赏，而不强求他们回家后还会认同。

几乎所有的野苹果都长得疙里疙瘩、果皮粗糙、颜色暗淡，但怎么看都觉得它们有种大气。但凡那种特别疙里疙瘩的苹果必有特异之处，甚至会因此而令人觉得好看。比方说，在突起的瘤上或特别的凹陷里会有一抹晚霞的红晕。夏日决不会不在苹果的某一面留下痕迹，那是一片红色的星星点点，是和曙光与夕照迎来送往的见证；有的地方会出现生锈似的黄褐斑，那是阴霾和雾气的纪念物，那种日子里什么都会发霉；苹果表面大部分都是绿绿的，那就是大自然慈祥面孔的写照——绿绿的，就像田野一样；也可能会是黄色的，那就意味着味道特别醇厚，因为那黄色或微微的褐色，是丰收的象征。

这些苹果，妙不可言的美丽。这些苹果不是什么乱糟糟地方的苹果，而是祥和宁静的康科德的苹果。② 无论长得多么朴素平凡，都能有自己的一份天地。寒霜给所有的苹果轻轻刷上一笔，没有例外，于是有的艳黄，有的粉红，有的深红，这种颜色的区别取决于它们晒到太阳的时间的多少，此外，多少面积能晒到太阳也很重要。有的只有淡淡的胭脂红，有的则带着通红的斑斑点点（就像奶

---

① 出处不详。
② 原文是："apple not of discord, but of Concord"。这是双关语，因为梭罗住在康科德（Concord），而 concord 的本意是和谐。

牛身上一样）；还有像是将地球涂成稻草黄后用红线标出经线一样，数不清的血红斑点从果梗的凹陷处有序地散布到另一端；更有淡淡的一抹抹微微带绿的暗红轻拂，好似一处处青苔，一旦沾上水这些淡淡的暗红就融合到一起变成鲜红的一个个大圆斑；那些长得疙里疙瘩、颜色又浅的则往往通体撒满深红小点，就像上帝在挥笔为秋叶着色时不慎将一些颜料撒到了这里。此外，还有一些果肉呈红色，似乎吃透了胭脂一样，让人觉得这就是仙女园中的苹果，是与夕阳晚照辉映的苹果，美得让人不忍吃。不过如同海滩上的贝壳，这些苹果藏在林丛里、秋风里与凋零的秋叶为伴，或躺在湿漉漉的草丛里，有待人去发现，却并不希望被放到室内干掉，颜色枯萎。

前往酿苹果酒的作坊，再为那里的一大堆苹果起名字，绝对是天下一大乐事。生怕对人的发明创造要课税似的，那些没有以伟人名字命名的苹果只能用不入庙堂的土话和方言取名了。一种野苹果有了赫赫大名后，会有谁兴冲冲来举行一个命名受洗仪式，并做它的教父呢？要这样的话，拉丁文和希腊文将累得不亦乐乎，还是用咱们普通人说的话来叫这些野苹果吧。我们可以从以下这些事物获得灵感：朝阳，夕阳，彩虹，秋林，野花，啄木鸟，金翅雀，小松鼠，呱呱鸟，彩蝴蝶，等等，还有十一月份仍走在旅途上的游客，逃学的顽童，都能帮我们想出好名字。

一八三六年，伦敦园艺学会的果园里有一千四百多种果树，都是经人确认、记录在册的。可是天下还有很多他们没有收进目录的，更别提咱们这种边远地方生长的东西了。

我们再来举一些苹果作为例子。不过,对那些不说英语的地区生长的苹果,我就不得不仍用拉丁文命名,因为这些苹果已经在全世界闻名遐迩了。

现在就开始罗列,第一个就是林苹(malus sylvatica);接着是蓝宋鸦苹果;还有长在树林深处洼地的一种苹果(malus sylvestrivallis),和长在牧场洼地上的一种苹果(malus compestrivallis);在古酒窖的洞口长的一种苹果(malus cellaris);草甸苹果;鹌鹑苹果;逃学孩子苹果(malus cessatoris),孩子们不怕迟到,经过这种苹果树时总要使劲敲打,非弄些苹果下来才走;漫步者苹果——往往在找到这种苹果前你就已经迷路了;天美(malus decus-aeris);十二月;心里美(malus gelato-sotula),化冻后虽然难看,但非常好吃;康科德苹果,很可能就是那种"malus musketaquidensis";阿萨贝特;斑点苹;新英格兰之酒;红毛栗鼠,青苹果(malus veridis)则有很多种别名,没完全成熟时叫"morbifera aut dysenterifera",或者叫"puerulis dilectissima";阿塔兰忒[①],因为阿塔兰忒为捡这种苹果而停了下来;树篱苹果(malus speium);圆子弹(malus limacea);铁路苹果,很可能是从列车客车厢里扔出的果核里长出来的吧;小时候吃过的一种非常特殊的苹果,它的名字不曾收入任何目录——malus pedestrium-solatium;还有挂在枝头几乎被人忘却的大镰刀苹果;伊敦苹果,就是洛基在园子里发现的那种永葆青春的神奇苹果⋯⋯凡此种种,我有一条长长的单子,难以一一列出。正如古罗马文人博达厄斯在谈及农耕时会

---

①阿塔兰忒(Atalanta),希腊神话中捷足善走的美女,她答应嫁给任何在竞走中能战胜她的男人。希波墨涅斯和她比赛时,扔了三只金苹果引诱她停下来去捡而取胜。

借用维吉尔的诗翻写一样,[1] 我谈到苹果时也要借用博达厄斯的诗句翻写如下:

纵有千条舌,

纵有百张嘴,

纵有金石声,

也无法说出所有苹果的名字。

十一月过了一半,大多数野苹果此时已不再那么漂亮,而且也纷纷坠地,不少已烂在泥里了,那些仍然完好的却味道更好了。穿行在幽静的林间,会听到山雀的歌声更加清亮分明,秋蒲公英已经基本合上花头,而且溢出了浆汁。这样的日子,人们普遍认为外面不可能还留下苹果没有采摘,经验丰富的搜宝人却依旧能收获颇丰,满载而归,口袋里往往还装着嫁接过的树上结出的苹果呢。有一块湿地几乎荒无人烟,我知道就在这块湿地边长着一棵红苹果树。草草看去,你根本想不到树上此时还会有什么苹果;但细心观察,就能看出门道来。那些结在外侧的苹果已经变成棕色,行将变烂,但潮湿的叶子下面不时微微露出粉嘟嘟的笑脸。另外,凭借经验丰富的犀利眼光,我总能在那些桤木树林、越橘丛间、干枯的沙草丛里,或在岩石的裂缝里发现野苹果——虽然石缝里常常同时塞满了飘进去的树叶。弯下身子察看那些已经倒下的蕨类植物,它们身边落下厚厚的桤木树叶和苹果树叶,一起开始腐烂,这时也会有

---

[1] 博达厄斯(Bodaeus)在谈及农耕时借用维吉尔的田园诗翻写道:纵有千条舌,纵有百张嘴,纵有金石声,写出万行诗句,也无法说尽这一切。

所收获。因为我明白这些苹果就藏在这些地方——那些经年被落叶枯草填满的深坑、从树上落下的叶子都能帮助它们隐身，也成就了对它们的最佳包装。就在苹果树四周这样一些隐蔽处，我找到的苹果个个都水汪汪的，摸起来如丝般光滑，有的也许已被野兔啃过或被蟋蟀钻进去咬过，有的还带着一两片叶子，但都带着果霜，和我们储藏在家里大桶里的一样好，一样熟透了，甚至比家里的要脆生得多，鲜活得多。如果上述那些地方还找不到苹果，我就会到树根部长出的吸根间去瞧瞧，那些吸根到处乱长，到处安家，野苹果往往落在这些吸根间，被落叶遮盖住，这一来哪怕牛闻到它们的气味也没法找到。哪怕没做好准备，抗拒不了红苹果的诱惑，我也往往能把衣服两边的口袋都装得满满的。在清冷的日子里，来到离家四五英里的地方，我先从一侧口袋掏出一个吃，再从另一侧掏出一个吃，以保持平衡。

我从托普塞尔[①]的著作里了解到格斯纳[②]（似乎他对阿尔波特信奉至极），也从他的著作里了解到刺猬就是这样将苹果采到拖回自己洞穴里的。书中道："刺猬靠吃苹果、蠕虫和葡萄为生。一旦看到地上有苹果或葡萄，刺猬就会在地上打滚，把这些东西扎到自己刺上，然后拖到洞穴中，做这件事时它口里只能含一个。一旦途中掉下一个，它就会甩掉身上其他的，然后再一一将其扎到刺上，重新前进。所以，它一路会发出拖拖拉拉的大车声响往洞穴里赶。如

[①] 托普塞尔（Edward Topsell，一五七二至一六二五年），英国传教士，但最为后人记得的是他写的《四足兽史》（*History of Four-Footed Beasts*，一六〇七年）和《蛇史》（*History of Serpents*，一六〇八年），而这两部书主要是基于康拉德·格斯纳的研究成果写成的。
[②] 格斯纳（Conrad Gesner，一五一六至一五六五年），瑞士博物学家，创立了目录学。

果洞穴里还有小刺猬，那这些小东西就会急匆匆三下五除二把大刺猬身上的战利品卸下，当场大嚼起来。吃剩的就留作他日食粮。"

十一月将尽，那些没有烂掉的苹果虽然味道更醇厚，可能也更好吃了，不过也像那些落叶一样颜色变浅，而且慢慢结冰了。这时的天气可真刺骨呀，那些小心谨慎的农民把一桶桶苹果收进来，家家都有苹果和新酿的苹果酒，正是把苹果和苹果酒放进地窖的时候了。第一场雪过后，有些放在户外地上的苹果或许仍能探出通红的笑脸，而那些埋到雪下面的一些苹果也可能依旧完好，能平安过冬。但是总的来说，这时它们开始结冰，变得很硬，并因此冻坏。虽然还没烂掉，颜色却像被烤过的一样不堪了。

通常，十二月还没过完，野苹果就解冻了，这是第一次的解冻。一个月前，那些还是酸得要命的苹果，对那些吃惯水果的人来说简直难以下咽；被冻住以后，哪怕一点点阳光也会化开苹果里的冰，因为此时它们对阳光很敏感。一旦化冻了，就会发现每只苹果里都是浓郁甜美的苹果酒，比任何地方酿的苹果酒都要棒，我对它们的喜爱远胜于一般酒。个个这样化冻的苹果都装满琼浆美酒，你的上下颚就是榨汁机。那些还没有完全化成汁的则每一口咬下去甜味都浓得简直化不开，远胜于那些从加勒比地区进口的菠萝。有一阵，我因为自己居然成了半个文明人而觉得惭愧，怀着赎罪的心情去采吃那些农夫心甘情愿留在树上的苹果，结果非常开心地发现那些苹果竟然变得像橡树苗的叶子一样了。我们这些苹果被冻住，硬硬的像石头，然后一场雨浇下或者遇上气温稍高一点，就化冻了，这样一来不用蒸煮也能得到苹果酒了。苹果挂在树上，从风里借得天堂孕育的芳馥馨香，酝出佳酿。有时你揣着满满两口袋苹果回

123

家，等你到了家里，才发现有些已经化了，那些冰就成了苹果酒。但是反复被冻过的苹果就不会这么好了。

和这种经由霜冻严寒催熟的北方果实相比，那些还半熟就运过来的南方水果究竟好在哪里？我曾拿了一只卖相不佳的这种苹果，把较光滑的那一部分对着同行伙伴，想骗他吃。而现在我们俩都起劲儿地四处采下往衣服口袋里放，一掰开就能痛饮美酒，并用围巾包住以防止果汁滴滴答答流下，就这样越发喜欢这种好酒了。还有什么苹果能藏到我们用棍子敲不到的地方呢？

这种苹果在市场上是看不到的，那里卖的苹果完全不是这样，苹果脯和苹果酒也绝不是这样。当然，不是每个冬天都能造就这样的苹果。

野苹果的辉煌时期就要结束了。在新英格兰，它们就要过气了。我在某些旧日果园里久久徘徊——其中大部分一度成为苹果酒酒坊，现在已经连酒坊也没有影子了——不禁浮想联翩。听说山那边远方的一个小镇上有这么一个果园，里面的苹果落下后沿地势滚到围墙一侧，堆了足足四英尺高，而果园主人由于怕做苹果酒，索性就把树也砍了。一来社会大刮禁酒风，二来引进的嫁接技术盛行，所以在荒芜的草场上和树林里看到的那种土生土长的苹果树已在别处看不到了。估计一百年后人们再走到这里的田野上，无论如何也体验不到从树上打下野苹果的乐趣了。唉，可怜的人呀，还有很多令人心旷神怡的事他都没法领略了。尽管鲍德温苹果呀，波特苹果呀已经到处生长，但今天我家乡的果园难道就真的多过一百年前吗，我表示怀疑。百年前，这里到处凌乱种着果实适宜酿酒的苹果树；百年前，这些苹果树不费人们半点心思，只消把它们种下，它们结的果成了唯一的果园产品，人们吃着苹果做成的食品，喝着苹果酿的酒。那时可以在家的围墙边随意插下一根枝，然后就由它碰运气了。现在可看不到有人还这么胡乱随意插枝种树了，什么小路边啊，窄巷里啊，林间洼地啊，统统不会再种苹果树了。现在有嫁接好的树苗，得花钱买，然后好好种在自家房前屋后，还要用篱笆围起来。这样做的最终结果是：我们大家只能在大桶里才能找到苹果。

宝塔茱萸

七月二十一日，我看到了宝塔茱萸。

这种树很有趣——树顶平塌塌的，树皮上面有很特别的斑点，一旦死了就变成黄色。绿绿的叶面则是一棱棱对称的，如果没有红色枝梗托着，那些不会危害人健康的紫色浆果想必就掉下来了。这些树就贴着赫尔顿湿地和迈尔斯家之间的围墙生长，而这些浆果则是最早结出的山茱萸果子，它们呈伞状花序排列，颜色很深，近乎暗紫，圆溜溜的，一颗挨一颗挤得紧紧的，在枝头高高翘起。不过一旦成熟就会掉下来，要不就会被鸟吃掉。到了八月二十八日，几乎看不到果子了，但那些光秃秃的果梗因为是伞状排列，反而更好看了，就像仙女伸开的手指一样俏皮，远远看去就像十来根细棍扎在一起。这种树色彩明快，也无遮无拦，看上去总觉得像童话里的情景。

常绿悬钩子

七月二十六日，常绿悬钩子在地势较高的开阔地方开始结果了，但大面积结果还要等到八月中旬，完全成熟则要到八月底二十五日左右。九月七日我还看到大片的常绿悬钩子挂在树上，不知究竟会结到什么时候。

这是一种生长在低地的晚熟黑莓，树林的洼地、草甸的周边、槭树湿地，等等，都是它们的家。沿着藤蔓长出的叶子小小的，表面光滑，四季常绿。在开阔的洼地里，它们会长成一大片，就像在地上铺开了一床七八英寸厚的垫子。一直到大多低灌黑莓的果期过了，它们才会竞相结出果来。它们的果子很酸，酸得奇特而且很难让人接受，所以没什么人会吃，但这些果子又的的确确是可以食用的，有人称其为黑色蛇莓（snake blackberry）。为什么把它和蛇联系在一起，我始终没弄明白，大概这种东西某些方面和蛇有几分相像，当然啰，蛇也经常出没于潮湿阴冷的地方，而这正是这种果子生长之处。一旦藤蔓下面有树桩，那么藤上的果子就结得分外多。

偃毛楤木

偃毛楤木的浆果露面始于七月二十八日，果期盛时在八月，到了九月四日就开始变味变色了。

这种植物多半密密地长在河边沙滩上，或是苗林的外围，球状果实呈伞状花序排列，大小如一般的山楂，颜色或深蓝或蓝中带黑，和萨沙果很接近。结着果的细梗有序散开，形成一把直径两英寸的小伞，然后再组成圆锥花序。我数过，一挂里竟然有一百三十颗小浆果呢。位于中心的那些熟得最早。

欧白英

欧白英又叫昏睡果（nightshade berry）①，初尝带点苦味，过了一会儿就会觉得甜甜的。其果期自七月二十八日开始，八月和九月是高峰期，它们即使淹在水里也能坚持到十一月还能果挂枝头不落，不过那时多多少少有些憔悴了。

欧白英的果子鲜红，比花好看多了。也是那样果实累累地在枝头轻轻垂下，但比其他植物更优雅动人。河湾浅水中欧白英结的果尤为活泼耐看——呈苗条细长的椭圆形。（任何垂下生的浆果都呈椭圆形。）在我见过的浆果中，只有欧白英排列得最为整齐好看，它们一簇簇近乎六角形，有些活像大黄蜂的蜂巢。伞状的花序果柄虽然独立，但彼此之间不疏不密，层层叠叠，自下而上，错落有致，结出的果自然也舒坦自在许多。

欧白英树的色彩多么丰富啊——绿色的花梗和细枝，花托和花萼又是一种罕见的钢蓝色，微微透着点紫，而果实则是鲜红或半透明的樱桃红。

---

①欧白英生产于北美，有毒，故又被称作"要命果"（Deadly Nightshade）。

比起贵妇的耳环，沿着河边轻舒曼展身姿的欧白英更加绰约，风情万千。可是在人们眼中它们却偏偏是毒药，这不简直就是对美的侮辱和亵渎吗？为什么不让人吃了中毒呢？这样一来，人们再去吃那些没毒的浆果就不会觉得不好吃了。

杰拉尔德描述道："名先苦后甜果，又名森林昏睡果。"他没有把我们的欧白英果形容成"要命果"。

和蔓生植物一样，欧白英先苦后甜。其果木本茎上分出许多细小的爬藤，攀援附近的树篱灌木而长。经年的老茎呈白色或灰色，后发出的则呈鲜绿色，最嫩的茎往往和叶子一样绿。茎干易折，茎干内为絮状物。叶型长，叶面光滑，叶端非常尖锐，只比宾得草略钝少许。叶子靠茎干部单侧长出幼叶一片。花小簇生，每朵瓣五，呈非常美丽的蓝色，中间有一黄线若隐若现。花期过后结出簇生小果，相互拥簇状若珊瑚；初时味甘，不久便变得非常难吃，刺鼻难忍。其根粗大，多细须。

人们认为其汁有活血化瘀的功效，可用来治疗从高处落下或外伤所致的瘀伤。

以上引语最能体现杰拉尔德风格。由于它们多生长在河岸边岩石缝里，想去采摘就得冒"高处跌落"之险。

延龄草

七月二十二日到二十四日，延龄草的果子已经变成粉红色，到了三十日左右就熟了，而果期的高峰是在八月半，一直延续到九月。

认得延龄草花的人多半不认得它的果子。延龄草的果是浆果，非常大，也很漂亮；六角形，完全膨胀开后直径大约有四分之三英寸或一英寸，这是也是它结子播种的时候了。延龄草长在湿地，藏在绿叶子下的果子被红色花粉囊包裹。有的纯红，有的红色中带有一些深色小点，还有的是樱桃木退色后的红色，时间越长，颜色越暗。到了八月，延龄草旺盛得爬满大地，献出果实。那些长在岸边坡上的就垂下来，红色的果实泡在凉爽的河水里，随着水流轻轻荡漾。

也许延龄草这样的果子就是特意要让自己那么鲜红，好吸引飞禽来啄食吧。

法国人萨迦（Sagard）在《人在天涯》（*Grand Voyage*）中描述在哈伦乡下看到的一种果子时说道："这里有种红得近似珊瑚的植物，藤贴在地上。叶子很小，像月桂叶，精美成簇，可以食用。"大概就是说的延龄草吧。

茱萸草

茱萸草又叫御膳橘（bunchberry），七月底结果，其果在山上可以支撑很久，但在地势低的地方几乎难见。它的果实通红，颗颗成串，每串中间都有一个由叶子组成的花轮。只要上过高山的人准吃过并且不会忘记这种果子，虽然它并不常被人当作食物。倒是越往北，可食用的果子越少，那里的人们就把这种果子和山楂都当作宝贝。到了高高的山上，稍不经意就会跨过一丛茱萸草。

黑樱桃

野生黑樱桃七月三十一日开始成熟。它们生长在林间的苗地上，最兴盛的时候是在八月，而且至少可以持续到九月中旬。

米肖说过："美洲森林里最多的树之一就是樱桃树。"通常林间苗地生长的新生代樱桃树结出的果最大，果形最美，果汁最多，味道也最好。不过品种不同，情况也有差异。比方说树形小的，就比树形大的结的果要大得多，也好吃得多。而且这些樱桃树结果的高峰期在八月二十八日左右，算得上果实丰盛吧，有些枝条都沉甸甸地垂了下来。到了九月一日，越橘不是干掉就是被虫咬坏，旅行的人能采摘食用的果子就靠这些了。

鸟很喜欢这些樱桃，九月一日那天，一棵结了果的黑樱桃树上居然密密麻麻全是鸟，树像会动了一样。周围静悄悄，只有这棵树上不断有鸟飞来飞去。

它们结的果太多太稠,常常一把撸下来,黑的,绿的,没长好的,哗啦啦,根本捧不住。那些没有长好的具有很好的储藏性,也是这个时节的好东西。听说有人还专用这样的泡酒喝,并将其美名曰"樱桃提神剂"。人们只要在树下铺开布单,然后摇晃树枝就能采集到了。记得有一次我也用这法子采集,结果准备提起布单角的时候,竟然在落下的黑樱桃里发现一枚十六世纪的一角硬币。

一八五九年九月一日,对鸟来说,野生的红樱桃和接骨木果也够多了。

黑加仑子

黑加仑子八月四日就熟了。

我发现三四处地方都有野生加仑子的踪迹。这种果子被乔什利称为"红色的黑加仑子"(red black currant)。

狗舌草

八月一日左右吧,狗舌草开始结籽,八月中旬多半都结籽了。

我没多想什么,就采了一把它们的小坚果用手帕包起来,回到家费了好大劲才把这些小东西从手帕上一一弄下,把手帕的多处弄得挂丝。我只知道本城有一个地方天然生长着这种东西。一八五七年春,我从那些种子里拿了一些送给一位年轻小姐[1],因为她想在花园里种点什么;还拿了一些给我的妹妹[2]。狗舌草很难见到,我想让它们变得多起来。两位小姐满怀期许,等了好久好久,终于如愿以偿,于是欢呼雀跃不已——因为直到第二年这些狗舌草才开花。花开的时候那种特有的芬芳令人欣喜,但花开过后这种东西就很讨人嫌了——它们的种子总是粘上人们的衣服,有一次我足足花了二十分钟才把衣服上粘的小东西弄干净。那位年轻女园丁的母亲[3]时常会去花园里走走,结果总发现自己的裙裾上带回了许多"小小麻烦制造者"。

所以还是把它从花园里迁走为妙,反正我的目的也达到了。

蓟

约莫是八月二日吧,我看到蓟花的冠毛在空中飘浮。这种景象一直持续到冬天,八月和九月尤其明显。

被称作加拿大蓟的品种是一年中最早的,金丝雀——因为它以蓟为食,它的拉丁名字叫蓟鸟(*cardulics tristis*,"*carduus*"在拉丁文里是蓟的意思)——是紧接我之后第二个知道蓟已经长好的。它

---

[1]这位年轻小姐就是爱默生的女儿伊迪丝·爱默生(Edith Emerson)。
[2]即索菲娅·罗梭(Sophia Thoreau)。
[3]即爱默生的夫人莉迪娅·爱默生(Lydia Emerson)。

迅速到几乎蓟的花头刚干就飞过来，把花头啄碎扯下，然后洒落一地。我只是很久才远足一次来到这里，而金丝雀每年都会在此盘旋多次，难怪逃不过它的法眼了。

罗马人的金丝雀，或蓟，一定和我们的不一样，因为普林尼声称那种金丝雀是鸟里个儿头最袖珍的，但无论如何，金丝雀们食用蓟的种子绝非近来才养成的习性。蓟的种子一直会粘在花托上，如果不是金丝雀来啄开，种子就会在花托里烂掉，或等着花托坠下才会落到泥土里，所以金丝雀就是帮助蓟播撒种子的助产妇。靠金丝雀帮助，蓟的种子除了被吃掉，也得以随风飞扬，命运有了多种可能。

从最后的结果看来，所有的后代都被类似的本能驱动着，也可以说是为了同样的目的而行动，因此当蓟花头打开时，那些种子就不断往外挤。谈及这种也是英国金丝雀主食的植物时，穆迪[1]注意到："那些长着茸毛的种子几乎整个夏天都在空中飞舞，空气里好像充满了什么粉末。就这样将超常的繁殖力发挥到极致。"他还说道："那里一年到头都不断飘扬着种子，秋天的蓟花头被风吹落，千里光[2]也开花了，还有蒲公英什么的也都加入到空中飘舞的队伍中。"

蓟的冠毛呈灰白色，比马利筋[3]的冠毛要粗糙些，飞上天的时间也早些。第一眼看到它们飘在空中时我总会心有所动，觉得它们这是在提醒我季节的流逝，我总把每年第一次看到它们的日子记下来。

---

[1] 穆迪（Moody），身份不详。
[2] 千里光（groundsel），一种植物，有伞状，且通常为黄色的头状花序。
[3] 马利筋（milk-weed），马利筋属植物，有乳白色汁液，通常叶对生、花色各异且聚成伞状，果荚绽裂后落出带绒毛的种子。也作 silkweed。

值得注意的是，现在经常可以看到它们低低飞落在水面上随水漂流，瓦尔登湖和费尔港水面上漂浮的都是它们。比方去年的一个下午，五点来钟，雨刚停，在瓦尔湖上，我就看到距水面一英尺高处飘着好多蓟的冠毛，大多冠毛里已经没有种子了（也许早把种子播种到什么别的地方了吧），当时并没有什么风。就好像湖水有什么电流吸引着它们又保护着它们一样，让它们就在离水一英尺的地方待着而不落入水中。很可能它们从不远的山边或山谷里被风送到这里，因为风认为这样开阔的水面可以做它们的游戏场所，让它们好好散散心呢。

蓟的冠毛就像一个了不起的热气球旅行家，能横穿大西洋，把种子带到大洋另一边播下。它在哪里的旷野落下，哪里就一定是它老家。

耶稣诞生前三百多年，特奥夫拉斯图斯[①]就对天气的征兆作了如此描述："当蓟的冠毛飘到海面上时，那就意味着风力很大了。"菲利普在《蔬菜种植史》（*History of Cultivated Vegetables*）中写道："牧羊人看到蓟的冠毛在空中飞旋，哪怕感受不到半点风，也会急忙赶着羊群找个安全地方躲起来，并大声喊叫：'老天爷啊，保佑那些船只平安回家吧！'"

---

①特奥夫拉斯图斯[Theophrastus，公元前三七一（？）至公元前二八七年（？）]，希腊哲学家，继亚里士多德之后的逍遥派领袖，并修订了亚里士多德在植物学和自然史方面的著作。

糙叶斑鸠菊

糙叶斑鸠菊[1]，白的也好，红的也好，都在八月六日开始结果，到了八月三十一日果实最多。果实可以一直保持到九月二十三日还不落下。

九月一日左右，走进潮湿阴凉地方的人会被眼前的景象惊呆——白色糙叶斑鸠菊的象牙色的果实一排排竖在那里，被四周的浓浓绿色衬托得分外醒目。那些果子就像包裹着什么珍珠液一样，白得半透明，在花托处的深红上有一个深棕色或黑色的小点，如小精灵的眼睛一般。

红色糙叶斑鸠菊比较少见，当然它的果实就是红色的，长在细长的枝梗上。我曾经采下这么一段，圆圆的枝梗上生着排列整齐的果实，一个单枝就有两英寸半长，四分之三英寸宽，挂的果实约三十来个，都是红红的。糙叶斑鸠菊的果实呈椭圆形，长十六分之七英寸，粗十六分之六英寸，一侧有细纹，其花长约八分之五英寸。我在缅因州看到那里的糙叶斑鸠菊果实比这里的熟得早些。

罗马人科纳图[2]作过这样的描述："乌头[3]白如雪或红如血（*Aconitum baccis niveis st rubris*）。"这也可以用来描述糙叶斑鸠菊。

---

[1]斑鸠菊（Cohoshes），菊科植物，一年生直立草本。其根部提取物为黑生麻，含大量雌性激素。
[2]科纳图（Lucius Annaeus Cornutus），斯多葛派的哲学家，生活在尼禄统治时代。
[3]一种有毒的植物。

酸蔓橘

　　一般的酸蔓橘究竟何时熟,只怕还真没人能够回答。也许它们从来就没有真正熟过,或许它们在霜冻到来之前就停止生长了,也未可知。没熟之前,它们根本没法吃,一直到打过霜后才会变软,然后等到秋天快过完了才变成大红色。有些地方的酸蔓橘到八月六日颜色就变深了,甚至不到九月一日就可以采摘了。有的年成里也会这样早早变色,于是人们就抢在霜冻前采摘。我看到过人们直到九月二十四日才采摘的,一般的都在九月五日开始,二十日结束。

　　七月中旬,酸蔓橘已经大如豌豆了,看到它们不禁会对马上到来的季节有所联想。八月,酸蔓橘局部变红,尤其是缺水的地方或较高地方,比如草场边的沙地生长的酸蔓橘非常养眼。有的甚至已经整个变红,就像刷过亮漆的樱桃木那样。

　　如果八月底还没被采摘,酸蔓橘就会遭霜冻,并因此数量大减。这时发生的洪水也会使长在水边的酸蔓橘变软,烂掉。有人认为酸蔓橘会受多大伤害要看水温而定。我注意到,有些地方它们之所以受到伤害是因为被水泡过后就无法熟化。有时人们不等水退去就去捞酸蔓橘,回家后摊开弄干,同时把烂了的挑出来扔掉。

　　九月中旬,我在我们的河里划船,看到很多人在那里,不是忙着收干草,而是沿着河流捞酸蔓橘。采集人捧着一只用来捞酸蔓橘的大筐慢慢地走,他的大车就跟在身边。我还看到草场上很多人蹲在那里用手采,想必是些女人和孩子。

　　那种果形像梨的椭圆酸蔓橘并不多见,人们往往把它和那种圆形的看作同一品种。我就看到有个人在自家院里采摘时，特意把这种椭圆的挑出来另放，因为他认为这一种要好得多。这种果子是隐约杂着浅红的赭色，果肉稍硬，果形稍长，和蔷薇果或加拿大李子有几分神似。他还告诉我，这种酸蔓橘不和其他品种长在一起。

一八五三年秋天，我们的草场遭到罕见的洪水，洪水冲走了大量的酸蔓橘，人们只好眼睁睁看着它们被冲到另一头，和被洪水一起裹挟而下的草呀、叶呀什么的一起，一直被带到下游，漂在岸边水面上。十一月十五日那天，我来到草场，看到还有许多酸蔓橘仍长在藤上，在洼地上匍匐着，相当壮观。

还是那一年的十一月二十几日，我平生第一次捞酸蔓橘。划着自己的小船到了一处，先捞到了一个眼看就要被水一路冲到大海去的破扒篱，之后，就马上又发现草场的下游岸边一片红红的，原来酸蔓橘和一些杂物漂到这里来了，大约几百英尺①的水面都被染得红彤彤的。我捞了满满一船——除了酸蔓橘，还连水带草梗什么的。不过要把酸蔓橘清理出来还真费了一番力气。后来又去了一次，从收获中拿出两个半蒲式耳拿到波士顿去卖，换得四美元。

从水里捞出这么多酸蔓橘，也有助于我对这些有碍河流的东西深入了解。那些草梗和叶梗主要来自草场和酸蔓橘的叶，还夹杂小喇叭样的蜗牛、个头不大的黑色小鸦虫、一小段一小段被麝鼠啃过的萱草根，偶尔还会发现一只青蛙或一只小彩龟，这些小动物身上还披着雪花，个个都活蹦乱跳呢。仅靠一根铁钉耙，我就把这些东西都捞到了船上。

---

① 原文是"...fifteen and twenty rods of..."，译时折算成英尺，以方便读者。

137

我还发现捞酸蔓橘最好趁着洪水时节，抢在水退之前，这时风刮得也大，它们就呼啦啦地都被冲到岸边了。这时只消择一酸蔓越橘最多之处，一人执一粪耙拦住和酸蔓橘漂在一起的杂物和草，另一人则用一普通钉耙将酸蔓橘和一些草梗捞到船上即可，因为要有点草梗托着酸蔓橘才能被捞起。

有一次，我动了用酸蔓橘做生意的念头。迫于生计，我不得不去纽约卖铅笔，那何不捎些酸蔓橘去卖呢，岂不更好？经过波士顿时，到昆西市场打听了一下行情。那里的一个商人把我带到他地下室的库房里，把他的存货展示给我看，并问我想买干的还是新鲜的。我给他们留下这么个印象：我要的量相当大。这下让那些货栈老板很振奋，因为这一来酸蔓橘的价格就有望上涨了。我又上了很多纽约来的邮船，向船长们打听货运酸蔓橘的价钱，干的、新鲜的价格分别都打听了，有一艘快船的主人还非常急于做成这批生意。但我还是不敢冒失，仍然空手到纽约，到那里的市场打听酸蔓橘卖价。结果发现，那里顶级的东部蔓橘价钱也比波士顿的低。

三十年前，我曾在梅利亚姆的牧场上采摘过酸蔓橘。采着采着，突然听到背后有人走来，回头一看，那正是被孩子叫做老福斯特的一个人，他力气可大了。我拿起小桶撒腿就跑，好在像所有十二岁的男孩一样，仗着年纪小行动敏捷，总算没多久就把他甩到后面一大截。他仍不依不饶地在后面追，我翻墙回到村子躲在房子后，这才甩掉了他，他也同时甩掉了我。打那以后我才知道，原来酸蔓橘也是私有财产。

在《一八五三至一八五六年加拿大地理调查》(*Geological Survey of Canada for 1853, 1854, 1855, and 1856*) 中，我看到这样的话：

138

"在尼皮辛湖区（Lake Nipissing），一个印第安人告诉我，他和家人（即妻子和两个年幼的孩子）一天很轻松就能采摘到四到五桶[①]酸蔓橘（不过没说明什么品种），然后拿到一个叫石巴阿马明（Shi-bah-ah-mah-ming）的地方，每桶能换到五美元。但这样好的生意却也给他们出了难题：因为独木舟每次的运量很少，何况湖上无冰期又很短。"

十一月中旬，这时霜冻过的酸蔓橘也都完全熟了。我又有了新发现，那就是草场上仍有极少量的酸蔓橘，此时味道变得非常棒，就和春天采到的越橘味道一样。草场的水到了这个季节慢慢退去，这也往往提醒人们此时酸蔓橘该真的熟了。有时到了十二月，还能找到少量的酸蔓橘，它们没有被霜冻冻坏，果肉还结实。的确许多已经开始变烂，但还有很多变得味道更醇厚，潮湿和严寒只使得它们更加成熟，加上正值冬天，所以也没有腐烂。我们这一带的乡民都喜欢这种堪与春天越橘媲美的酸蔓橘。

有时，洪水赶在霜冻之前袭来也不无好处，这样就有利酸蔓橘平安过冬，来年春天仍新鲜好吃。

二月，河水漫到草场把那里冲得干干净净，我马上就看到有人划船赶去捞酸蔓橘，似乎一个冬天味觉都很受委屈，现在迫不及待要用一道美味色拉慰劳自己。这位搜索酸蔓橘的好猎手心里有数该去哪儿，连麝鼠都没他快呢。不过，一般来说，我们基本上还是按照季节吃这种东西，它的好吃是酸橙没法比的。在木斯克塔奇德草甸上，这种酸蔓橘就是色拉汁和醋的代用品。我总是坚持这一点：

[①]这里的桶（barrel）也是美式计量单位，一桶约合一百二十至一百五十九升。

不妨先尝一点点，看自己是否能接受。不久，春天带来清风阵阵，就会把这些酸蔓橘一股脑吹到河岸边和草场边，还杂着几乎和它们冻到一起的草梗、树叶什么的。这时，孩子们可就有得忙了，去打捞呀，用量杯量着去卖呀，连鸭子也不甘心，潜到水下去找那些还挂在藤上没被冲走的酸蔓橘。

春天，我们想要吃酸，酸蔓橘就能满足我们的需要。只有在春天，才能吃到令人神清气爽的点心。酸味让人吃了开心，还让人更加意识到春天就在身边，这是春天的味道，也正是我从草甸采集的酸蔓橘的味道。这种酸味让一个冬天的浑浑噩噩一扫而光，有了酸蔓橘做的调料，直到来年你也不必再用别的调料做增味剂了。甚至到味道已经不那么浓郁的感恩节，酸蔓橘仍然是餐桌上最让人振奋的东西。浸泡在水中的酸蔓橘比任何情况下都美丽，所以无论在集市上还是在船上，卖主都会问你是想要干运，还是保鲜运——也就是泡在水里湿淋淋的。但我认为，只有春天的草甸上、湿地里那些泡在水里的酸蔓橘才是真正新鲜的、水汪汪的。记得有个小男孩因为吃多了酸蔓橘而当场送命，尸体就是在河岸上发现的，我总认为就是因为在那之前他不能每天都如愿吃到酸蔓橘，才会这样暴食而死。

在草甸的水中划船时，常常可以不用管舵，只消坐在那里眺望四周，就会发现一大片酸蔓橘，居然逃过人们打捞而优哉游哉地漂在小船龙骨下。成百上千个红彤彤的小家伙挂在藤蔓上，使劲想浮出水面。如果下次还能找到这个地方，倒不妨多来几次，这儿的确太值得驻足留恋。

我曾在哈维奇和鳕鱼角①的普罗文斯镇看到大片人工栽种的酸蔓橘，有的一块田面积达十或十二英亩。通常这样的酸蔓橘田都在湿地或草甸里，紧挨着一片湖或池塘，然后人工垫高一点，使其高于水面，再铺上白沙，种下酸蔓橘，每行间隔十八英寸，行间有藤蔓交织，青苔点点。在这样的环境里，它们很快就长成绿油油一大片，煞是好看。

西瓜

西瓜这玩意，最早一批，在八月七日到二十八日就可以吃了，不过最后几天的也算熟得晚了。直到霜冻，它们还陆陆续续地熟，最好吃的时节还是九月。

约翰·乔什利算是新英格兰的老居民了，他认为西瓜"堪称这里最适宜"的作物。他说这种东西"颜色像是被草揉了以后的绿色，也可以说是多汁的绿色；熟了以后也会有黄色混杂。"

九月带来了硕果累累。我首先想到的就是瓜类和苹果。

和冬天相比，我们九月里吃的东西真是差别大呀！我们很少光顾肉店，相反，我们倒会请肉店老板上咱家的院子走走看看。

对于不会种西瓜的人和认为西瓜不好而不愿意吃的人，说实话，我是有些看不起的。要这样的话，那他们三岁起就应该跟着帕

---

① 鳕鱼角（Cape Cod），位于马萨诸塞州（麻省）的一个半岛。

里[1]去极地。这些人航程一开始就领足了给养,我现在知道那是什么时候的事了,而那些吃光的肉罐头足以给他们立个纪念碑。

我们和鸟一样,也应该按着不同节令吃不同的东西。这个季节就该吃汁水多的瓜果。酷暑难耐,大家都像发高烧的病人一样,把西瓜当成唯一赖以活命的东西。这种日子里,面包、黄油和西瓜就是最好吃也最有营养的东西,而且后者多多益善。

在这个季节,无论划船还是搭车去采摘野果,我都不忘带上几个西瓜作为路上的饮水补给。没有什么美酒佳酿比得上它们这样包装方便,清爽宜人,味道上乘。带着这种绿色"大罐"装着的美酒,到了目的地后,就把它们放到阴凉地方或水里,等吃的时候沁凉沁凉。

如果在家里,想把一只从太阳底下摘回的西瓜弄凉,就不要用水,因为水湃过后热气都逼到瓜里去了。可取的办法是切开后放到地窖之类的阴凉地方,过一会儿就好了。

辨认西瓜是否熟了的方法有很多。如果对某片西瓜地很熟悉,当然就知道那块地里每一只瓜的来头,也就知道哪只瓜最先熟了。如果瓜田在山上或山脚下,不妨就挑拣那些最接近中央部分的,或者看上去最老的。

从颜色方面说,那种颜色陈旧、没有果霜的往往就是熟瓜的标示。有的瓜绿油油,很新鲜的样子,还披着重重果霜,打开一看往往生得很。碰到皮暗绿而且厚、果霜也掉了的瓜,就可以放心开

---

[1] 帕里(William Edward Parry,一七九〇至一八五五年),英国航海家,曾三次指挥远征队寻找西北水路(一八一九至一八二〇年,一八二一至一八二三年,一八二四至一八二五年)。

吃了。

如果瓜藤还很新鲜，但瓜蒂却枯了，那一定是个好瓜，这样的瓜一定瓤红而且沙。第二个方法是用手指敲，听声音，瓜里空隙越大声音越低。熟透了的瓜声音像男低音，生瓜则像男高音或假声[①]。还有人用挤压的大动作来选瓜，如果挤压时瓜里发出嚓拉拉开裂的声音，就是熟了，不过别人不会让你用这法子挑他的瓜。最好连藤都不要碰，这样做显得太贪吃，也不利于瓜生长。这都是小孩子的把戏了。

有人告诉我，他不种瓜是因为他的孩子会把所有的瓜都切开。我认为他实际上是说自己管教不当。显然他教育孩子的方法有误，按孔夫子的标准来说，这样的人也不能治理国家。[②] 有一次，我透过百叶窗，看到一个孩子竟然翻过栅栏，坐到我院子里很早就结的一只西瓜上，掏出一把折刀要往瓜里捅，我立即大喝制止了他，还给他上了一课，告诉他这里可不是他老爹的家，不可以由着他乱来。这只瓜后来也脱掉果霜，长到大得惊人的地步，味道也很甜，但瓜皮上一直有个疤痕，就是那小偷瓜贼用刀划出来的。

那个农夫只好在离家很远的玉米地或马铃薯地中间种瓜。我散步时常常会经过他的瓜地，和胡萝卜地紧挨着，胡萝卜的叶子可以掩饰一旁的西瓜叶，两种叶子有几分相似。

有句老话这么说的：一只胳膊夹不住两个西瓜（You cannot carry two watermelons under one arm）。其实就连夹一个走远也困难，

[①] 假声（falsetto），尤指男高音的歌唱声音，特征为不自然地发出高于正常范围的声音。
[②] "欲治其国者，必先齐家。"出自《大学》第一节。

因为瓜皮很光滑。有一位女士告诉我,她去林肯郡拜访朋友,她本打算步行回家,不料告别时友人赠送一个很大的西瓜。抱着这只滑溜溜的西瓜,她择路穿过瓦尔登树林,而这个树林,在传说中素来是精灵妖怪出没之地,人皆敬而远之。树越来越密,她心里也越发害怕,而西瓜也越来越重,她不得不不断地换手抱着。最后,或许就是精灵妖怪作祟,那只瓜突然从她胳膊中滑了出来,跌到地上,顷刻间就在瓦尔登路上碎成一块块的了。吓得发抖的她连忙捡起一些包在手帕里,慌不择路地以最快速度跑到康科德的大街上。

如果霜冻时节还没有把瓜吃完,那就把它们放到地窖里,等到感恩节再拿出来吃。我曾经看到树林里有一块地上的西瓜都冻住了,拿回家一切开,瓜瓤像红水晶一样晶莹剔透。

据说希腊人和古罗马人并不知道西瓜为何物。当年走进沙漠的犹太人就非常怀念这种用希伯来语叫做"*abbattichim*"的东西,这也是埃及人的水果。

可以说英国的植物学者对西瓜了解甚少。能找到的资料就是杰拉尔德在《种植史》一书中《果瓜》一章中的相关资料,他是这么说的:"这种瓜皮里的果肉可以食用。"斯宾塞[1]在《逸闻》(*Anecdotes*)中写道,伽利略曾将阿廖斯托[2]的《奥兰多》(*Orlando*)比作一块瓜地:"你也可以不时在地里的旮旮旯旯找到一些好的东西,但基本上地里都是不怎么有价值的。"蒙田[3]则引用奥里利乌

---

[1] 斯宾塞(Herbert Spencer,一八二〇至一九〇三年),英国哲学家,试图在其系列论著中将进化论运用于哲学及伦理学。
[2] 阿廖斯托(Lodovico Ariosto,一四七四至一五三三年),意大利作家,史诗喜剧诗《奥兰多》(一五三二年)是其主要作品。
[3] 蒙田(Michel Eyquem de Montaigne,一五三三至一五九二年),法国散文作家,其散漫而生动的个人散文被认为是十六世纪法国散文的最高表现形式。

斯·维克托[1]的话:"戴克里先大帝[2]取下皇冠,声称要过'自己的生活',但不久又坐上皇帝宝座,并宣布:'如果你们看到我在自家果园里栽的树长得有多好,种的西瓜有多甜,就绝不会劝我回来。'"戈斯[3]在《阿拉巴马来信》(*Letters from Alabama*)中是这样评论西瓜的:"我认为英格兰还没人知道此为何物;在伦敦的市场上我还从没见过有人出售此物。"可是在美国到处都有西瓜,尤其在南方更多:

> 黑人有自己的西瓜地,就像他们有自己的桃园一样。种出早熟的好西瓜,培育超过他们主人原有的品种,对他们来说可是件大事情呢。……法国王妃曾经希望"吃冰的时候又不用觉得凉得难受",西瓜就可谓将这种想法付诸实践的样板。……每天傍晚,从地里将一车西瓜运至家中,供一家人第二天食用。在这种暑热的日子里,人们几乎不怎么工作,不过吃西瓜可是来往中的大事。客人坐定后,先上一杯凉水以示欢迎,然后就大呼仆人端上西瓜,主宾都有份。有的西瓜还没等到被刀切开就破了,主妇们便将还没熟的瓜瓤掏去,在瓜皮上刻上星星等图案,然后点上蜡烛放进瓜皮,这是冬天的一大乐事呢。

---

[1] 奥里利乌斯·维克托(Aurelius Victor,约三二〇至三九〇年),罗马政客兼历史学家。
[2] 戴克里先大帝(Emperor Diocletian),罗马帝国皇帝(二八四至三〇五年)。
[3] 戈斯(Philip Henry Gosse,一八一〇至一八八八年),英国自然学家,其著作《阿拉巴马来信》出版于一八五九年。

接骨木

接骨木果子要到八月七日才会熟，大面积熟则在八月二十五日，最高峰是在九月四日到十二日。七月底我看到它们的果子还是青幽幽的。

八月二十二日，接骨木树枝因为结了果而被压弯了，不过多数果子才刚刚长成，许多还是花呢，当然花事也已将尽了。八月底的时候，一簇簇伞状结成的黑色果子很引人注目，把树枝压得扑倒在栅栏边上。果子越来越熟，越来越大，也越来越重，终于自己也撑不住了耷拉下来，整棵树也就被压得垂下了。一眼就看得出来，同一棵树上，那些还是绿色的果子在枝头仍然硬朗，而半熟的果子则会坠着，全熟了的就索性垂直耷拉下来。结着果子的伞状花序枝如果还没有耷拉，可以看得出形态非常整齐：从中间向外分出四小枝，距离平均，都以中间为核心轻轻垂下，中心的则挺直不倒。

人们很容易就能采到满满一篮接骨木，果子大而且相对也轻，据说可以做很好的染料。

九月一日以后，越橘已经开始干了，也过气了，这时气势最大的野果就数野樱桃和接骨木果了。当然，也难怪常看到这些树上停着鸟儿了。到九月二十几日，那些鸟——有知更鸟的幼鸟，还有蓝鸫，等等，接骨木树上的果子已经没了，就连那些结过果子的细梗也被它们啄光了。这时再去采摘接骨木果可就晚了。

晚熟越橘

现在晚熟越橘上场了。有种黑果木（dangleberry）——又叫蓝越橘（blue tangle）——直到八月七日才开始完全长好，八月底才大面积成熟。

这种果树的高度是美洲越橘树的两倍，而且也非常漂亮。像涂了一层白霜似的叶子呈现一种灰白的绿色，长在潮湿地方的灌木丛中，它结出的果子真的太多了，而且这种果子在多雨的天气会长得很好。晚熟越橘圆溜溜的，果皮光滑，颜色蓝澄澄，个头也比其他品种的越橘大，并且看上去更显得通透。浆果类中，这算得上最俊俏的了。它们结在长长的细枝上，果梗约有两到三英寸长，就那么吊在枝上晃来晃去，有时果梗还会缠在一起。① 不老练的采摘人会把它们看成有毒的东西而绕行，这样想也不无道理，因为这种果子虽然味道不错，但有强烈的收敛作用，而且和九月里成熟的大多数果子相比，它的味道多少有些逊色。九月的第一个星期里的最末两天，这种果子是此时能吃到的越橘中最新鲜的。这一带看到它们并不容易，只在有的年成里能采到一点儿，大概够做个布丁吧。

---

① 英语"tangle"一词就有纠缠在一起的意思，"dangle"则有垂下晃来晃去的意思。

齿叶荚蒾

齿叶荚蒾的小果子约莫在八月七日长出来，九月一日就基本长齐了，有些果子能整个九月都挂在那里呢。七月过了一大半，我也曾看到过它们，还是绿绿的。

在荚蒾中，这一品种是最早结果，也是结果最小的，所以它的叶比果更引人注意。那些小小的果子在变熟的过程中先从一侧开始，这先熟的一侧会出现一个颜色很暗的小点，看上去好像烂了。八月中旬，沿河一带的山茱萸堆里呀，柳树林里呀，蘑菇丛里呀，总会混有它们的身影，可以说只要其他植物身边有点空的地方都能看到它们。齿叶荚蒾果子很小，挤在一起，圆圆的，直径大约十六分之三英寸，味道很糟。果子成熟后是很暗的浅蓝色，也有铅灰色的，如果拿到近处看还会发现它们其实也还算光滑。

李子

从外面引进的加拿大李八月八日就结果了。

在《新英格兰观察》中，威廉·伍德写道："在这里，这种李子要优于一般的李子，尽管这里的樱桃要比其他地方的樱桃差（指的是沙樱）；这种李子黑中带黄，大小如道森果，味道甚佳。"卡蒂埃[①]提到

[①] 卡蒂埃（Jacques Cartier，一四九一至一五五七年），法国探险家，他曾力主加拿大属于法国。

加拿大的印第安人和法国人的做法一样,将李子晒干过冬食用。乔什利还在新英格兰发现圆李子,颜色有白、有黄、有黑,和英国本土的大不一样。纳托尔[①]在其大作《北美森林志》(*North American Sytva*)注中对一种名为美洲李的野生李子做了以下描述:

> 北美很少有其他植物能像这个品种的李子这样分布广泛——从萨卡奇湾到哈得孙湾,延绵不断生长在佐治亚、路易斯安那和德克萨斯等州的原野上。西部的纽约州也多见此物,有些原居民还将其种植在住所周围(我一八一〇年就亲眼看到过),种植方法同于契卡索李种植。……(这种果实)有的地方通体黄色,但大多一侧略带红色,或是红黄色的混合。

毛果越橘

毛果越橘(*gaylussacia dumosa, var. hirtella*)在八月八日左右开始成熟。

这种越橘不多见,只生长在野外人迹罕见处,如那种阴冷的苔藓湿地,在那种地方还生长着小石楠(*andromeda polifolia*)和湿地兰(*kalmia glauca*)。另外,那种虽然土壤结实,但人们不待见去的洼地,也是它们的生长地方。毛果越橘的果实椭圆形,黑色,外

[①] 纳托尔(Thomas Nuttall,一七八六至一八五九年),英国博物学家,一八〇八年—一八五九年年在美国工作和居住。

面长着一些对我们来说有点扎的短毛须。就我所知，本市及周边所有的越橘中，只有这个品种是不宜食用的。当然，还有些越橘的品种——如鹿树果、蹲越橘等也不宜食用，但那些都长在这个州别的地区。长在湿地上的毛果越橘淡而无味，而长在洼地硬实泥地里的则味道重一点儿，只是果皮上的毛太粗糙，吃在嘴里很难受。和黑果木一样，毛果越橘也被认为应当归类于越橘。

一八六〇年八月三十日，我在迈诺特家的硬地上看到毛果越橘，感到非常意外。迈诺特在这块地上种过马铃薯，现在却长出好多好多的毛果越橘，结果的不是一两棵，而是大片大片的，而在此之前，我只在湿地上看到过这种植物。这块硬地上结的果味道好一点，不那么淡，可是因为有毛仍然难吃。这种果实沿着枝一串串地结，比其他越橘的稠密。因为果皮上那些毛，这种椭圆形的黑色果实难以下咽。

我想现在它们依旧生长在这里，和其他一些本地的草木一起驻守此地，因为迈诺特是一个守旧的人，不会带头做新鲜事，也就不会轻易对自己的土地行改良之举，所以他那块地想必还是原样，仍然保持原生态。而那里的越橘也就都是老样子。

厚皮甜瓜

八月十日厚皮甜瓜成形了，这种晚生的青皮甜瓜真正熟要等到霜冻后，那时人们已将瓜藤砍去了。一八五四年八月十日我摘下第一个甜瓜，另一年初次摘下是在八月二十三日，而一八五三年则是在八月十二日。

从其颜色和香气可判断黄皮品种的是否熟透。它们熟的速度可谓迅速，就好像迫不及待地对你说："摘下我吧。"早上，你把熟透的全部摘下，当晚再走到地里，会发现又有一两个从想不到的地方冒出来，等着你采。一天当中日头从东走到西，阳光就这样把甜瓜染成黄黄的。那些不断变熟的瓜，通常被自己发出的香气出卖。往往皮越粗糙瓜越好，那些青皮甜瓜更是如此，照此方法挑一定没错。李子、葡萄，总让园丁手忙脚乱，忙个不停，照我看来，这些难侍候的东西怎么都比不上甜瓜。

古人怎么培育出西瓜的不好说，但甜瓜的前身比葫芦或瓠果一定好不到哪里去。古时有种瓜叫做"*cucumis*"或"*cucushita*"，估计就是它了，古代园丁大概也就是这么认为的。特奥夫拉斯图斯谈论过，说他的翻译加沙（*Gaza*）称其为"*pepones*、*cucumeres*，或是 *cucushita*"，而他认为 *cucumeres* 的皮很苦。所谓 *cucumeres* 似乎就是一种黄瓜。他还说："当季风刮起的时候，麦加拉学派[1]的人就挥锄翻地，种下 *pepones*、*cucumeres* 和 *cucushita*，而且用不浇水的方法使这些东西味道更甜。"他常常提到这些瓜果，尤其是后两种；还说如果把 *cucushita* 的种子浸泡到牛奶里，结出来的果肉会更软和。而科卢梅拉[2]则补充道："如果将 *cucumis* 的子泡到牛奶

---

[1] 麦加拉学派（Megarian），是古希腊小苏格拉底派之一。
[2] 科卢梅拉（Lucius Junius Moderatus Columella，公元四至七十年），古罗马作家，作品多与农事有关。

里，以后结的瓜味道就会更甜。帕拉迪乌斯①则声称如果想让甜瓜香气更浓，不妨将种子埋在干玫瑰瓣里。科卢梅拉关于如何处置 cucumis 和 cucushita 的诗可以为证：

> 若要长久享受吃瓜的欢乐，
> 长形的嘛不妨拿起，找到最细的一处，
> 取下那里十粒种子；
> 如果圆形的，团团像个大肚皮那种，
> 就取它最靠中间的子；
> 这样的种子结出的瓜多，
> 味甘如蜜，
> 芬芳扑鼻；
> ……
> 古谚云：激流是孩子最好的游泳教练。

显然他说的是葫芦或瓠果。

德·康多勒②在谈到硬皮甜瓜时引用了奥利维尔·德·塞尔③一六一九年说过的话："普里尼常常把黄瓜和甜瓜混为一谈，分不清此物非彼物。"德·坎道尔④还说一个叫赫尔拉的西班牙人

---

①帕拉迪乌斯（Rutilus Taurus Aemlianus Palladius，三六三至四二五年），罗马作家，作品多与农事有关。
②德·康多勒（Alphonse de Candolle，一八〇六至一八九二年），瑞士植物学家。其著作《植物地理学》（一八五五年出版）是当时植物地理学所有知识的综合和总结。
③奥利维尔·德·塞尔（Olivier de Serre，一五三九至一六一九年），法国植物学家。
④德·坎道尔（De Candolle，一八〇六至一八九三年），瑞士植物学家。

一五一三年说过:"如果甜瓜长得好,就算没人吃,也是世间最好的果实;如果没长好,那就是坏果实,坏透了。"他将此比喻女人。

杰拉尔德笔下的甜瓜是:"希腊文里的'$μη'λον$'指苹果,而这种瓜很可能就是当时被叫做'$μηλοπε'ων$'的,即'*melopepon*';因为 *pepon* 类果实有苹果的香气,所以想必这种果实也有苹果的香气;此外它还有麝香之气,所以又叫麝香气味的甜瓜(*melons muschatellini*),或麝香瓜。"

一八五八年九月十三日,园中的甜瓜和南瓜皮色都变黄了,湿地里的蕨也变黄了。

说过"我们的水果容易脱皮",以及大谈柔软的果实落地时容易碰伤等等之后,圣皮埃尔[①]又补充道:"对果实的形状和大小进行改良并没有什么不好。许多果实就是为了便于人们食用而进行过改良,例如樱桃和李子;有的是根据人的手是否容易拿而改良过,例如梨子和苹果;还有些个头很大的,像瓜一类,但也有可以切分的标记,适宜一大家子或很多人共享;在印度也是如此,例如佛手,还有我们的南瓜,都是可以拿来和邻居分食的。"我还想加一句:西瓜也是如此,虽然它摸起来没有棱,打开也看不见有什么切分的标示,但瓜皮的颜色是一种提示——按颜色标示的区域切下去,就成了分量适中的一块块了。也许这种瓜所以没有明确切分标记是暗示自己有益无害,因为一个够一家人吃的西瓜也可以被一个人吃得干干净净。

常常由于雨水过于充沛,甜瓜会裂开,而这时味道还不甜呢。

---

①圣皮埃尔(Saint Pierre),法国传说中渔民的守护神。此处的圣皮埃尔身份不详。

马铃薯

八月十一日,人们开始挖马铃薯了。

一八五一年七月十六日。邻居早几天在一座山上挖出一些马铃薯,一个个和板栗差不多大小,所以又被放回土里盖住。现在不用给马铃薯除草了。

最早出土的马铃薯在八月十一日,有些人从那时开始挖。眼看要到八月底(大概是二十日到二十三日),这些人挖得更起劲了。马铃薯还没完全长好,但他们动静很大,把推车和大桶都弄到地边开挖了,一来生怕马铃薯会烂在土里,二来担心其价格会下跌。现在人们一大早甚至半夜就动身,把马铃薯和洋葱运到市场上,下午回来时筐里、桶里已经空空。

到了八月底和九月,那些还在地里的马铃薯才真正长好了。

无论大自然奉献的什么果实,我们都会为之欣喜。大自然以此让我们相信她的生命力多么旺盛,同时给我们如此宝贵的果实。哪怕看到橡树上结了许多橡果也会让我觉得开心。走过低地,看到地头堆放着那些个头儿大大的圆马铃薯(虽然看上去它们倒像会令人中毒),这令我快乐。把这些块茎果实送给你,好吗?如果还不能使你满意,那好,你可以换个花样——把它们种到地里去。回报多丰厚多美呀!对农夫来说,和一年里其他的作物收成相比,马铃薯也许并不算什么,但在我眼里,这简直就和纽约市的人口增长一样神奇。[1]这些结在根上一串串的圆溜溜的马铃薯,和我认识的其他

---

[1] 十九世纪五十年代,纽约市人口剧增,速度之快成为全美之最。但同时也引发了不少问题,以至美国各地报纸上的头版头条总是与之有关。

果实一样，都是丰收年成的象征，甚至要更好，至少在我看来比一串串葡萄要好。

一八六〇年七月二十八日。一位男子带我来到一条街上，指着那里孤零零的一堆马铃薯给我看，要知道这么一堆可是从一株马铃薯的一条根茎上收获的。一共有二十个，有的直径差不多一英寸，而像葡萄那样结成一串的大约直径是五英寸。这么一串马铃薯提供的钾盐足够我身体所需了。后来这些马铃薯又在邮局展示了些日子。

一八六〇年七月三十日。经过塞瑞斯·霍斯莫尔家的马铃薯地，看到挖出的马铃薯堆放在沙地上，由于下雨，马铃薯上又盖了沙子。看得出来，每两垄马铃薯中间就是一堆。由于今年雨水多，气温低，所以产量特高。

一八六〇年八月二十二日。一块马铃薯地真是风光无限，这话一点儿不假。就算藤叶发黑快烂掉了，就算净是一股烂马铃薯的气味，但正是这种马铃薯地比马铃薯本身更能证明马铃薯的价值，尽管很多人都不以为然。夏日，阳光下蟋蟀叫个不停，蚱蜢到处活蹦乱跳，在被雨水冲刷过、骄阳暴晒过的坡地上常常可以看到拱出地面的马铃薯，似乎大地已经容不下它们了。而农夫对它们也懒得操心，认定这些马铃薯一定会自己好好长，当初他不就这么漫不经心地在这里和河滩边随随便便种的吗？真是不经意就发财了。现在他只想歇歇，看看播种后的胜利成果，然后躺在祖辈种的大树下舒舒坦坦地睡个午觉。我走过他身边，看到他摊开手脚，躺在一块水牛皮上，穿件短袖上衣，没戴帽子，光着大脚丫。他躺的这块地方就是他家房前的草地，挨着路边。农夫躺在那里看一会儿农业报纸，睡一会儿觉，不时翻翻身，因为家里养的鸡和火鸡常会悄悄走到他身边转圈。

今年的马铃薯收成太好了，那个总来推销一些神奇货色的小贩，居然成了我家常客，老想打听我还有没有多的戴维斯种苗①。难不成他打算不再做小贩生意，而要改种马铃薯了吗？有个农夫的地窖修在山顶上，为了把马铃薯扛上山费了很大力气，所以他边扛边大声骂这些马铃薯太重了。但就算再重，他心里也是欢喜满满的。

收获葡萄的时候到了，橄榄也熟了。肥沃土地出产的果实，含有多么丰富的钾盐。就像糖厂造糖一样，大自然这样制造钾盐，真是太好了。

我总觉得一个丰收年份最值得炫耀的就是马铃薯的收成了。为什么没人在纹章上刻串马铃薯呢，它们难道不就和"*d'or*"（黄金）和"*d'argent*"（白银）②一样吗？

莫尔家在不久前头到的一块湿地新开了一块地，撒上草木灰和泥炭作肥料，现在那里的马铃薯长得那叫一个多呀。连新开出的荒地上居然都能长这么好！一位爱尔兰人告诉我，他在林肯郡开了一片荒地，先清理掉地上的杂草树木，把草根树根都挖出来烧成灰铺在地上，足足有六英寸厚。然后种下马铃薯，就再没去管过，连草也没除过。一天晚上他和另一个人去那里挖马铃薯，挖出的装满了七十六个大桶，这样还没挖完，次日早上他又去挖。

九月过了一半，田野里尽是挖马铃薯的农人。他们都脸朝土地专注地挖，谁也没注意到我走近。人们要抢在十月底泥土结冻前把

---

①戴维斯种苗（davis），也是一个马铃薯的品种，据说产量丰富。
②根据纹章学，纹章底色为黄色和白色分别表示黄金（d'or）和白银（d'argent）。

地里的全挖出来。

一八五九年十月十六日,从韦特尔家的地窖口前走过,旁边就是一块沙质马铃薯地。那里的马铃薯迟迟未被挖出,似乎被人遗忘了,马铃薯的藤有许多已埋到山边的沙土里了。再想挖出地里的马铃薯就得借助土地草图,并用棍子来捅了。这家农人该计算一下,还剩多少天就没法收回这些马铃薯了。

记得有这么一位农人,对如何种庄稼自有一套主张,并能引用新理论来证明。他就在一大块地上种了马铃薯,把垄间距离设计得很宽,而且一垄垄栽得笔直,让所有同行赞叹不已。但是这位老兄偏偏忘了挖马铃薯,他想起来时土地已经冻得板结了,那些马铃薯当然也就糟蹋了。

历史书上都这么写:马铃薯是沃尔特·罗利爵士[①]从弗吉尼亚引进到大不列颠的。事实却是,美国并非马铃薯的原产地,美国的也是从南美引进的。T.W.哈里斯博士[②]亲口告诉我说,他曾经读过德·坎道尔早年在法国写过的报道,里面就说马铃薯原产于弗吉尼亚,于是博士就给他写了一封信想纠正这一说法,但德·坎道尔回信说:博士描述的那种普普通通的马铃薯恰恰就是野生马铃薯或最原生的弗吉尼亚马铃薯。

在《环球远航》(*Voyage Round the World*) 一书中,查尔斯·达尔文提到曾在南美的克洛诺斯群岛(Chronos Archipelago)看到野生的马铃薯,其中最大的一株足有四英尺高。但其块茎相当

---

① 沃尔特·罗利爵士[Sir Walter Raleigh,一五五二(?)至一六一八年],英国大臣、航海家、殖民者、作家。他是伊丽莎白一世的宠臣,曾在爱尔兰和卡迪兹活动,考察了圭亚那,在弗吉尼亚州移民,把烟草和马铃薯传入欧洲。
② T. W. 哈里斯博士(Dr.T. W. Harris),当时在马萨诸塞州剑桥的哈佛大学任教。

小,一般的直径约在一两英寸左右,"和英格兰马铃薯相比,无论是气味还是形态都近乎一样;但煮熟后缩小很多,而且稀糊糊的,味道也很平淡,也不苦"。

引杰拉尔德文如下:

弗吉尼亚马铃薯

弗吉尼亚马铃薯的藤为空心,柔韧,无论何种土壤上都可以纠结延伸到很远。藤梗结节处长出较大的叶子,在此种叶子上又生叶子,叶片大小不等,对生,绿色渐渐变红。所有的叶子形状都像山芥叶,只不过比后者略大。入口后开始觉得像青草,然后就觉得很刺激,有怪味。长出叶子的地方也长出细长的茎,上面开出淡雅好看的花来,每一朵花未开之前都像一片叶子。这些茎曲折生长,有时几根绞在一起,这一来那些花看上去就好像是好几片不同形状的叶子一样,直到其中一朵开了才知道原来是些花。其花色是淡淡的紫色,花瓣中有一浅浅黄色细纹,看上去如同浅紫中杂入黄色一样。花心长出一大块黄色或金黄色状物,此物中又有一绿色针状物立起。花开后结出圆形果实,大小如野生紫李或野李子。果色由青转黑,黑时即可采摘。果内有白色种子,大小和芥菜籽差不多。根粗大肥厚,为块茎,和普通马铃薯相近,但不如后者大,也不如后者那么长。有的块茎圆如球体,有的则为椭圆或蛋形,长短大小亦不等。那些紧挨着茎长出的根上,不但有很多疙瘩,还长出许多根须。

正如克鲁休斯①报道的那样，这种马铃薯最先是在弗吉尼亚被发现的，它就自然生长于该地。我收到从弗吉尼亚采集的根，种在我的园子里生长得和在它老家一样好，别名为诺曼贝加（norembega）。

红荚蒾

红荚蒾②果八月十一日开始变熟，要到九月一日才是它最好的时候，那以后就好景不长，通常九月中旬就掉光了，荚蒾花（viburnum lentago）还没落，它们就落了。

这种果子看上去好看得像有毒似的，完全成熟前可谓五颜六色，斑斓惊艳，大概是从周围一切吸收了各种精华所致吧。它们以单独的聚伞花序长在那里，一簇果子中刮去果霜后变成或淡绿或粉绿，或玫红或紫红，或深紫或黑色。就这样陆续熟了，变黑了，在枝头萧瑟着。通常每只果子的大小和形态也各异，椭圆的呀，矩圆的③呀，圆的呀，各式各样。不过一般都呈现一种独特的椭圆形，即一侧要比另一侧长一些。有的圆叶圆得各有特色，不但形状像苹果，个头也较其他的大得多。

八月初这些果子就长出来了，刚长出的是白色或粉色。一般

---

① 克鲁休斯（Carolus Clusius，一五二六至一六〇九年），植物学家兼园艺学家，一五七三至一五八七年间曾担任罗马皇帝在维也纳的花园主管。
② 由于该植物原产地在美国和加拿大，在我国又称为美国红荚蒾。
③ 植物学术语，形容果形虽圆但有近似平行边的延长形状。

来说，不久就都变成绿绿的，那些长在高处多晒太阳的那一侧便很快就透出深深的红晕，或者略带点深紫，擦去果霜还可以看到些黑色，而另一侧仍然绿绿的。虽然红荚蒾果转眼就熟了，但熟的时间并不一致。到了八月中旬，有些红果子已经红得发紫，而同一棵树上的许多还仍旧青绿。再过一旬，就算有些果子已经通体紫色了，不少果子还青绿依旧。究竟怎么就一下由玫红变成紫色的呢？真的让人不可捉摸。这时挂着这些果子的藤蔓也够壮实了。我采下几颗粉色的小果子放进帽子，回到家时再看，已经变成了很俏皮的紫色。一天傍晚，我采了五十三颗果子带回家，采的时候都是玫红色，第二天早上其中的三十颗就变成了深紫色。一天下午四点半钟，我又采了一把，都是绿绿的，略泛出点点粉红。两个小时后，也就是六点半，我回到家一看，九颗已经变成深蓝色，第二天又有三十颗变成深蓝色，看来并不见得非先变成红色才能变蓝变紫。此外，本来又硬又苦的果子变成深蓝色后，也变软了，还变甜了，有种野樱桃的味道，只是核很大。这种突然发生的化学变化真的很奇特。

有的甚至还有种葡萄干的甜味，确切说味道像枣。

一八五六年十月底，在新泽西的珀思·安博伊[①]，看到和红荚蒾同一家族的一个品种，那里人叫它黑山楂（black haw）。尽管红荚蒾果早已落尽了，这种树上还密密麻麻挂满了果，而且之后的三四个星期仍然如此。那些深紫色的果子长满了树，把屋前屋后点缀得很漂亮。和一位先生[②]散步途中，我走近它们，采了一大捧果子吃

[①]珀思·安博伊（Perth Amboy），美国新泽西州中东部一城市。梭罗一八五六年十月二十五日到十一月二十五日曾在距该地一英里的鹰木社区（Eaglewood Community）作过访问。
[②]这位先生叫马库斯·斯皮瑞恩斯（Marcus Springs），是当地富有的奎克党人。

了。这让同行先生很吃惊，他在此前根本不知道这果子是没有毒的呢。这事在当地一所学校传开以后，那一带的这些树很快就失去了这些可爱的饰物。在纽约，这种果子叫"奶妈果"(nanny berry)。不过这种树和我们这里的最大不同在于它有刺，而我们的没有。当时要走近这种树，为了弄开那些带刺的树枝，我还真费了不少力气。它们长得可密了。

八月底九月初，红荚蒾果堪称此时最引人注目的野果了。浓绿的树叶在枝上依然硬朗，而比肩而生、色彩绚丽的果子却垂下了，平添了几分湿地的野性和美丽——当然这更让我这个行走此间的人有了胃口，尽管不知道这些果子叫什么。

九月三日。虽然这种漂亮而又相对来说不多见的果子，并不被人当作食物，但毕竟这是它们光彩亮相的季节。我们宁愿花气力不断采集让味觉感到愉悦的果子，却不愿花哪怕一小时采集让视觉感到愉悦的果子，不可理喻。说实在的，一年中如此的时光，我们哪怕就这样出去采一次果子也是值得的，这种果子虽然不那么广为人知，但的确美丽如花——而且它们就是从花里长出来的——把这些美丽的果子放到篮子里，不论是些什么样的果子——商陆果也好，海芋果也好，梅迪亚果也好，荆棘果也好，不拘是什么，都采下放进篮子。现在是采美丽果子的时候了，可是孩子们却不能因此而放假好痛痛快快地采。应该给孩子们放假，为培养他们想象力而计应该放假，为他们身体健康而计应该放假。布丁也好，馅饼也好，都是我们生活里不应被忽略的东西。反正这种日子里，我会拿起筐，外出去寻找野果，而且还采到了薄荷和紫苑。

有些年份里，红荚蒾果结得分外多。一八五六年九月三日，在它们结得最茂盛时,我在沙布什湿地采到了足足有四到五夸脱之多。那些树上结的果子色彩、形态何等千差万别,简直让人难以想象,就好像你在湿地上的无数花坛之间跳来跳去。这可真像仙境里的花园。只有身临其境你才能看到那种美不胜收的景象。即使在枝头已经没了,但目睹它们被采集后混杂着放进一只筐里,仍会令你惊叹。挎着一筐红荚蒾果和山茱萸果回家,然后摆出一一比较,其乐无穷。

欧洲花楸

可以看到熟的欧洲花楸①果子是在八月十二日。大批成熟则在九月一日,然后整个九月它们都挂在树上,陆陆续续地熟。

七月二十八日。看到金丝雀的幼鸟啄食窗前的欧洲花楸果。九月,前院的这些欧洲花楸树上停满了知更鸟和樱桃鸟(cherry bird),这些鸟忙着把树上那些沉甸甸垂下的橙色果子扯下来。我家邻居发牢骚说,这些鸟先是啄了他家的草莓,现在好不容易这些花楸树结了果,可以装扮他家房子了,又被这些鸟几天内啄得精光。

劳登说:"在利福尼亚②、瑞典和堪察加③,花楸果熟后可以当水

---

①又名七度灶。
②利福尼亚(Livonia),由拉脱维亚南部及爱沙尼亚北部组成,十三世纪宝剑骑士团征服该地区并使其居民皈依基督教。骑士团解散后(一五六一年),该地成为波兰、俄国和瑞典争夺的焦点,最后于一七二一年交于俄国。
③堪察加(Kamchalka),位于俄罗斯东部,西濒鄂霍次克海,东临太平洋和白令海。面积约四十七万二千三百平方公里。

果食用。"这样超级酸涩的东西居然在有些地方还有人吃。对我来说，这果子委实又苦又涩，真不懂为什么鸟儿喜欢。

白果山茱萸

八月十二日。白果山茱萸（*cornus alba* 或 *paniculata*）结的果子开始熟了，不过一八五二年八月二日它们就大片地熟了。八月中旬，果子纷纷落下，往往落下时还没熟透呢。刚进九月它们就几乎落光了。一八五九年九月十一日，我倒看到还有些果子依旧枝头挺拔，白刷刷，像裹着一层蜡一样。

这些白果山茱萸和互生山茱萸的果子掉下来后都会被鸟儿吃掉。完全成熟后，它们呈白色。也许因了它们的精彩亮相，八月末才有看头。学院路、棠棣湿地和丽坡湖的森林洼地里，到处能看到它们。这种果子结结实实，样子颇有趣，一来是表皮的蜡质光滑，二则因为果梗粉嫩就像小仙女的手指伞状散开，就像一只只小手掌伸向天空。不过果子味道很苦，倒是果子落了以后，那些伞状的果梗更耐看呢。

主教红瑞木

主教红瑞木，八月十三日。

一八五二年七月二十七日。阿莎贝河的两岸都被这些丝质般的绿色果子装点铺成，连石缝间也塞满了他们的身影。

一八五二年八月二十五日。河堤上，湿地里，放眼望去都是这些丝质的主教红瑞木果，轻轻垂在枝头，像一串串紫水晶色细瓷或是玻璃的珠子，夹杂一些乳白色。

一八五二年八月二十八日。现在，这些沿着河岸垂在河面上的丝一般的果子煞是好看，多半都成了杂有乳白的浅蓝色，它们在河水上晃荡，倒映在河面的涟漪中，分明就是这个季节送给河水的最好装饰。现在正是它们和山茱萸的白果最兴盛的时候。

一八五二年八月二十四日。继互生山茱萸果成熟之后，这种丝质般的果子也开始变得像蓝中透绿的玻璃那样。然后就是白果茱萸的果实开始熟了，不过圆叶的我还没见到。

一八五二年八月三十日。有些主教红瑞木果的一侧已经完全白了，而另一侧依旧是中国蓝。

一八五三年九月四日。沿河尽是白瓷般的山茱萸果，有的连果梗都变白了。

一八五三年九月十一日。开始淡出。

一八五四年八月十五日。一两天之内，山坡上的主教红瑞木纷纷结了果。

一八五四年九月一日。现在正是它们风头正劲的时候，或深或浅的多种蓝色，还有的是带着蓝色的乳白色，异彩纷呈。正是因了它们的点缀，这里的小路和河岸才平添了几分妖娆。

一八五四年九月二十三日。主教红瑞木的果实一下变得像桑葚一样了，现在也到了它们退场的时候了——二十一日和二十二日接连两天的霜冻终结了它们。

一八五六年八月二十八日。河边出现了红瑞木白色的果子，还有红瑞木棕红色的叶子，印第安人叫它吉尼吉尼（*kinni-kinnick*）。

一八五六年九月三日。这些丝质般的红瑞木果落尽了。

一八五九年八月二十六日。开始出现好些熟的了。

一八五二年七月二十七日。欣德这么在笔下描述"这种被印第安人用来加入烟草中的熊果（bear-berry）"[①]：

> 草原上的印第安人经常把主教红瑞木树的树皮里层派上用场，他们管这种树叫红背柳（red back willow），看到他们把树皮内层当烟叶抽。
>
> 这种树皮的处理方法非常简单。取下一些四分之三英寸粗、四五英尺长的树枝，刨去外层的树皮，放在火上加热，然后用刀插进后使劲挑到六至八英寸高，分离出树皮的内层。将分离下的内层绕着枝条卷曲，放到地上的余火中烘烤干，然后与等量的烟叶混在一起，就成了西北部印第安人最喜欢的吉尼吉尼（*kinni-kinnik*）。若没烟草了，也经常看到他们单抽熊果树皮或熊果叶子。

[①] 此处引文引自欣德的《西北边界之行》（*Northwest Territory*）。

滑麸杨

八月十三日滑麸杨（*rhus glabra*）开始叫人眼睛一亮。而到了八月底就都一展娇颜了。七月十九日起的一两周内，它们渐渐变红，于是也就随之摇身一变，风姿绰约起来。究竟是深红还是朱红呢？我也拿不准，但树上那一串串的果子在将红未红之时的确最漂亮——绿绿的果子就像脸颊上抹了一层天鹅绒质地的红云，这个时候应当在八月初。

八月二十三日。密密的深绿色叶子干干净净，就从这样的叶子中，那些头尖尖的果子钻了出来，向四面八方探望。九月初，它们就开始烂了。

十一月初，滑麸杨鲜红或深红的果实让我又一次对它刮目相看。这时不仅滑麸杨的叶子掉光了，其他树的叶子也几乎都掉光了，放眼望去，看不到还有什么别的带有鲜红色。所以，滑麸杨的果子在树上非常显眼。此时，没有美丽的树叶分散人们注意力了，跃入人们眼里的只有这些果子。

整个冬天，它们都挂在树上，鹌鹑、山雀，可能还有老鼠都以它们为食。就这样，到了来年四月还可能看到它们。

劳登这番话显然是引用卡姆的："这种果子很酸，但孩子们吃了并未出现不良反应。由于颜色红红的，所以也被用来做红色的染料。"罗杰斯教授[1]在西利曼[2]办的学报上写道："注意到这种果子里

---

[1] 罗杰斯（Rogers），身份不详。
[2] 西利曼（Benjamin Silliman，一七七九至一八六四年），美国化学家、教育家，一八一八年创办了《美国科学和艺术》杂志。

有大量的苹果酸，所以常在家用和药用时替代柠檬。"

一八五六年一月三十日。有些丛果子已经相当熟了。

一八六〇年八月二十七日。在滑麸杨上的果子间有些结了层奶油样的硬壳，舔舔也是酸酸的，像是霜冻后形成的。会不会是受冻后渗出的什么物质呢？也可能是一种虫咬了以后的变化。

一八六〇年九月十八日。那种美丽似乎就要消失了，那层奶油状的白色外壳几乎要干了。

一八五六年一月十一日，鹌鹑和老鼠吃了一些果子。一月三十日山雀又吃了一些。卡姆在《旅行记》[①]"费城"一节中写道："将滑麸杨带着果子的树枝煮了以后，能得到一种墨水样的颜料。虽然这种果子很酸，但男孩们吃了以后并没感到任何不适。"

锯齿草

八月十四日就能看到锯齿草（*paspalum setaceum*）了。

它细长憔悴的茎几乎就贴着地面铺开，上面布满了草籽。地里的草都被收割后就看得到它们了，而这也就令我们想起秋天到了。类似这样的一些现象很有意思，虽然并不那么引人注目，但它们提醒我们时光交替，岁月如梭。这会儿，我能确定，散步时看到的锯齿草的刺藤，上面的草籽儿都熟了。由于那些藤长得像一道道锯齿，所以我就叫它锯齿草（*saw grass*）。

---

①此书即《北美游记》（*Travels into North America*）。

早蔷薇

八月十五日，两株早蔷薇的上结的果子就红了，通常到了九月一日已经相当养眼了。

这种沼泽蔷薇的果子非常大，扁平，圆形，颜色深红。

一八五四年九月七日。有些沼泽蔷薇果很大，好看极了，一个个圆圆的，扁扁的。

玛拿西·卡尔特说这种蔷薇是："野生蔷薇，犬蔷薇（dog rose）[①]……多生于湿地……按照伦敦处方，将果肉捣碎加糖，可以用来保管酸性的盐。"

一八五〇年十二月十四日。我在罗岭湖旁的湿地里，看到了一大片野蔷薇果，形状却是从未见过的多样。其数量之多犹如冬青果。

柳叶菜

八月十五日。柳叶菜长出了绒毛。

一八五八年八月二十三日。好多菜籽露出来了，簇拥在一起像一根根小棒，有白色的，还有粉红色的。

[①]原生于欧洲的野生刺蔷薇（狗牙蔷薇属），开粉红色或白色花，后成功地移植到北美东部。

梨

八月十五日。野梨。

劳登曾引用过普林尼的这么一段话:"无论什么品种的梨,如果不煮熟或烤熟,都不过是一块死死的肉。"

杰拉尔德说:"要想专门写梨写苹果,就得另辟专章或专著。梨的种类数不胜数,而且每一处都有每一处的特产梨。我就认识一位对嫁接和种植非常感兴趣的人,他自己就种了六十个不同品种的梨,而且每种都长得很好。"——这还不算是最好的。

一八五三年九月九日。派屈克家的地上,我在那些野生梨树下捡到的梨就有半蒲式耳,而且个个都完好,有的已经熟了,树上的更多。

一八五四年九月二十三日。在那里又捡了一些很好的梨。结得真多呀。

一八六○年九月三日。在波兹家地窖边看到两棵梨树上的梨已经熟了,有的已经熟了些日子了。它们大多味道有些苦苦的,还有一些吃起来很粉,干干的,但有一只却很甜,个头大小适中,形状颜色也不错,简直堪与人工种的媲美。果皮上有些红红的细条纹,光滑得像打了蜡一样。在那些水果中,这只梨最好看不过了。我拿回家后,索菲娅[①] 很喜欢,拿去放到了她的果篮里。

一八六○年十月十一日。就像苹果、马铃薯和橡树子一样,梨也属于这个季节。拉尔夫·沃尔多·爱默生的花园中了很多梨树,

---

①索菲娅(Sophia Thoreau),梭罗的妹妹。

都结了果。由于那些梨没有苹果那么粉嫩,也少了几分诗意,所以他说他的儿女都抱怨无法以这些梨为诗。的确,这些梨长相平平,颜色暗淡但很健康,果肉好吃。它们带有一种暗暗的黄色,近乎铁锈色,看着和摸着都像被冻了一样。由于颜色不起眼,所以挂在树上很容易将其与树叶混淆,很难被认出来,不像苹果那样会用高调的颜色吸引人注意。所以,我发现我这位友人满以为自己收获的都是同一种梨,但实际上还是忽略了一棵较矮的树上也有那么几个很大的梨,就因为它们的颜色和树叶太相像——绿中带黄,还有些铁锈色的斑斑点点——而被遗忘了。而我看到的野生梨多半颜色更丰富,比那些有名的品种更有看相。就像画眉鸟羽毛朴素偏偏啼声婉转动人,这些野生梨的汁多味美也出人意料。不过有的也还真的果皮细嫩,而且挂在枝头,形状恰到好处。看来,不仅李子的形状是天工塑就,梨子的重量也是上苍仔细设计过的[①]。

梨的出身比苹果要高贵些——种它们的人要多投入多少心血呀!苹果的采摘、收藏雇人来做就行了,而梨却是由这位种梨人亲力亲为百忙中抽空一个个采下,再由他大女儿用纸将其分别包好,或者放在木桶里,周围放上过冬的苹果,就像它们要特别保护一样。最好的房间地板上才可以摆放它们,最尊贵的客人才配享用它们。那些口碑名声好的法官大人,才有资格在休庭的间隙品味这些梨,并发表相关看法。

梨与苹果不一样的是没有好看的外表和扑鼻的香气。它们以味

[①] 原文是 "...plum weight of the carpenter and mason, poire or pear of the weigher",实际上 "plum" 应为 "plumb",拉丁文,意为铅坠。此处梭罗应该是在说俏皮话,所以译者作此处理。

道取胜,不需要那么精细的感觉,就是做成甜点①大口大口吃才开心。难怪小孩子家只晓得要苹果,而那些前任法官老爷们就要梨。梨的品种很多,名字也都是有来头的,多根据大人物命名,什么皇帝呀,国王呀,王后呀,公爵呀,公爵夫人呀,都不是布衣百姓。恐怕我们得给梨起美国名字,这样共和党人才吃得下。下一次法国革命就能改变这一切了。

我手头有一只 *bonne louise* 品种的梨。它的果皮上分布些棕色或黄色的小点点,小的约十六分之一英寸,大的几乎遮住了向阳的整整一侧。仔细端详,发现其实这些斑点的分布很有序,就像一个有小气孔的叶盖,在果皮最薄的地方喷射了出来,把那些红色的点点喷在果皮上,一个小点点就像一只小眼睛。每一个小点实际上都是星状,有的四角星,有的六角星,都是使劲从皮下挣脱出来的。所遇如果说苹果反射了太阳的光芒,那么这只色彩暗淡的梨(就像夜空一样暗淡)则是从自身内部迸发出星光的。它们暗自私语,庆幸借得这些星星终于能够成熟。当然这是很特别的品种,也只是个别情形。但它的确能有助于我们理解星星是如何超越时空而将光芒送到我们身边的。

---

① 原文"glout-morceaux",根据《牛津英语辞典》,这是一种用梨做成的甜点的法语名称。

桃

桃。八月十五日结果。二十四日开始成熟。九月二十七日大片成熟,一直到十月。

相传克劳迪亚斯①统治时期,罗马人才从波斯人那里得到桃种,然后又带到不列颠。

一八五七年六月九日。前一天很暖和,所以这天看到树上的桃突然一下熟透并蔫了,很是意外。更别说还看到许多桃落下了,前几次下雨也没有落下这么多呀。慢慢熟该有多好。

一八五一年十月十二日。听到史密斯夫妇正在把最后一批桃运到集市上去卖。

一八五二年六月九日。伊夫林说:"我们兴许从书上看到,起初人们认为桃树非常纤细、娇弱,只能在波斯一带才生长繁荣;就是在加仑②的时代,罗马帝国的疆界里,桃树最远仍只种在埃及。普林尼那时,桃树不过移栽到罗马市才三十年。现在,新英格兰的林肯郡已经将桃树作为主要农作物,并成为西部很普通的植物;近六年又被印第安人引进——这样说也不准确,印第安人早就种桃树了。"

劳森在《卡罗莱纳州》(*Carolino*)③中写道:"一棵桃子落入土中,然后长出桃树,三年后,或不到三年,这棵桃树就结果了。人们习惯边采边吃,桃核就吐到地上,这就导致桃树长得太密,到头来人们不得不像清除杂草一样清除掉一些树苗;否则就会到处都是

---

①克劳迪亚斯(Appius Claudius),三世纪至四世纪时的一位罗马检察官和执政官。
②加仑[Galen,公元一三〇(?)至二〇〇年(?)],希腊解剖学家、内科医生和作家。他的理论奠定了欧洲医学的基础。
③即他的著作《去卡罗莱纳州的新航线》(*A New Voyage to Carolina*)。

野生桃树了。"贝弗利[1]则在《弗吉尼亚历史和现状》(*The History and Present State of Virginia*)一书中记载:桃树种植极其简单,"一些养猪汉就种了大片桃树,好用来喂种猪"。

腐肉花

八月十七日看到腐肉花刚刚有果子出现,到了九月已经大面积结果了。

一八五三年八月二日。我注意到它们正在长出绿色的球形花序,这些花序直径有两英寸,挂在五六英寸长的主茎上。有一团花序我数了数,居然有八十二颗豌豆大小的小果子,一颗颗都是六方体或三角形,密集地长在不到一英寸长的花茎上。整个花序摸上去倒是挺硬的,结结实实。果球逐渐成熟,颜色也由绿变紫,下部渐渐张开,形态也越来越像个半圆形,那些果子也渐渐独立站在枝头,相当漂亮,倒像花梗就有六或八英寸长一样了。果子上有一层果霜,蓝蓝的那种,如果擦去这层果霜,就会看到果子带着黑色。腐肉花长在草甸子上。

---

[1] 贝弗利(Robert Beverley,一六七三至一七二二年),美国早期历史学家,其关于弗吉尼亚殖民地历史研究的著作价值很高。

海芋

八月十九日，海芋，九月一日达到极致。九月二十八日依旧很多。七月二十二日就看到它们青幽幽的果子了。

海芋的果子为卵形，一串串的，由青变红，走在湿地或潮湿的岸边，冷不丁看到它们往往也会感到几分惊骇。即使不能算果实中的顶级艳美，也足以令人感到明亮招眼，眼花缭乱。一束束或鲜红或银红的果子集成圆锥形或卵圆形（我坚决认为那的确就是印泥的红色，或者像上了釉彩一样亮亮的），这些圆锥体或卵圆体一般每个有一英寸半长，有时也会更长点，到两英寸半，宽则为两英寸，斜度不太大，由短短的肉茎支撑（大约六到八英寸长吧）。

每一束上的果子约有一百粒，形态大不相同，形状或像梨，或似主教冠，或如小棒，一粒挨一粒挤在一起，结果都快被彼此挤扁了。这些果子都分别从一个带紫色的（有的是带点白的）小荚套里跳出，随后这个小荚套就像一个被掏空的小口袋一样瘪掉。（等到果子掉了以后这些小荚套会不会变成真正的紫色呢？）这样一片肥沃的土地上，海芋落在地上或等着被采摘的果子到处可见，更纵深到腹地，以致这里显得色彩缤纷，五彩斑斓。海芋的果子大多都像一种红玉米的玉米棒儿，短短的，下面粗上面细，尤其外面结了冰碴儿后有如加了一层壳儿，看着更像。说实在的，它比星光鹿药（smilacina stellata）更配得上"蛇玉米"这个名字。

新生出的叶子往往嫩白，尤其是靠下面长的那些越发嫩白。果子熟了，这些叶子也都掉了。

这些美得艳丽的果球零星地散落在潮湿的叶子上，在湿地上很容易看到地上有这些小东西。它们身下的叶子快要腐烂了，其中不少正是和它们长在一起的海芋叶——褐色的、白色的，这些海芋叶都行将枯萎，躺在泥地上，仍然包裹住这些果球，拼命保护住它们。早春，你曾经找到海芋美丽的花朵，却忘掉这些花的预示。现在，如此色彩艳丽的果实就在实现当日预示，成为湿地上最为亮丽绚烂的一道风景，不由得不被吸引，被震撼。在这样一片湿地的苗地间，如果它不是有毒的，可不知该是多好的东西？

真的不由人不惊奇——现在有那么多种红色的果子了：伏牛子、冬青果等等。难怪有过这样丰富的见闻后，印第安人仍然还会为白人的银红色涂料着迷，因为于他们这种颜色再自然不过了。

我从没尝过海芋的果子。据说海芋的果子很烧口，有很强的腐蚀性。但是八月底的时候，我常看到有些动物吃得津津有味呢。

海芋果这样光滑新鲜的状态能保持多久呢？可不是一般久，而是非常之久。尽管叶和茎都变软，变烂，海芋果依旧新鲜有活力、色彩光亮耀眼。我不记得还有什么别的果子如海芋果这样光滑鲜亮，不仅果子变红后这般光滑鲜亮，果子还是绿色的时候也是这么光滑鲜亮，非常有趣。

九月二十八日，不仅在湿地看到过大片大片新鲜的海芋果，某一年的九月一日我还采到过一大穗的绿油油的海芋果，等到十八日，这些果子就完全变成鲜红色了。我把这些果子放在房间里，房间里很暖和，也很干燥，而这些果子依旧饱满新鲜光滑，甚至直到十一月十八日，也就是采下来十个星期以后，有些看上去依旧光滑新鲜。

美洲商陆

美洲商陆结果是在八月十九日，直到九月才长好，到了二十五日就进入全盛时期，一直到被人砍去（那多半是十月初的事了）。

我发现它们往往在乱石丛生的高地上长得特别兴旺，在山坡新苗地上也长得很茂盛。在这种地方总看到这种硕大如树的植物，微微弯着，紧挨着长在一起。到了九月，茎干上几乎变得光溜溜的，只有株顶结的果子你压着我、我挤着你向四周垂下，这时这些果子颜色也近乎非常明亮的那种紫色。外旋花序结的果子组成一个个小圆柱，长约六英寸或更多点，紫色果子成熟时基部变大呈黑色，然后逐渐变细并略带红色，顶端为绿色并开出花——所有的花都花瓣肥厚，叶色或紫或深红，极其艳美。我常常会采回许多，知更鸟等也挺喜欢它们，在这种时候常来光顾。

商陆果酸酸的汁可以当墨水用，买的墨水无论蓝的红的都没它好用。九月将尽，这些只有三分熟的果子往往会带点苦味。长在山坡低处的商陆总最先被砍。也曾在十一月，看到那些高处的商陆在霜冻下仍然青绿一片。

一八五二年二月九日。看到了商陆种子，很有意思。十粒，黑亮亮的，每粒带着个小白点，形状有几分像萨巴豆（saba bean）。鸟不用愁吃的了。

落花生

落花生（*apios tuberosa*），八月二十几日或更早点可以收了。落花生的藤被清除至少要等到九月二十九日。八月二十一日我就开始挖落花生，有一年的十月中旬还挖到过它们。

落花生长在低地，爬过篱笆和别的植物，在草甸子周边生长。通常果实大小像板栗，也有鸡蛋那么大的。

一八五二年十月十二日的铁道旁。在草甸子边高堤上的沙地里，我用手刨出些落花生，个个都如鸡蛋大小。晚饭时，我把这些落花生煮、烤，当成晚饭。它的皮很容易去，就像马铃薯一样。烤过以后，味道极像马铃薯，不过纤维略粗一点。如果蒙住眼睛吃，我还会以为是没烤熟的马铃薯呢。煮过的落花生反倒干得出人意料，虽然味道有点刺激，但倒是蛮像坚果了。撒上点盐，倒还真能让饥肠辘辘的人吃得开心。

一八五二年十月十二日。在自家院子里挖土豆时又挖到落花生了，不过还没完全长好。我拿起篮子和泥铲，去铁路旁的围栏那里挖这种"我的野生马铃薯"。先挖到几团非常大的落花生块茎，并发现一处长了很多。有那么十三个大小简直就和我以前挖到的大个马铃薯一样。其中最大的那个近乎三英寸长，最细处周长也足足有七英寸呢。路上碰到的人都猜不出我篮子里究竟放的是什么东西。不过这些个儿头大的落花生纤维化程度更高，我觉得煮熟后味道也不如普通的好。如果将其像马铃薯那样进行人工种植，这种东西大概会长成大块头怪物；不过有人①告诉我说他自己还真在园子里种过这玩意儿，就把块茎埋在很好的土壤里，到头来却并不比一颗黄豆大。其实这东西要一年多以后才能长大，只是他不知道而已。

如果藤枯死了，就不容易找到果了，除非你先前已经知道它们的地方。落花生的藤细长，正如我所言，看上去并不像能果实累累。但是往地里挖（通常都是沙土或石头很多的土），就能挖到五六英寸长的根，再挖就找到像绳结一样的果实了。块茎的表皮总像是有纵向的裂纹一样，形成一道道经线。一般的根上都有很多块茎或突起的部分。

一八五七年八月三十一日，我脱下鞋，和其他随身物品一起拎在手里，沿着弗林特湖边涉水而行。走了那么四五十米，在瓦尔夫岩，突然感到脚下踩着落花生的根和块茎，非常吃惊——就像马铃薯挂在根上一样，又看到岸边水里也泡着一些。这么又走了六十米左右，一直能看到它们。起先我想这些落花生可能是从深水区漂过来的吧，于是仔细进行观察，顺着其中一根藤一直找下去，结果走过一片沙土，然后来到岸边（这个湖的位置高得不寻常），最后发现那里的沙地上就是一些被水泡洗得干干净净的根块。我还是第一次同时看到这么多落花生，如果采集起来应该有几夸脱呢。有一条藤脱离了根，长约十八英寸，另一端带点绿色，就那么漂荡在水面上，上面结的落花生有十三个，个个都和板栗差不多大小。这种现象非常罕见，不过一八五八年八月三十一日我又看到过一次。

其实这才是真正的弗吉尼亚马铃薯，历史学家对这个品种有些

---

① 经考证梭罗一八五九年的日记，此人叫迈诺特·普拉特（Minot Pratt）。

讹传，罗利①的殖民者看到弗吉尼亚的土著食用此物，所以就讹传不列颠的土豆是从弗吉尼亚传去的。

遇上大饥荒年代，我一定会到处寻找这种落花生的根当粮食。

欧洲桤木

欧洲桤木②，其果实多被人误当做冬青果（winterberry）或黑桤木果（black alder），大约在八月二十几日开始发红，九月二十几日就完全熟了。不过有些地方它们能在树上挂到来年二月。通常在阳光充足的地方，在九月初我就能看到欧洲桤木的果子开始变红。在那些还是青绿色的浓密叶片间，夹杂着一些红色或大红，一嘟噜一嘟噜地挂在枝上。九月中旬，那种红显得非常沉稳，也越来越鲜艳。九月二十几日，它们都相当熟了，而十月初则是它们最好的日子。

大红色的欧洲桤木果，直径约十六分之七英寸，比海芋的果子轻。它们在枝头多么密集，把整棵树都遮盖了。与浓绿的树叶相映成趣，更加活泼俏皮。那些近乎墨绿的厚厚叶子突出了它们的红。现在，大多数植物的花和果都枯萎了，它们就更夺人注目——那么有生气，那么亮丽。好一派朝气蓬勃，风光无限。

---

①罗利（Raleigh），美国北卡罗莱那州的首府，位于该州的中东部。
②中国东北地区也有，别名小冬瓜、萝卜柴。

到了十月十日，欧洲桤木的树叶开始飘落，露出这些鲜亮果子。到了十月底，树叶几乎落光了，于是整棵树上就只剩下这些红彤彤的果子了。我看到知更鸟飞来啄食，还在老鼠洞前看到被吃过的这种果子，说不定老鼠想把它们搬回洞呢。

进入十一月了，它们显得越发撩人。树上的叶子一片不剩，其他树上也近乎光秃秃了，这更衬托得它们风韵无限，红得叫人心醉。

知更鸟呀，鹌鹑呀，老鼠呀，可能还有些动物都把这种果子当成大餐，所以到了十一月，这些果子没剩下几颗。不过，我也在一月还见到它们仍然为数众多地在树上招摇。到了十二月底，果肉都被吃完了，就剩下空空的果皮耷拉在枝上，那情景活像从北极过来的访客，数量太多，把森林里什么都给吃空了。隆冬季节，这些果皮裹上了冰，看去更有趣。

二月来了，它们的颜色变深，像是铜褐色，远看则发黑。甚至三月七日那天，这些果子已经发黑了，萧瑟地挂在树上，我还看到一只鹌鹑飞来啄食。

一八五七年十一月十九日。铁路西边斯托家的苗地上，看到树桩下有个老鼠洞，一只老鼠把一些欧洲桤木果的籽先清出来，然后把果子吃得干干净净。对老鼠来说这是多么美味的东西呀！这些家伙晚上爬到树上，把这些闪着光泽的果子弄下，掏净果肉里的籽，然后弄回洞里。地上到处都是籽。

甘松香

甘松香（又叫小龙葵），大约见于八月二十一日。有一年直到九月十二日才看到它们。也许它们能一直长到九月结束，九月五日长得最盛。

一八五三年七月二十四日。我看到它们长出了绿绿的小果子，还有一些花。

九月十五日前后，在一些树篱上看到它们一簇簇长在一起形成了锥形的果球，横伸出约一英尺多，颜色像褪了色的红木。

香蒲

香蒲么，那大概是八月二十一日的事了。

把香蒲绒毛放在手心，抽出它的丝，看着它渐渐变成毛蓬蓬一团，就像手心捧了一团雾，或是帽子里放了一堆羽毛那样。你本以为搓掉了，但哪怕只剩了那么一丁点，也会继续膨胀成一大堆毛茸茸。显然这种富于弹性的细丝中一定有一种可以自由伸缩的东西，被长时间挤压在果壳里，一旦释放出来就这样不歇气地要伸展，尽一切可能在开放的空间寻找机会，飘到远方播下种子。风送着它们上路，途中难免会碰到鸟儿，遇上冰块，在遭到撞击的那一刻，它们会分裂成更多小小的絮团。我再一次在枝头搓揉了一下这些绒毛，令我诧异的是这些小东西朝我指尖送来了些许暖意。当绒毛展开时，基底还魔幻般地露出紫红色的色彩。你试试看，非常愉悦呢。

林奈写道："香蒲的花粉可以充气变大，就像石松粉一样，所以也常被用来做石松粉的代用品。"

荆棘

八月二十二日。红色的荆棘果。到了八月底，可以吃荆棘果了。而果实熟得最多的日子还是九月中旬。有些地方的荆棘果一直结到十月底。六月十九日就看到青绿色的荆棘果，才刚冒出头。

才刚长熟，这些红红的小果子就在绿叶映衬下分外讨喜。再过一段日子，它们会更耐看——折下一枝带回家中，越看越想吃。这些果子好看，不仅仅因为个头大，还因为它们从花萼部分就开始发红，红得鲜明透彻。其果形椭圆略方，鲜红的果皮上有时会有些黄黄的不规则斑点。荆棘往往果结得多，有的果子微酸，但并不见得每棵荆棘年年如此。

走在路上、牧场上，看到路旁、脚下结了这么多能吃的果子真教人高兴。一定有些生物指望它们维生。成熟后，荆棘果变成绯红，也许它们像延龄草的果子一样，用鲜艳的色彩吸引鸟儿来啄食呢。

一八五二年九月二十八日。在艾比·哈巴德家的黄桦湿地上，有一种红底上撒了些灰色点点的荆棘果，这一棵荆棘大约直径六英寸，树顶很茂密，简直就像一棵小苹果树。树根周围长出许多吸根①，又围绕着这棵荆棘树干长大。在康科德，这样大又这样漂亮的荆棘树我还是头一遭看到呢。现在，树上也没什么叶子了，只有由一簇长在一起的红果子形成的果球，直径大约八分之五英寸，沉甸甸的，把细细的枝丫压得向四周摊开，优雅地垂下。它们就像一把草秸被捆在一起，又像一个被捆在手柄上的尘拂。在诺肖塔克特峰(Nawshawtuct Hill)还长着一种果子，虽然小一些，但一样漂亮。这应该和我在加拿大看到的属于一个品种。这种荆棘，果实累累的时候最为耐看——不仅因为那时红果绿叶相映分外艳丽，更因为果实重压下枝叶弯下、低垂，曲线动人。说实在的，这时几乎没什么别的植物的美丽能与其相比。

直到十月中旬，树上的果子还在变红，可是到了十月底果子多半就落了下来，染红了地面。

威廉·伍兹在《新英格兰观察》中写道："白色荆棘树结的果实和英国樱桃大小相似，而且因其味美甘甜被认为在樱桃之上（很可能是把沙樱当成一般樱桃了）。"

一八五六年九月二十五日。有些果子已经变质，一点儿也不好吃了。

一八五七年十月五日。在沙图科家的谷仓附近看到一些荆棘树的叶子几乎落光，但果子仍然绿绿的，很硬。这些果能变红吗？会变得好吃吗？

一八五九年九月二十四日。还是那些荆棘树，叶子全落光了，只剩下绿色果子，果肉结实。

---

①吸根（suckers），从木本植物根部或干的下部长出的枝条，可长成新的植物。

一八五九年三月六日。量了量一棵荆棘树，从地面到树顶为六英尺，实际上是从最下端的一个分支处量起的，因为它似乎刚出地面就分出来了。这根分支粗两英尺三英寸。

林肯夫人[1]曾引用培根[2]爵士的话说："白荆棘和狗蔷薇夏季结果很多，果子越多，预示即将到来的冬天越严寒。"

泽兰

泽兰（*triosteum*），八月二十三日观察到结果。九月五日长得最好，一直可以保持新鲜到十月中旬。

泽兰的果子因为其特殊的颜色而分外引人注目，为一种玉米黄。泽兰几乎平铺着长，结的果子如同榛子一般，长在轮生的叶子中间。

十一月十三日，我还看到一些很新鲜的泽兰果子，不过它们的叶子已经很憔悴了。这种植物多生长在山坡蔽荫处或是石头多的地方。

---

[1] 林肯夫人（Mrs. Lincoln），身份不详。
[2] 培根（Lord Bacon，1561—1626），英国哲学家、作家、政治家。

双叶黄精

八月二十三日，双叶黄精开始结果；九月果子达到最盛。

一八六〇年八月一日。双叶黄精果上有许多红色小点，俊俏喜人。

大约七月十九日吧，我就看到这些白色、缀有美丽小红点的果子了。到八月底，有些已经全部变红即成熟了。这样的黄精果甜甜的，但是核很大。

整个秋天里，湿地、大地上都看得到它们，被已经干枯的叶子托着，或包裹着。冬天，大地一片萧索，只有它们仍然待在那里，直到来年四月，还顽强不肯落下。那个季节，树林里没什么树和叶子了，只剩下这些虽然被雪压扁也依旧通红的零星果子，也许这是某些动物唯一的食物来源。

伏牛子

八月二十三日，伏牛子结果。十月一日左右结得最多。

一八五二年九月十八日，采伏牛子果；一八五三年十月一日；一八五四年九月二十九日；一八五五年九月二十五日；一八五六年九月十八日；一八五七年九月十六日（只采到一点儿）；一八五七年十月五日（采到很多）；一八五九年九月二十四日。

七月十九日，伏牛子果挂在树上，绿中泛黄。

八月二十日，垂下的一挂挂已经开始变红了。

九月十二日，虽说还有一半仍然黄绿，但那些转红的则已经相当红了，精致可爱。普遍变红的话，最快也要到九月二十几日，不过有些人已经开始动手采摘了——都怕别人先动手呢。其实十月五日再动手采也不迟。十月一日或九月二十几日的确是伏牛子果的鼎盛时节。

果实成熟时，也许伏牛子树就可以笑傲周边的树，自夸最美了。挂满一串串或鲜红或深红果实的树枝垂下，临着下面的岩石，随着果实越长越沉，树枝也越来越弯，非常动人。走近细看，你会发现那些果子真是一串比一串多，一串比一串好。

我知道有些采摘伏牛子的好去处，比如弗林特湖南边长满雪松的山上呀，康南顿呀，诺肖塔克特峰呀，还有伊斯特布鲁克县。八年或十年前，我就专为采伏牛子去过弗林特湖南边的山上。那里的伏牛子树隐蔽在雪松下，在那里，除了观赏树，还可以在树间眺望到湖景，见不到别的人影。可是，从那里挎着装有半蒲式耳果子的篮子回家太吃力了。现在我经常去康南顿，因为可以划船轻轻松松搞定。

一八五五年九月二十五日。午后很暖和，和姑妈们和索菲娅划船去康南顿采伏牛子。仅仅在四五丛树上，就采到三配克[①]伏牛子果（此前我曾创下一人不到三小时就采三配克的记录）。篮子满满，收获颇丰，但大家的手也被刺扎伤多处，作为代价。如果能做好手的防护，采起来就会很享受，因为这些果子不仅多、好吃，还个个

---

①配克（Peck），容量单位，一配克相当于七点五升。

好看。

采伏牛子，我自认为不会出事，只需戴上手套就安全无虞了，但即便这样手也会扎进很多小刺。我总是用左手抓住垂下的枝条一端，稍稍抬高一点儿，把大刺弄弯，用一些树叶垫着，再用右手顺着枝条往下捋，尽我可能捋进手里，经常就这么连叶带梗都捋了下来。有的枝条上果子特多，我就索性把枝条折下，弯成几截放进筐里，回家后拿给大家看。有的树上结的果就比别的树上的大且多，在一些年份里，每一串也特别长。

伏牛子产量惊人。一次，在康南顿一丛树上，我就采到半蒲式耳，把筐装得满满的。那一丛的基底大概方圆只有四英尺，顶部全散开垂下，坠着好多串果子。我站在这丛树后面采个不停，离我最近的人也有几十英尺远，根本看不到我。本打算看看我能在这一丛上采到多少，不料他们说话声音太大，我不愿听他们的隐私，不等他们发现，就悄悄离去。大概再过半个小时，他们才会看到我划船远去，驶向菲尔海文湾（Fair Haven Bay）。那时，陪伴我的有岸边桤木上喵喵叫的猫雀，还有躲在林间嘶鸣的松鸦。

几年前，还没人可以在采伏牛子这件事上和我一决高下，现在不同了。在我看来，伏牛子结的果只怕比苹果树还多，尤其在苹果和酸果蔓少的年份里更是如此。哪怕天天采，天天吃，往往在冬天还能采到两三配克伏牛子，这当然是秋天留下的。可是家里储存的两大桶苹果就没这么耐吃。

如若真想看看伏牛子在大自然手下如何变身，就得去伊斯特布鲁克县。没有任何人工开垦的田野比得上那里的荒郊野地，所有热爱自然的人都会钟情那里，也会得到美食。那片大地上尽是石头，整年潮湿，农人望之却步，所以无人耕种改良。然而，也因此受益——方圆数英里长满了酸蔓橘、伏牛子、野苹果，每种都花开得艳，果结得多，被喜欢野果的大人、小孩视为天堂，当然也是飞鸟走兽的福地。

如果去的时候正值九月将尽，很可能已经有人在采伏牛子了。丛林间鸟声嘈杂，此起彼伏，但就是看不到鸟在何方。我在那里遇到一个喜欢打猎的家伙，他平常不会提着猎枪到处走，而这时就背上枪来到了这里，采了伏牛子，又打了鸟。他喜欢在这里到处逛，碰到我也乐意停下说说话。也是，应该接受大自然不同季节的恩赐，这个时候晚餐有知更鸟一道菜，当然比帕克餐厅①划算。

伊斯特布鲁克的伏牛子树太多了，也太密了，简直望不到边。有的树丛密到两人隔着一丛树却看不到对方。而且往往人采的同时，别的动物也来取用。走了两三英里，仍没走出伏牛子树林，挂在枝上的串串红果子一直就在眼前晃悠，为我引路，四周也都是它们，好像都是从松树下冒出来的。这分明不是我在行走，而是它们在此地游逛。

十月二十几日，来啄食的知更鸟为这些树带来更多生气。到了十一月，它们在树上哆哆嗦嗦，却不落下。我发现岩石缝中倒有许多伏牛子果的小籽，这当然是老鼠干的好事。隆冬里，乌鸦，甚至还有鹌鹑，还以它们为食。第二年的四月，居然还看到它们挂在树上，经过一冬的冰霜雪冻，这些果子更好吃了。有诗为证：

---

①帕克餐厅（Parker's），是美洲持续营业时间最长的酒店，它位于波士顿市中心的自由之路，于一八五五年开业，波士顿奶油饼、帕克卷是该店的招牌菜。帕克一度是波士顿地区最有影响力的餐饮公司，开了很多分店。

伏牛子

和石楠长在一起的伏牛子，结的果味苦无比，
那就耐心等待，一直到风霜把绿色的树叶染红，
这时的伏牛子果实甘甜，回味无穷。
荒山野地有它们的身影，
春天，它们的黄花枝头绽放让你伫立心醉，
秋天，主妇把它们的果实放进面包增添香味。
大路边它们摇曳招手，
呼唤行人带上它们一起把家回。
回忆少年时，多少次为采集它们流连忘返。
那时我心中人间美味只有伏牛子，
现在才知道好果子还有许多，
它们的名字我也能说上一大串。
但还是希望秋天来时。
我能看到红红的你，
在我心里，你是最甜最美的果实。

这样的树主要靠鸟和四足动物（如牛）传播种子。

晚秋，会在牧场的一些岩石旁看到伏牛子的种子，那就是鸟（多半是知更鸟）吃完后吐出的。来年五月，山冈上刚长出的伏牛子树苗往往会被当成苹果树树苗，因为牛像吃苹果一样也吃酸酸的伏牛子，结果就把树籽带到这些地方了。通常长出的第一年里，如果没有旱情，由于这种开阔的地方还有肥力，它们会长得很好。不

过一般而言，倒是那些被鸟撒到岩石边孤零零的种子，长大后会更茂盛。就这样，新的伏牛子树丛形成了，秋天的那一两个月里，那些为它们播种的飞鸟等动物的殷勤拜访，会让人们发现它们。

劳登说："在野生的情况下，伏牛子树一般都只有四五英尺高。人工栽培，则能高至十三英尺……伏牛子树寿命可长至两三百年，但高度不会改变。"在我们这里，伏牛子树大抵更高些，约有四五英尺高。

红皮西洋梨

红皮西洋梨，八月二十四日熟。熟得最多的时候还是八月三十一日。

一八五八年八月三十一日。显然还得长些时候。

一八五四年八月二十一日。在哈巴德家的湿地上看到一些，已经干了。

红色的果皮光滑异常，果形略方，非常漂亮。在索米尔溪大湿地（Sawmill Brook Swamp）以及其他地方都看到过这种红皮西洋梨。

辛辛那提山茱萸

辛辛那提山茱萸，八月二十七日。

一八五二年九月十六日还看得到它们。

有时，每粒果都一半中国蓝、一半白，不过这种山茱萸的果实总是浅浅的蓝或蓝中透白。这样的果子和宝塔山茱萸、穿心莲（paniculata）一样，很快就落了，或许被动物吃了也说不定。

一八五七年九月四日，科奈尔岩，我见过的辛辛那提山茱萸中只有这里的最漂亮，也长得最好。一眼就看得出，这是它们的高峰期，因为几乎看不到浅蓝色的果子，全都是蓝中透白。一株株七八英尺高却不乏玉树临风的风范，叶子又大又圆，果子色彩醒目——这里的山茱萸真是壮观。

木绣球

八月二十七日，木绣球[①]结果。一八五四年九月二十四日，果实大面积成熟。一八五三年九月二十九日也看到了。八月十一日，有的开始变红。到了八月二十一日，普遍开始变红。八月二十五日到九月中旬，木绣球处于最美的阶段。

一八五二年六月十三日。花谢了，露出了绿绿的果实。

---

①木绣球（sweet viburnum），又可译作珊瑚树，在我国还被称作法国冬青。

一八六〇年九月四日。康南顿还看不到。

九月十一日，现在是这些果子长得最好的时候，一簇簇的特别好看也好吃。它们也像山茱萸是伞状花序结果聚成球，轻轻垂下。每簇果球里的每一颗果子朝外的那一半都红得精致通透，而内侧则碧绿晶莹。有些已经变紫，摘一些放到帽子里，可以清清楚楚地看到半紫半绿的样子，美丽极了。

这是冬青树中最常见的品种，相对低地来说，倒更能在自家篱笆处见到它们。这种果子很大，约半英寸长（十三厘米左右），不到八分之三英寸粗（约一厘米左右）；甚至有的一英寸长，八分之二英寸粗。其形状略扁，长在开阔地带，成串的果实坠在枝头。九月一日左右，在没有完全成熟之前，它们堪称这个时候所有果子中最漂亮的。

通常，八月二十五日前后，就能看到这些没有果梗直接长在枝上的果子。个儿不小，椭圆形，一头尖尖的；一侧碧绿，另一侧因为晒到太阳而通红中带着果霜，如同抹了胭脂一般。在这个阶段，这种果子最漂亮。再过一段日子，就会看到其中的小部分变成紫色，特别显眼，像要发烂一样。如果不了解，就会把这种正在成熟的果子当成要烂的。成熟了的果子甜度相当大，味道好，只是果肉较干，而且核扁扁的，很大。加拿大人把它拿到市场上出售。我把它们放在衣服口袋里，像放荚蒾一样。带回家后，只消一夜工夫，它们就由绿变红，由红变紫，果肉也由硬变软，可以入口了，那种有点脱水的样子有点像葡萄干。采回一些放在家里，每天都有些变熟，于是你每天都有得吃。这种果子长出来以后，转红就谢了。

有时还没等到先变红，它们就直接变成紫色，甚至往往没变紫就掉了下来，所以想等到它们自然熟后再去采往往会空手而归。

看到松鼠在墙边吃榛子和木绣球果。

一八五六年九月十三日。一些木绣球果还是绿的，我就仍放在桌子上没动。一个星期后，从乡下回来，看到它们已经紫得发黑了，果肉也干抽抽的，味道和样子都像极了葡萄干。不过基本上只有一个大扁核在里面了。

一八六〇年十月十三日。吃到这种甜甜的果子时，咬到团团果肉，不禁联想到枣。核很大很扁，有些像西瓜子，不过没西瓜子那么长。

毒盐肤木

毒盐肤木开始结果约莫在八月二十八日。

这种盐肤木开花之前，那种光滑的盐肤木（滑麸杨）已经结出了深红色的果子。

如果蒙上了灰土，这种果子就是灰红色，而不像滑麸杨的果子那样鲜艳。同样，这种盐肤木的果子也不那么稠密，结果也相当晚。似乎这一带的树结的果都很稀少。

直到来年四月我才看到它们的果子红了，但滑麸杨的红果子早就露面了。

南瓜

　　南瓜大约二十日前后就可以吃了，也有的一直到十月中旬还没采摘。

　　一八五三年八月二十七日。采摘顶部的玉米时发现了黄黄的南瓜。

　　一八五二年八月三十一日。从以色列大米店（Israel Rice's）屋后的山顶上朝远处看，我看到了他家旁边地里的南瓜，黄黄的。这个季节也该看到它们了。

　　一八五七年九月十日。大田里的南瓜藤都砍掉了，露出了好多南瓜，都是黄黄的。

　　一八五七年春天，从专利局得到六粒南瓜籽[1]，标签上写着：*Potiron Jaune Gross*——大南瓜（Large Yellow Pumpkin or Squash），全部种下后，长出两棵南瓜苗。后来结了南瓜，其中一棵结了一个重达一百二十三磅半的南瓜。另一棵结了四个南瓜，共重一百八十六又四分之一磅。就在我的小院一角居然长出总计三百一十磅重的大南瓜，谁能相信呢？这小小的南瓜籽是我对这块园子的一种试探，它们长出的根和藤就像白鼬在地下挖洞修路，等着我这个猎人带着猎犬去找出来，简直不可思议。轻轻挖几下土，施上一点点肥，这就是我的魔法，而且很管用！正如标签上写的那样，*Potiron Jaune Gross*，三百一十磅重，破天荒，没人料到。这种神奇的东西是美国人自己培植的，它又向美国人做出了丰厚的报

---

[1] 从一八五二年开始，美国农业部每年划拨相当数目的一笔款项，用来推广一些美国农产品品种，通过邮局将种子寄给索要的人。

答，而且来势不可阻挡。另一些种子也都以相似的方式回报我，每年都结果，还长出新的来。就这样年复一年，最后我的园子已经不够它们居住了。（在美国，这样开心的日子，除了高兴地把帽子摘下往上抛、高兴地欢呼还能做什么？）简直就像我掌握了什么炼金术一样，能不断让这些东西越变越多，园子的那一角就像是个聚宝盆，取之不尽，食之不绝。是的，在这里永远挖不到金子，但挖吧，得到的绝对和金子一样贵重。那个最大的南瓜后来还在米德尔塞克斯县的大赛中获得一等奖，被人高价买去。买主想把这个大南瓜的籽以一角钱一粒的价格出售，这么好的籽卖这个价也太便宜了吧？不过我自己已经留了很多好种子了。据我所知，我的南瓜还卖到远处另一个镇上（也是因为特别大，很令人看好），那里虽然也种了叫黄南瓜的品种，还是和当年法国来的祖先种的一样，但都没我种的这样大。看到杂耍艺人从嗓子里扯出丝带，农家小子会目瞪口呆，哪怕艺人明白告诉他们说他用了障眼法，他们还是会照样佩服。可我的这些南瓜没有任何障眼法，没有任何杂耍大师的伎俩。不过人们就是喜欢暗着玩儿的把戏，胜过明白玩儿的把戏。

十月中旬，地里几乎没什么南瓜剩下。不过还能看到农家把旧衣衫盖在不多的几个瓜上，这些也被摘下了，就堆在地头。

T. W. 哈里斯博士在《一八五四年专利局报告》（*Patent office Report for 1854*）中写道：

四年前，一次偶然的机会，使我得以对南瓜和笋瓜类进行了调查，结果非常有趣。现代植物学者认为这里最古老、也最为人们熟知的那些品种大多数原产于亚洲，尤其是印度。我的调查结果证明上述看法是错误的，我还发现没有任何古代经典或大家（罗马的也好，希腊的也好）提到过它们。虽然中世纪的一些作家提到过瓜类，但只字未涉及南瓜或笋瓜类，一直到欧洲人发现新大陆后这些东西才被人谈起。早年的航海者在西印度、秘鲁、佛罗里达，甚至在新英格兰沿岸发现了这些作物，当时印第安人早就已经将其人工种植了。新大陆或西印度被发现后的头一百年里，老一辈的植物学家才开始叙述这些东西，并对其加以拉丁文命名，标示其为印度产，实则却指美洲。所以引起后来植物学者误解，将此处的印第安人当成亚洲的印度人。

　　通过对植物历史的考察研究，我又对其品种进行了研究，重点放在其植物特性方面，尽我所能将每年的栽种情况和收成进行汇总。这一来我更坚信南瓜（squash）和笋瓜类（pumpkin）的作物都原产于美洲，共有三大类：第一类是夏瓜（summer squash），此类成熟后会有很厚的皮；第二类是冬季南瓜和笋瓜（winter squash and pumpkin），此类有五道很深的纹路，茎也埋入较深；第三类是冬瓜（winter pumpkin and squash），此类瓜形较短，圆柱形，有纵向纹路但并不深凹。最后的一类可能原产于美洲西部的热带或亚热带地区，大约从加利福尼亚到智利一线。目前新英格兰常见的是最后这一类中最好的一些品种，如秋瓜（auntumnal），还有美露（marrow）和橡子（acron）。

　　一八五九年九月四日。去打结在树上多日的橡果，却发现了黄澄澄的大南瓜。这真是只有在新英格兰才看得到的一景。不仅向日葵，所有得到过阳光宠爱恩惠的瓜果也都金灿灿，在大地上耀眼喜人。

蔓虎刺

蔓虎刺（*mitchella*，英文俗名又叫 partridgeberry 或 twin berry）的果实八月二十九日开始变熟，都变熟要等到十月，可以在枝上过冬。

七月的最后一天看到的果子还都绿绿的，小小的。到了九月中旬，多半仍然绿绿的。这种植物就长在低洼潮湿的树间苔藓地上。现在是一八五四年九月十二日，它们可谓半熟，带有浓浓的绿蕨青气。蔓虎刺小小的叶子（如同耗子耳朵般大小，略带灰白色，中间有一茎）平匍在苔藓地上，大概它们身下就是一棵大树的树根吧，叶子间冒出许多鲜红的小果子，都是并肩两粒而生，就像在地上打了格子一样。我看了忍不住觉得，这些小东西实在应该叫做白珠属草（*gaultheria*）[①]。现在被落叶包围着，特别引人注目。

冬天，小山坡上或树根上的雪融化后，或等到春天来临，它们又会长出鲜绿的叶子。

蔓虎刺的果子只能说好看，不能说好吃，淡而无味。每每看到它们，就会想到寒气料峭的冬天和春天。

①一种平卧的木质藤本植物，浆果为红色和白色。

毒漆树

毒漆树（rhus venenata），约莫在八月二十九日，果子熟了。

一八五四年八月二十九日。果子看起来熟了，而且干了，呈现那种浅浅的麦草色。

一八五四年八月二十九日。果子开始泛白。

冬天里，湿地上毒漆树的黄色果子吊在长长的果梗上就像珠宝。它们有许多地方都和人相似，所以与它们邂逅真有亲切感。椭圆形果子长在长长的果梗上有如饰物，现在随着果梗低低垂下（尤其在十二月底），看上去就像碰破了似的，颜色介于黄色和泛绿的白色之间，有珍珠或蜡的光泽，与粗糙的树枝皮形成对照——美丽得邪恶。

待到冰天雪地时，这些吊在长长果梗上的卵形果子更加动人。

尽管已是隆冬，还是忍不住要到铁路边邓尼斯家的湿地去，因为那里长了许多毒漆树。这些小树枝茎并不凌乱，结满的果实挂在约一英尺长的梗上，随意垂在那里，已经干了，呈浅绿。看到它们，真觉得这只怕就是这一带最多产的东西了，忍不住采了些果子，还折了几枝带回家。

我摘这种果子时，一辆外地列车驶过，车上一位工作人员可能没权力把车停下，只好热心地急得大声对我警告"毒漆树哇"，还比划着手势提醒我。

一八五八年一月二十四日。去年留下的那些树枝上，结了那么多泛着粉绿的果子，长长的果梗都弯曲了，真是赏心悦目。由于果子本身已经脱水，才能长时期不落不烂，历经寒冬也依旧粉绿，它们也是湿地最主要的点缀和装扮，我常常为之流连。它又何曾不是湿地生命力永远不熄的象征呢？用叉子很容易捣碎这种果子，捣开后有一种酒的气味，不知道有没有鸟会吃这种果子。

野生葡萄

野生葡萄（*vitis labrusca*），八月十三日。到九月十八日或二十几日就非常多了。

特奥夫拉斯图斯把这种葡萄归为树木。而科卢梅拉则认为应介于树和灌木之间。波恩的翻译家们认为普林尼将意大利的藤看成和亚洲的藤一样，这是不正确的。

普林尼曾因为维吉尔"只给十五种葡萄命名"，而梨则只命名三种，就抱怨这并没有把所有的品种都一一描述，"因为田野四处还有很多种呢"。他本人是这样描述葡萄颜色的：我们的葡萄品种很多——有紫色、玫红色，还有绿色。"芬芳无比，"他继续写道，"藤上的花香令人心醉……树上长出许多藤，而从那些藤蔓的粗细长短来看已经年代久远。波比伦尼克城（the city of Populonicun）有一座朱庇特的塑像，岁月流逝却未曾破败……任何树木都不能如此经久不衰。"他说在康培尼亚（Compania），这些葡萄藤爬到高高的鹅掌楸树上，"以致葡萄园的雇工要园主白纸黑字写清楚，万一摘葡萄时摔下来死了,园主得出丧葬费。努马①曾宣布严禁用未剪过枝的葡萄酿酒献祭神明,这一来那些有权有势的人怕掉脑袋就必须给葡萄剪枝"。普林尼进一步阐述道:

> 无论何时,藤蔓一旦从捆绑它的束缚中解放出来,都应任其自由生长几日,好叫它随意铺开伸曲,最好能挨到地面,要知道这可是它年复一年的渴望啊。就像把狗从锁住的地方放出来,它会在地上打滚,伸展身体,到处乱跑,天下生灵莫不如此,葡萄亦非例外。一旦能从终日纠缠的重负下解脱,当然也要称心如意过几天才好。的确,天下万物,莫不希望经年如一的生活会有些许变化,或能有片刻的休息快乐。

说到那些酒鬼时,普林尼写道:"这些人一心以为自己才是会享受生活的人。"以智慧过人著称的安多希德②给亚历山大大帝③写信,规劝后者不要放纵无度:"谈及饮酒,哦,陛下,千万别忘了入口的滴滴都是大地的鲜血呀……"

一八五四年七月十五日。绿葡萄,颗颗大如熟透了的加仑子,令我恍惚已经提前进入下一个季节了。

把绿葡萄放在小船的船头。我们划船回家时是逆风而行,身边葡萄的香气于是萦绕船上,仿佛我们就穿行在葡萄园中,四周都是

---

① 努马(Numa Pompilius,公元前七一五至公元前六七三年),传说古代罗马七王相继执政的王政时代的第二代国王,曾创立宗教历法和制订各种宗教制度。
② 安多希德(Androcides),公元前四百年左右的罗马作家。
③ 亚历山大大帝(Alexander the Great,公元前三五六至公元前三二三你那),古马其顿国王。

熟透的葡萄相随。我坐船尾，不时闻到葡萄的甜香，感觉就像两岸丰收的葡萄园在夹道相送。

我曾经划船顺流而下，到三四英里远的地方，虽然没有看到任何葡萄的影子，但一路上都有葡萄的香甜相伴。

很喜欢拿一些野生葡萄回家放在房间里，与其说喜欢它们的滋味，不如说更喜欢它们的香气。不过不能连藤一起放入篮中而不擦去葡萄上的白花花果霜，可是若没有这些，它们的魅力也逊色了。

一满架的葡萄被摘，唯独桦树高处的一根藤蔓上的一挂，因为人们够不到而留下，孤零零挂在那里，披了一身的果霜，晶莹剔透；九月的风阵阵吹过，它以后会怎么样呢？

到了九月底，虽然有些地方还可以见到葡萄成串挂着，但大多地方，只有很少的还留在藤蔓上，一派萧索，轻轻一碰就会落下。我自己就曾经只是摇晃一下白桦树，就把缠在那棵树上的葡萄藤上一大串干葡萄弄了下来。十月初，葡萄味道美极了，不过藤上已经几乎没有叶子了，就算有也发黄枯萎，全被霜冻糟蹋坏了。

一八五三年，已经十月份了，我划船一直到了比尔里卡[①]，来到加格岛（Jug Island）。我一度管这个岛叫葡萄岛（Grape Island），因为一上岛就闻到空气中到处弥漫着葡萄成熟后的香味。一开始，我并没有看到任何葡萄踪影，后来才发现它们，尽管藤蔓上没有叶子，却挂着许多葡萄，串串都熟透了，还都水汪汪的，落在地上，被接骨木的树叶托着。我当时的心情就像终于找到这些猎物的猎人一样，怎么不开心呢。啊，那种香甜的气息，真是沁人肺腑，难以

---

① 比尔里卡（Billerica），美国马萨诸塞州东北部一城镇。

忘怀。

一八五二年九月十六日。克里夫崖边的河畔，发现一些特别甜的红葡萄，果肉很多，这是我吃过的野生葡萄中味道最好的了。第二天我又到那里，压了几条枝，准备明年春天移栽到我的园子里。的确，它们在我的园子里长得很好，也很早结果。我叫它们步枪手葡萄（Musketaquid Grape）。

关于一般的野生葡萄就写到这里。

这里还有两种特殊的、叶子很光滑的品种。一八五六年九月二十九日，从葡萄崖（Grape Cliff）上掉下一些，可能属于夏葡萄吧。颜色深紫，直径有十六分之七英寸，味道极酸，果肉也相当硬。难不成这种葡萄比起我九月六日在布莱特尔博罗[①]吃的冻葡萄更像冻葡萄？

一八五七年十月十八日。爬黑莓坡，爬到一半的时候看到一处岩石上方有很多串个儿小的葡萄，当然不是最小的那种，其果梗还是青的，葡萄当然也很新鲜，叶子倒是有些干了，但也还在。显然这是一个晚熟品种，其他的葡萄到十月四日就熟透了，而这些还半生不熟，也许这就是霜冻葡萄。

一八五七年十月二十八日。上面提到的那种葡萄现在终于熟了。味道有些发甜，但挂在枝头于寒风中战栗着，可怜兮兮的。它们继续变得更熟，一直到十月底。这也是一种叶子光滑的葡萄。十月三十一日，终于熟透了，味道反而很酸，难以下咽，不像是依格尔伍德葡萄（Eaglewood grape）。

[①] 布莱特尔博罗（Brattleboro），美国佛蒙特州东南部城市，位于新罕布什尔州边界康涅狄格河上，如今已成为冬日旅游胜地。

如何将那种个儿头很小、果结得多的葡萄与刚刚提到的区分开来，我无法确定。

一八五八年十月二日。北风很大，顺着风一路划船来到李家岩(Lee's Cliff)，采了一配克刚刚提到的那种个儿小、串儿大的葡萄，现在它们都变成紫色了。有一两个藤上结的特别多。一串有六英寸长，一英寸半宽，一颗紧挨一颗挤在一起，像一个圆筒。单从颜色上看，似乎这时它们正处于最佳状态，大概比一般的葡萄都要熟得晚一些吧。就我所知，这种葡萄生吃绝对难吃，但我母亲用这种葡萄做的果冻非常棒，堪称最棒的果冻。

还有一种叶面光滑的葡萄，叶形非常特别，米肖描述过，但我至今没发现。

一八五六年九月六日。在布莱特尔博罗的康奈蒂克河边，发现了一些小小的葡萄，直径大约只有三分之一英寸，结成的挂形就像我们这一带最小的那种，有三到五英寸长。这些葡萄已经渐渐开始变熟，不过很可能比我们的那种熟得更迟，因为味道还很酸，不过蛮好吃的，很有特色。这是不是野生葡萄一类的呢？可能这一带人也叫它们冻葡萄吧。

约莫在一八五六年十一月十日，新泽西依格尔伍德的一个树林里，看到了一种深紫或黑紫色的葡萄，每串也很长，我第一次看到这种样子的。它们落在我东道主①家附近的深谷里。好在下面有干叶子堆着，它们没被摔坏。那儿三十英尺高的地方还长着一些葡萄藤，上面还挂着好多串，直到我离开那儿（那是十一月二十四日），

---

①据考证梭罗日记，这位东道主就是前面提到过的马库斯·斯皮瑞恩斯，他是一位富有的奎克党人。

还没落下。虽然这些葡萄瑟瑟在寒风中，已经脱水得差不多了，但味道很冲，很酸，但也不难吃，大概要等到霜冻过后才会更好。我认为发现这种葡萄的确很值，在那里的日子就天天去采来吃，连皮带籽全吃下，还向我的东道主大力推荐，他此前从没注意还有这样一种葡萄。他说这些的味道很像他在法国吃过的一种法国葡萄。这是一种真正的霜冻葡萄，和夏葡萄的描写很相符。

托里[①]在《纽约报告》(*New York Report*)中说"vitis cordifolia"是冬天的葡萄，是冻葡萄，"在纽约一带并不多见"。布莱特尔博罗那里的那种早熟的葡萄会不会就是这一种呢？

一八五六年六月二十七日。诺雄岛[②]，看到山毛榉上有普通的葡萄藤缠着，显然这种树也被葡萄藤压弯了，这种藤离地面大概有六英尺，粗约二十三英寸，下端更粗，并且分杈了。在离地面五英尺的地方，这根藤一分成三。它倒不是直着往上长，而是盘旋曲折，绞缠得很厉害，我再没见过比这更加原生态的了。藤就长在林中小路一侧，大部分已经枯死了。路途中我们还惊动了两只鹿。

一八五七年十一月四日。林间小路上看到一些乱长的茅莓苗，叶子上面盖了层厚厚的灰白色粉霜。只有几处的厚厚白霜被擦去，露出点紫色，大约是打猎的人经过时无意蹭掉的。植物会有这种粉质的霜还真不常见，但很别致，我发现能用尖头的棍子在上面签名呢，一笔一画都清清楚楚，当然显示的是紫色的笔画。这倒还真是一种新式的釉彩名片。这种粉霜到底是什么呢？为什么会在这里？

---

①托里（John Torrey，一七九六至一八七三年），美国生物学家和化学家，以其对北美植物带的广泛研究而著称。
②诺雄岛（Naushon），鳕鱼角东南伊丽莎白群岛（Elizabeth Islands）中最大的岛。

还有什么别的东西开始也能这样浑然天成、神奇美妙么？最妙的就是那层神奇面纱，那是大自然的手笔，妙不可言，令人惊叹，只有挑开那层面纱方可窥得真面目。大自然妙手丹青为它挥笔刷下这层粉霜做面纱，人们只有挑破面纱才能领略到作品的美妙之处。什么是炉火纯青、完美无瑕？这就是最好的例证。它的创造者不断将自己无与伦比的天才想象力和创造力向其倾注，要想欣赏这幅杰作必须隔着这层面纱。若将其比作一首诗，读它你就要先发挥自己的想象力来解读这层面纱。就像果子熟的过程中会将糖分浓缩沉积一样，这层面纱日趋成熟、沉淀汇集而成。只有借着丰富的想象力才能破译、解读它的意义。

森林里萦绕着浓浓的雾，稍远一点儿的东西全笼罩在蓝色的朦胧雾气中，远处的山峦也披上了蓝色的轻纱。这层覆盖在苗叶上的粉霜和这霭霭雾色相比有什么不同？原来这些山峦之所以看上去一片灰蓝或浅紫，正是因为也被蒙在一片粉霜下呀。

卡彭特博士[1]曾这样说过果蜡："它可以形成极其薄的一层，覆盖在李子和其他带核的果子表面，形成所谓果霜；亦可在叶面或其他表面形成薄薄一层，正是因为这一层，像包菜、橙子那样的植物才能抗潮湿而不烂掉。"

珀什[2]这样形容野生葡萄："多汁，黑紫色，很大，有狐狸的怪气味，所以又被很多人叫做狐臭葡萄。"

贝弗利在《弗吉尼亚的历史和现状》一书中也提到一种个头很大的葡萄，说这种葡萄"熟了以后味道仍很不好，有狐狸臭，所以

---

[1] 卡彭特博士（Dr. Carpenter），身份不详。
[2] 珀什（Frederick Traugott Pursh，一七七四至一八二〇年），英国植物学家。

被称为狐臭葡萄"。

假蒌藜

假蒌藜果实开始变熟是在八月三十一日,九月十五日就大面积成熟了。

八月底和九月都能看到这种黄精果,它们在草茎顶端挤作一团,沉甸甸地垂下。一至四五英寸长的果茎上挂着一串泛着白色的果子,个儿比豌豆还小,皮上点缀着精美的小点,那些小点或银红或大红,醒目耐看。

到了九月,果子终于红得透亮了,也软了、熟了,味道有点甜甜的,不过果核很大很硬。一般要过了九月二十七日才比较容易采集。

金钱草

金钱草,八月三十一日。

林子里的金钱草果子还没有熟。

一个午后,与人结伴①行至博尔山边的河旁,穿过岸边一大片

---

① 经考证梭罗日记,这天是一八六〇年九月五日,此人系威廉·埃勒里·钱宁(William Ellery Channing,一七八〇至一八四二年),美国十九世纪早期著名的唯一神教派使徒。

金钱草的草地。结果我们俩的马裤裤腿都被染绿了，而且还挂了不少这种草的草籽。看到这种小鳞片一样的草籽密密麻麻地粘在我的裤腿上，不禁想起有一次散步走到一条沟渠边看到那里面的浮萍也是如此，串起来就像副盔甲。这倒是此行一大收获，我们对这些裤腿上披挂着的绿绿草籽，颇感自豪，相互打量又忍俊不禁，甚至彼此萌生几分妒意，都觉得对方的草籽粘得多些，威武些。同伴怪我不该为粘上更多草籽故意再往金钱草地里走，并因此定下一条规则：既不要再特意去粘上草籽，也不要特意去清理掉，而是任其自然。信守此规的结果是：一两天后他又来约我散步时，他身上的草籽还和头一天一样多。我这下总算明白了，大自然会因为人的迷信而更加起劲作怪。

榛子

榛树的坚果成熟要等到九月一日左右。它们大约七月一日长出来，等到七月十六日到二十四日才会完全成形，这时就让人看到秋天的风情了。

劳登说："根据有些人的说法，榛子得名于希腊文的 *kópus*，头盔的意思。这种果子的外壳就像一顶帽子。"但也有人有另外的解释。

看到这种毛蓬蓬的果子让我非常愉快。小时候，我经常要采榛子回家做色拉或布丁，手上和嘴上也因此经常沾有它们的颜色。采野果时常常能采到榛子和青葡萄。

一八五四年八月十二日。榛子果壳的边有点红色了，这是熟了的标志。次日，也就是八月十三日，一直到二十四日，都看到松鼠吃榛子，而且把已经棕红色的硬壳吐到地上、墙角或岩石边。到了八月底，就连树林里也能看到凡是松鼠出没的地方，都会有一堆堆发红的硬壳碎片，墙边就更不用说了，不过这时榛子还是绿得很。干了的榛子壳上那种棕色非常丰富，不像新鲜时那种棕红，也不像板栗的深棕。每次看到这种颜色的榛子壳，我总会觉得有几分兴奋。

汤姆森[①]在他的书中《秋》（Autumn）一节里描绘如何摇晃榛树而得到榛子：

> 榛子像雨点般落下，那片棕色让人欣喜。

一八五八年八月二十四日。从现在起，将会有很长一段日子我们会时时记得榛树林，想到原来这种树也是多产的呀。现在该它们来一亮家珍了，每一处树丛，每一处树篱，都有它们。树上的榛子壳越来越红，边缘甚至带点鲜红了，这像在提醒我快去采摘，要不就会叫松鼠抢先。的确，八月二十九日，松鼠就已经抢在前面尝鲜了。

到了八月底，墙边已经被松鼠采光，它们从榛子还是绿的时候就开始忙活了。现在这些地方撒满了棕色的壳。就算你还能在墙边的榛树上找到榛子，也一定是瘪瘪的那种。可以想见那些松鼠有多忙碌。倒是那些人们经常走的小路两旁的榛树上还有榛子，松鼠还

[①] 汤姆森（James Thomson，一七〇〇至一七四八年）苏格兰籍英国诗人，最著名作品有预示浪漫主义到来的《季节》（The Seasons）。

没来得及下手。①

金花鼠（striped squirrel）八月初——或者说听到连枷声响起时——就开始吃榛子了，所以要想采摘榛子现在就得动手，到了八月二十几日能采到更多。不少人发现某处有很多榛子后不及时采，总想等个十来天榛子长得更好点再动手，结果再去时却几乎看不到什么了。

到了八月底，墙边的榛子已经被松鼠采光了，它们从榛子还是绿的时候就开始忙活了。现在这些地方撒满了棕色的壳。就算你还能在墙边的榛树上找到榛子，也一定是瘪瘪的。可以想见那些松鼠这十几天来有多日夜忙碌，它们肯定在并不粗的树上爬上爬下，从一根细枝跳到另一根。谁看到过这么轰轰烈烈的榛子收获行动——榛子大丰收了吧？对于金花鼠来说这会儿真是太重要的时节了，忙呀忙不停呢！要是可能，它们还真想把蜜蜂也组织起来帮忙呢。这会儿在外面捡到的榛子个个都是瘪的。倒是那些人们经常走的小路两旁榛树上还有榛子，看来是松鼠还没来得及下手。

河边的榛子也被采完后，我倒间或能在那些垂到河面上的树枝上发现一些没被采的，大概松鼠也不情愿冒险吧。有时还看到荆棘丛中或别的树丛中一些鸟窝里有榛子壳和橡树子壳，足足堆了半个鸟窝，显然是松鼠和老鼠吃剩在那里的。

对于地松鼠（ground squirrel）来说，这些榛子可谓意义非凡。榛树长在墙边，这些松鼠也住在墙边。榛树既是松鼠的门神，也是

---

① 从上段末句"的确，八月二十九日……"至此句，在原稿上被梭罗用铅笔轻轻划去，应是想将之删除。而《野果》在梭罗生前尚未完成，此段与后段内容，意义有些许重复，是成书的脉络和痕迹。

为它们提供食物的丰收女神。

现在这些榛子都被采光了，只有松鼠走不到的田野尽头还有一些。院墙是这些小家伙通行的大路，也是防御工事。它们就在墙下筑洞，内外不限，进出总仰仗墙的保护，通行无阻。墙边的榛树也是它们所仰仗的食物来源。

松鼠住在一个满是榛子的果园里。是的，它们四周也许并没有榛树，但它们能看到任何地方的榛子，而且一定比人类更先发现。人只会不时想到榛子，而松鼠则时时惦记着榛子。我们常说："对于会使用的人来说，工具才是工具。"现在可以改成："对于惦记着它的，榛子才是榛子。"

就算有一天发现松鼠萌生种榛树的想法了，我也不会惊诧。

碰到一颗不好的榛子，松鼠至多朝里面看一眼，决不会蠢到费力去咬开。我就在墙根下看到一些榛子，上面被咬了一个小小的洞，能够看清里面是空的就够了。

所以采榛子要趁上面还绿茸茸的时候就动手，然后放到老鼠够不着的地方晒干。晒干的过程中，这些榛子会开裂，露出里面的坚果，几天后变成棕色，并且脱出壳来。八月底，我看到农家的孩子把大量的榛子摊放到树丛里晒干。

一八五八年九月三日，沿着阿萨贝特河（Assabet River）捡到的榛子足足有一包。这条河边的榛树多长在岸边土壤较干的那一侧；至少没有往地势较低、靠草甸的地方长。榛树上的果子几乎都被采光了，我采到的几乎都来自垂在河面的枝条上，只有那里还有剩下没被采的，看来松鼠不愿冒险来这种地方。而且有些还裹在绿绒毛里，不像别处的边缘部分早就变成棕色了。

有时看到荆棘丛中的鸟窝里满是橡子壳和榛子壳，一看就知道这是老鼠和松鼠干的好事。

已经是九月十日了，居然还发现一些榛子，想必松鼠看走了眼。不过这以后榛子就都落了，所以看到榛子的颜色变成深棕色了就要采，不能犹豫。

尖头榛子（beaked hazelnut）这里很少见，虽说理论上讲它们是唯一长在北方的榛子。这种榛子的芒刺上有一个尖头，果实也大得多。

一八五八年九月九日，在黑莓岩看到许多尖头榛子（有一到三个芒刺）。为了采到它们，我的手指头扎了很多又细又亮的刺。一般的榛子不这样，上面几乎只是绒毛，而非这样硬的芒刺。

尖头榛子是种尖尖的坚果，而一般的榛子钝钝的。前者颜色为浅棕色，果肉黄色，很甜。是不是它们结果晚一些呢？

尽管这一带榛子多，但人们似乎并不怎么重视，也许是懒得和松鼠较劲儿，觉得不必非抢在松鼠前面，再说果肉只有那么一小块。劳登说到这种拉丁名字叫"*Corylus rostrata*"的东西时说："这种东西很坚硬，据说当地人将其当子弹用。"

大花延龄草

大花延龄草。九月一日看到它的果子，也许九月四日开始进入结果高峰期，通常持续到九月二十七日。

一八五三年七月二十四日。花还开着，但已经结出绿色的果子了。

九月二日，在一株约一英寸长的茎上，由三片底部略带紫色、相互重叠的大叶子托起的细长花梗上结的三颗果子转成深蓝色，颜色不鲜亮，但很光滑。

到了九月中旬，那三片相互重叠的大叶子里什么也没有了，看上去倒像一只浅浅的调料碟，中间盛着那几根果子离开后剩下的花梗，光秃秃的。

豌豆

九月　日，豌豆。

菲利普在其大作《蔬菜栽种史》（*History of Cultivated Vegetables*）中写到"Pea-Pisum"时如是道："英国人的叫法是拉丁文的讹传，比如塔瑟和杰拉尔德都称其'peason'，而后来的何兰博士又称其为'pease'。"我却认为这恰好又一次证明罗马读音中元音"i"的读法。

豆

九月一日，豆。

菲利普说："科卢梅拉当时就注意到豆可以当做粮食，但那时只有贫苦农民吃。他还说：'他们把豆和谷类掺在一起做饭食，非常简陋。'"

杰拉尔德则说："菜豆还没完全长老之前，把它连皮煮了，加上黄油连皮吃，还真是一道很精巧别致的菜呢，而且不会像其他那些豆类吃了会胀气。"至于煮好后又如何处置，应"把皮上一侧的老茎抽去"，所以豆角这类东西还真不是新玩意儿。

欧洲酸蔓橘

欧洲酸蔓橘，九月一日。

一八五四年八月二十三日，酸蔓橘有了一个小小的、带些紫色点点的小果子，平躺在苔藓上，靠近果梗的部分已经变成了深红色。这些果子挂在细细的果梗上，果梗连着细小的叶子，果子就这么坚定地长在最尽头——爱默生说这是"北欧再普通不过的酸蔓橘了"，在那里酸蔓橘也可以用来买卖。

一八五九年十月十七日。这些有趣的小小酸蔓橘还不多见，只有在那些地势高、土壤干燥的泥炭土山上（至少今年是这种情况），还有开阔的湿地边缘的那些矮树丛中才看得到。这些地方，那些结着小红果的红色果梗借着树枝伸到岩石上歇息（除了极少的，基本都相当熟了）。这点果子勉强够一个植物学家采回去为感恩节大餐做酸味剂。

今天午后我去采酸蔓橘，就是想采这种个儿小小的酸蔓橘。这的确算不上什么宏大目标，但也不能因此拖延，因为霜冻的日子就快到了。今年的欧洲酸蔓橘和本土个头稍大的酸蔓橘相比是什么味道，要是能事先知道就好了。本想多少弄点回家，今年感恩节聚餐好做调料酱，可实在太难达成，花了整整一个下午也收获甚少。我还是不死心，心里盘算些馊主意——是不是应该穿过大田，去贝克·斯托家的湿地看看呢？当然最后也很有可能劳而无功。实际上，我也没抱太大希望，像这样空手而归也不见得不好。只不过当时还有另一个小小的愿望——这愿望虽小，却值得去实现：将在家里深思熟虑后的想法付诸行动。就这样做，让自己洒脱点儿，不受那些街道和每日事务的束缚，想做什么就做什么，即使那些事你的邻人不会做，他也无法理解你为何要这么做。做你认为有意思的事，做成了，大获成功，只有这样才会产生影响，能明确每个个体和所有州的未来，从而不为堪萨斯问题[①]伤神。让那些一心蓄奴的恶棍们滚开，让堪萨斯成为自由州。但若一心抗争也会有弊端，因为这时心中如临大敌、草木将兵；但敌人也许只有一个，身后却有万千美好，此刻恰恰被你忽视了。不要放弃自己的事情，像我就不

---

①堪萨斯（Kansas），一八六一年被批准为第三十四个州。一八五四年通过的《堪萨斯内布拉斯加法案》（*Kansas-Nebraska Act*）使堪萨斯成为一个地区。该法案规定，遵照人民主权论的原则，该地区可以成为自由州或蓄奴州。一八五四至一八五九年间，该州实质上成为自由派和蓄奴派的战场，被称为"血腥的堪萨斯"（Bleeding Kansas）。

放弃我自己的。也许你会在邻居家的火炉边坐一下午，说不定还能得到报酬；我却要出门，把这一下午用来采摘酸蔓橘的果实，哪怕采不到多少。大自然既然让它们生长在这里，那就得及时去采，当然我也会得到报酬，不过以不同的形式罢了。常常执著于思考一件小事，等到忽然有一股非做不可的冲动，就放手认真去做，结果往往收获意外丰富。

有多少学校我总觉得该去却又没有去的，已经记不清了。我总是傻傻地想：要真去了那些学校念书，我可以学到多少东西呀！看到酸蔓橘藤蔓扎下根来，弯曲生长，亲近大地，结出果子，可曾有人想过这就是最好的个人远足经验，这种花钱最少的探险旅行，将丰富我们的人生，充实我们的心智。通常我们不过是对这个社会进行一些小修小补，交易老本就是修碗补杯子用的焊接材料。我的天赋提醒了我，倒不如这个下午去戈文湿地，采得一口袋的酸蔓橘，还可闻到它们的气味，对呀，也可闻到戈文湿地和新英格兰生命力的气味。这总比好过在利物浦做领事，哪怕做领事可以领到数不清的官饷——大概有几千几万块钱吧[①]——那又怎样，闻不到这种气味呀。每个人的心里都有梦想，人的大半生不应该就那么整日在船桨边躺着空想，应该摇起桨，坚定不移地把一个个小小的梦想实现。不要让生活失去目标，哪怕就是想尝尝酸蔓橘也值得去实现。这样做，不仅能尝到它特别的味道，你的生命也因此而延伸丰富，它带给你的可不是财富可以买到的那样简单。

[①] 一八五二年，霍桑（Nathaniel Hawthorn）也住在康科德，为当时民主党总统提名人皮尔斯（Franklin Pierce，一八五三至一八五七年任美国第十四任总统）写传记。后来作为回报，皮尔斯委任霍桑为驻利物浦的领事，每年可领俸禄五千至七千美元。此事引起朝野批评。

浑浑噩噩也罢，大觉大悟也罢，生命都是有价值的，因为都在一样的环境中，二者不可能绝对分开。大觉大悟的智慧就可能会产生于浑浑噩噩中。我曾写下很多问题，想找到答案，但当时又不耐烦去多想，就带着那张单子出门旅行。旅途中，我居然想通了很多。所谓出门只几日，胜读十年书，就是这么回事。服从心底那盏更高处明灯的指引，置身于自己以外的世界，如此，踏上一条新的旅途，用你尚未蒙昧的眼光去看去发现。无所事事，无所追求，又如何？坐在沼泽地的岸边，悠悠闲闲，哼着小曲，心满意足，那又如何？

总而言之，我没想太多就去了湿地。发现了不少酸蔓橘，采了几口袋，再把袋口扎好，放到贝克家湿地的岸边。这些酸蔓橘准是被水冲泡过，现在被冲到地势高的地方了，才不至烂掉。我脱下鞋袜放在岸上，挽起裤脚，赤脚走入水中，往湿地中央那片土质非常软的泥炭地走去。这期间，好一段路都是在伫立了许多马醉木和其他植物的树丛中穿行的。

终于，在凸凹不平的泥炭地硬土上，看到藏在那里的一些酸蔓橘。它们离水面高高的，细藤都稀稀拉拉地长在另一边，即湿地较干燥的那一侧。有些泥炭块之间有一英尺左右深的洼地，这里的藤蔓长得稍密集些。从结的果子来看，似乎这是两个不同的品种。一种明显的熟一些，颜色和一般的酸蔓橘更相像，却红得深一些——赭色，带些黄绿色的小点，或者带些暗红色的条纹，形状则像梨。另一种形状也像梨，不过中间部分更突出，颜色像草莓或黄绿色，有些荧光，上面撒了很多小暗点，很像那种叫鹿药和铃兰草的果子，不过这种果子较大，也没那么圆，颜色更带点紫色。差异大致如此。这两种酸蔓橘都很安逸地和苔藓躺在一起，那些果梗常整个被埋在苔藓下（大约有一英寸半长吧），藤也若隐若现，往往只看得到一到三寸长的一小截，根本分不清一根根藤到底延伸到了哪里。如果硬要弄个水落石出，就要小心翼翼搬开一块块苔藓，用手指轻轻拨动试探。若长了很大的酸蔓橘，藤就较硬且直，还会冒到苔藓上面来。那种颜色发灰的较难发现，因为它的颜色和它身下苔藓的颜色差不多，乍一看还以为是湿地麻雀把蛋下到窝里了呢。我小心翼翼地用手指一点点扒开泥炭，然后顺着藤蔓摸索，才采到了些酸蔓橘，它们就像湿地在胸口佩戴的珠宝，姑且叫它们湿地珍珠吧。通常一根藤上会结一到两个，直径一般八分之三英寸。这些果子长在细长如线的果梗上，远离自己的藤，所以看上去实在像鸟蛋。如果是五月，我铁定这么认为。这些果子就寄生在苔藓上，靠水滋养，空气已不重要。这些苔藓就是它们可以移动的土壤，如同一块巨大的海绵，让它们从中汲取营养和水分。显然，它们要比一般的酸蔓橘结果早，有一些已经很软，颜色也几乎变成紫红了。我在湿地蹚水走了约一个小时，赤脚能感觉得到较低的水凉凉的，踏到苔藓上倒暖和些。两种酸蔓橘我都采了一些，本想分开放到口袋里，但有时自己也弄糊涂了，最后只好混放。

这次采酸蔓橘真是有意思。尽管又湿又冷，湿地却单单只为我送出了果实，因为只有我去了，而且也只有我看中这些果子。我告诉湿地主人说那里有酸蔓橘，当他得知数量并不足以拿去出售后，就根本没当回事。这个城里只有我在意它们，了解它们的价值，不过我在意的不是它们的市价。赤脚蹚在水里，衣服口袋里装满了酸蔓橘，我就觉得比那些自己捞了（或雇人捞了）成百桶去卖的人更富有。时间一点点过去,我离城越来越远,却感觉到睿智在心头对我嘉许,指引我的来去。突然,太阳从云层后钻出来,非常灿烂,可是双脚依旧觉得冷。真心希望能和人分享这种收获的快乐,能有那么二十个人结伴同来再好不过,但认识的人中没有一个会像我这样喜欢采果子,也没有一个会像我这样喜欢来湿地采果子。我拿出这些果子给他们看,注意到他们流露的兴致转瞬即逝,都认为这种果子的收益太小不值得种植,于是也就不再感兴趣了。是的,费力捞一次还捞不到一品脱,斯罗康们①是决不会付给你多少钱的。可我反倒更喜欢它们了。我把它们放进一个篓子,挎在身边好些天。如果有位农夫或别的什么人,也像我那样跑到远远的湿地,蹚水一小时,只为在苔藓上找到这些果子,不拿大口袋也不拿耙子,只装满两个衣服口袋就心满意足,人们准认为他精神不正常,甚至会对他严加看管。他本应该做的是把牛奶撇去奶油后兑些水,或者把小的土豆拿去卖掉再换进大的,或者打打火镰,甚至被请去看管精神不正常的人。虽然我没有得到黑麦或燕麦,但我却收集到了阿萨贝特河的野生酸蔓橘藤。

　　米德尔塞克斯县所有的田地、山林并非都是人工种植的,但许多酸蔓橘生长的地方都方方正正,显得很原始,简单朴实,就像一千年前被人们开垦出来后,再没有被犁耙耕耘过、被刀斧砍斫过,也没有被捞酸蔓橘的耙子搅乱过——这可真是在现代文明中的一小块天然绿洲,毫不矫饰,简直像在月亮上那样远离尘嚣,无人打扰。我一向对大自然的安排怀着崇敬之心,将其视为最高原则,

---

①斯罗康们(Slocum),当时新英格兰很普通的姓氏,梭罗以此表示普通人,而非特指。

日常行动中也不敢忽视，所以对脚下的土地深怀敬意。我和大自然虽然完全不同，却感到我与它彼此吸引而相互激励。于我，大自然就像位圣女。落下的流星陨石或别的坠落天体世世代代都受人膜拜，是啊，跳出日常生活束缚，放开目光，就会把整个地球也看做一块巨大陨石，虔诚地跋山涉水去朝拜它，供奉它。我们对外来的石头那样殷勤供奉，唯恐得罪，为什么对原本也属于天堂（可以把我们的地球看成另一个天堂）的石头却冷漠无视，毫无敬畏呢？难道霍奇[①]家砌墙的石头就比不上麦加的黑石[②]？难道我们家后院的顶门石就注定比不上天堂里的随便一块墙角石？

如果能对一草一石都心怀敬畏，人类也有希望。异教徒往往出于恐惧、奴性和惰性而崇拜偶像，这样的异教徒遍布四周，他们漂洋过海，呼群唤众，前仆后继，都不免进入同一个地狱。照他们所言，只要我愿意，就算对自己剪下的手指甲也可以顶礼膜拜。如果某人能让一棵草的两片叶子先后长出来，那么他就一定能施惠于民。[③] 如果他能在从来只有一个上帝的世界里又发现另一个上帝，他就更是能造福大家的救星。倘若真有这种事，我会不顾一切时时向往，时时膜拜，犹如向日葵对太阳那样紧紧追随。对这些令人激动、美妙神奇、庄严神圣事物的坚信，使我的生命变得丰富，得到永生。如果一块石头能喊住我，开启我蒙昧，让我知道自己来自何

[①] 霍奇（James Thacher Hodge），当时缅因州的一位地理学家，一八三八年发表过有关缅因和麻省地理的报告，梭罗看过并作了笔记。
[②] 黑石（Black Stone of Mecca），位于麦加（Mecca），被穆斯林视为圣物并礼拜的黑石。
[③] 在乔纳森·斯威夫特（Jonathan Swift）的《格列弗游记》（*Gulliver's Travels*）中，巨人国（Brobdingnag）的国王发表看法时说："谁能在地上让种出的一株玉米上两颗穗不同时抽出来，或种的一棵草上两片叶子不同时长出来，谁就是俊杰，他对国家的贡献超过所有的民众和政治家。"

方,还要跋涉多久——让我知道得越多越好——并向我多多少少昭示未来,只我一人独自狂喜;如果这块石头能对大家都这么做,那就值得普天同庆。

按植物学者的说法,波士顿以西的内陆或更远的地方,很多浆果和植物都被看成野生的,而印第安人似乎偏偏喜欢这种地方,也许是大自然的安排吧。对于印第安人来说,大海比森林更为蛮荒。同是荒蛮原野,西部较东部更具原始力量,更具粗犷风情!

这里本土的这么多奇特植物,品种各异,园丁和苗圃主人都登记在册,很多英文书里都有记载,却偏偏没被皇家学会收入目录,这个学会的人对它们的了解一点也不比你多。在这块土地上,一切都浑然天成,无拘无束。看不出有什么可以证明哪些是改良或引进的,倒是园丁会说出哪种花原本种在他的花圃里。不过,无论哪里,只要种子在这里安了家,发了芽,这里就是它的老家了。

劳登描述一种湿地酸蔓橘时这样写道:

> 苔藓蔓橘、荒野蔓橘、沼泽蔓橘、湿地蔓橘,或者叫欧洲蔓橘,小粒蔓橘,等等……
>
> 酸蔓橘似乎得名于它的花梗。花还没开之前,它的花梗顶部蜷缩,像鹤长在长颈上的头一样(Smith 和 Withering);又或许鹤会吃掉这些果子[①]……像梨一样圆滚滚的小果子,通红,通常有小斑点,味道特别,较酸,但可口(见《唐·密尔辞典》[②])……原主要生长在欧洲山区的苔藓丛中;在瑞士、俄

[①] 酸蔓橘在英语里最普通的名字是 Cranberry,而鹤的英语是 Crane。
[②]《唐·密尔辞典》(*Don Mill's Dictionary*),一本植物园艺辞典,一八三七年出版。

国、苏格兰、爱尔兰和英格兰北部非常普遍,英格兰和美洲东部也常见……(在西伯利亚)这种浆果被大雪覆盖后可以在树上过冬,春天雪化了,人们才抢在它们掉下前进行采集,如同我们秋天采集一样。北欧和大不列颠的人将酸蔓橘用于制造夏日炎炎饮用的酸味饮品,或用来制作糕点,等等。(现在英国已近乎绝迹,靠从俄国、瑞典和北美进口。)俄国酸蔓橘品质优于美洲所产……

春天,俄国以及瑞典部分地区的人们通常收集酸蔓橘纤维丰富的枝干,把它们去掉叶子后晒干,搓成绳子,可用来铺在房顶上,甚至可以套在马上拉东西。

而杰拉尔德称其为"沼泽地上的浆果"(marish worts or fen berries),并说:"这种东西生长在沼泽地的苔藓块上,就像洪荒世纪就已经铺在那里的石灰石或地衣上一样,那细小的叶片就像那里长出的;味道酸,有收敛性!"噢,"苔藓地酸蔓橘或沼泽地酸蔓橘"。

黄樟

黄樟,九月一日。整个九月。

一八五六年九月三日。在山上发现一颗黄樟果,深蓝的果子长在红色的花托中,像根小棍子。简直就只有核,味道像柏油,我觉得一点儿也不好吃。

一八五四年九月二十四日。山上的那些很大的黄樟树上有很多果子落下后遗留的红色花托，现在里面空空的。不过还是有那么一两个仍旧饱满，里面的果子仍是绿的。熟了的果子早就掉了、被鸟吃了，只有没熟的才会在树上。格雷说过黄樟果深蓝色，九月成熟。

就在杜德利家北边山上的那些树上，靠近李家，还有黑伍德家房后。[1]

灰胡桃

灰胡桃[2]，九月一日。

一八五四年九月十三日。很多——比胡桃还要多——都掉了下来。

据劳登说，这种胡桃比一般的胡桃提前两周熟，也就是在九月中旬就熟了。

一八五九年九月十九日。阿尔科特[3]说他种的灰胡桃两三个星期前就落了。一定在果壳裂开前就已经很干燥了吧。

一八六〇年九月二十八日。树上还有一些，整个九月都在树

---

[1] 梭罗显然是写在这些地方看到了黄樟果。
[2] 又称奶油胡桃。
[3] 阿尔科特（Amos Bronson Alcott，一七九九至一八八八年），美国教育家及先验论哲学家，认为学习应建立在乐趣及想象力之上而非原则之上。他也是梭罗的老师兼朋友。

上呢。

一八五八年七月十六日。看到灰胡桃长出来了。在索恩顿和康顿，这种灰胡桃树到处都是。

米肖说："在纽约，这种果子九月十五日左右就熟了，比其他的胡桃提前了半个月。"

合果苹

九月一日左右，在河边和草甸上，看到合果苹长长的藤弯弯曲曲，约一英尺半到两英尺长。藤的末端长满了一团团长在一起的绿色果子，一个果团的直径大约有两英寸，看上去就像弹弓的子弹。这种硬壳的果子内部是一团胶质的种子。由于果子向下垂着，几乎挨近地面，所以没有被割草人的大镰刀触及，这一来这种植物也就得以存活繁殖。大自然让合果苹的叶子被人割掉，却保留住它的种子，等到洪水来临时再把它们冲到各地发芽生长。

梭鱼草

梭鱼草，九月一日。

一八六〇年九月十七日。很快果子就落了。

一八五八年八月十九日。管束都翻开了。

现在（九月一日）虽然其他果子都正在变熟，梭鱼草的却已经都落了，撒得沿河一带都是它们的影子。

一八五九年九月十三日。梭鱼草的穗子垂下，有的上面还开着花呢，如此也大多都没入了水下。

一八六〇年八月十日。这些穗儿都耷拉下来。

一八六〇年九月十七日。随着河水上涨，很多种子随水漂走了。

一八五九年九月二十六日。梭鱼草现在抓紧最后几天把种子撒出去。我看到一个看起来完整的草穗突然浮到水面，但却只有光秃秃的穗子，所有的种子都掉了。现在的梭鱼草草穗上几乎没什么了，都轻漂在水面，但最终还是会沉下吧。还有很多零零星星的漂在草叶上或是破船上，然后被水冲到岸上，这是一些孤零零的、绿绿的种子，形状有点像蜘蛛网。也许水鸟回来后还会以它们为食。当水鸟从北方飞回，它们也已成熟，有几分像百合种子了。

一八五九年十月七日。我在一处水域撒下的梭鱼草种子已经沉到水下了。一旦外面那层烂掉后，它们就会变得越来越沉，比水还沉。

百合

九月一日，水中及泥浆地中，黄百合（nuphar advena）的种子也开始熟了。黄百合的果实现在是绿色和紫色，烂了的花瓣还耷拉在上面。等到里面全是黄色的种子，而白色百合的果实上有黑色的纹路时，就成了这个模样。

锦葵

九月一日，锦葵。

亨特家的酒窖边。

一八五九年九月二十二日。像一颗颗小纽扣的锦葵果子被小孩们叫做"小奶酪果"（cheeses），果子绿的时候他们采下来吃。这里的孩子发现很多果子都可以吃。

花状悬钩子

九月一日，花状悬钩子。

一八五六年九月六日，在布拉特波罗。熟了以后，花状悬钩子很红，味道也很好。我一边散步，一边采摘，吃得津津有味。它和一般的浆果差不多大，就是太少了。

曼陀罗

九月一日，曼陀罗。

一八五八年九月二十一日。马布尔海德（Marblehead）一带的曼陀罗花大多谢了。

秘鲁的一种刺苹果（thorny apple）——我们叫杰姆士城的草（Jamestown weed）——杰拉尔德提到它时讲了这番话："这里还有一种，比前面说到（也就是标准的 thorny apple）的那种果子要大些，很荣幸我收到爱德华·祖赫男爵大人馈赠的这种植物种子，这可是男爵大人亲自从君士坦丁堡带来的。至于那种刺苹果，我已经把它种下了。"

绿石南

九月一日，绿石南。

一八五三年八月三十一日，开始变色。九月四月，还是原样。一八五一年九月十一日，大多已经变成黑色了。一八五四年九月八日，还没完全熟。一八五二年九月十七日，熟透了。

一八五四年九月二十四日。伞状花序，蓝黑色或近乎紫色，显然被二十一日和二十二日的霜给催熟了。

一八五〇年十一月十九日。一如既往的可爱。

一八五四年二月十九日。长满了亮晶晶的新鲜果子。看起来非常坚强，能坚持很久。

一八五一年一月八日。还挂在那里，像小葡萄一样。

弓木

弓木，九月二日。

一八五二年八月二十二日。弓木椭圆形的果子开始变黄了，到了八月二十四日和二十八日，就全黄了，椭圆形，扁扁的。

一八五三年九月二日。现在这些果子已经都是紫色或黑色的了。

一八五三年九月四日。熟了后就掉了下来，和齿叶荚蒾一样。

九月六日，布拉特波罗地上的真长得好呀，也许极盛时期过了开始走下坡路了；椭圆形，不那么鲜活，还是黑蓝色。

一八五四年九月十二日。蓝黑色带点果霜，虽然是聚伞花序结的果，但并不那么散。

九月二十三日。还很新鲜，深蓝色。

这一带并不多见。劳登称它们"黑果子"。

糖罐子

九月三日，糖罐子在树丛中变红，到了九月底，才发现不经意

227

间它们已经都红了。

十月里的糖罐子最俏皮,一团团长在树上好不得意,这些椭圆形的果子挤着长在一起,可以在不过两平方英寸的地方挤上十二个。这种果子的形状很有趣,椭圆形的一端是平的,有些像一个装橄榄的罐子。所有的果子中,这是最可爱的一种红色果子。它们大多数都长得很整齐,叶子芬芳,花儿可爱,果子漂亮,这植物果真样样拔尖。

说实在的,它们不能被委屈,把它们当成山楂那样做日常食物,说什么也不行。糖罐子的果肉很干,很硬,有很多籽,味道也不好。一八五二年十二月十八日,我居然看到一群松鼠在吃这种果子。

一八五三年十一月六日。几乎到处都看得到糖罐子,它们个个新鲜精神,俏皮好看,而此时山楂果已经掉光了,普莱诺果也剩了没几个。糖罐子树上甚至还有些绿绿的叶子。

一八五四年二月十九日。这些果子的颜色没那么红了,开始发烂。

杰拉尔德说:

> 这种蔷薇树或玫瑰树又叫大蔷薇,是非常普通的一种植物,大家都很熟悉。其用处不大,寥寥几笔就可以交代清楚:果子成熟后小孩会喜欢吃,或穿在一起当手链、项链戴着玩;厨师和主妇则用来做点心或调味品。
>
> 这种糖罐子树比其他蔷薇科的树都高,其幼枝也很结实,木质感,较粗;绿色的叶子闪闪发亮,并发出好闻的香气;其

花很小，五瓣，多为粉白，少数为紫红，并无香气；果实形长，红色，形状如同橄榄核，又像其他浆果顶部的形状，但园中种植的少见此状。果肉结实，多絮状物，内含小籽，一样硬结被包裹。此地亦有类似植物之果实，但坚硬度不敌，果实内也是絮状，多毛，被称作蔷薇球（brier balls），近似犬蔷薇的变种。

通常人称野蔷薇（wildrose）的果实成熟后果肉味美，常被采集以待贵客，或做成点心。此物价格不菲，我总是将其交给能干的厨师去打理。

美洲高山岑

九月六日，美洲高山岑结果。

一八五九年八月二十五日。部分岑树果变颜色了。

老杰拉尔德说这种果子熟要"等到八月"。

一八六〇年九月十五日。已经熟了大概有六到十天了，大概六日就熟了。

努塔[①]说："美洲高山岑，又叫北美罗昂树（Roan tree of North America）。根据《一八五六年安蒂科斯蒂岛[②] 地理报道》（*Geological Report on the Island of Anticosti for 1856*）：结果的乔木和灌木中，当

[①]努塔（Thomas Nuttall，一七八六至一八五九年），英国动植物学家，他一八〇八至一八四一年曾在美国生活、工作。
[②]安蒂科斯蒂岛，在加拿大东部。

数美洲高山岑或罗昂树最为高大，在内陆最为多见。"的确够高大的，四十英尺高呢。

矮橡树果

橡果，九月十日。

奥斯特曼[①]在文中写道："橡果和胡桃过后，就该味道带些甜味、含淀粉高的各种谷类和根茎作物登场了。"

劳登引用伯内特[②]的话说："橡树果这个词，就是由'橡树'加'果'构成，或简写为'橡果'。"

一八五二年八月二十二日。看到结得那么茂密的一挂挂橡果，虽然还是青青的，有的还带点儿白色，却都那么精神抖擞，我很受震撼。这一来，天下生灵又有好多美食可以享用了！

一八五三年八月二十八日。现在矮橡树上已经能看到大片橡果了。

一八五九年八月三十日。橡果（还有很多别的橡树结的子）还在树上。

一八五三年九月四日。现在矮橡树上一颗颗的橡果非常壮观——油棕色的杯状基部结结实实，上托着一颗绿绿的橡果，深沉的褐色与嫩嫩的绿色对比鲜明。在不到三寸宽的地方，竟有二十四

[①] 奥斯特曼（M. G. Osterman），生平不详，只知他当时写过一篇有关膳食改良（Culina mutata）的散文。
[②] 伯内特（Burnet），身份不详。

颗橡果呢。

一八五四年九月六日。显然，现在应该赶紧采集橡果了，否则就要落光了。捡来的橡果放在架子上真不失为漂亮的装饰物。由于最近天旱少雨，好些橡果都掉下了。常能看到松鼠吃橡果，把空壳留在树桩上。

一八五九年九月十二日。有些矮橡树上的"杯托"已经空了，但落掉的果子并不太多。树上有很多黄色的毛毛虫，树叶被虫吃光后，就露出了那些橡果。

一八五四年九月十二日。一些黑橡树的橡果也掉了。

一八五九年九月十三日。看到一些矮橡树上的橡果颜色已经变深，并显现出经线一样的纹路，一般来说所有的橡果都还是绿的。

一八五四年九月二十二日。有些橡果开始由绿变黄，非常漂亮。

一八五九年九月二十四日。这种再平常不过的矮橡树只怕是我们这里最高产的橡树品种了。我数了数，在一枝长不过两英尺的树枝上，竟然有两百六十六颗橡子。很多托杯里已经空空如也，露出一个圆形的粉红色疤痕，颇为好看。橡果之前就长在那上面。矮橡树的种类很多，样子也各不相同，但树上橡果的棕色却变得更丰富了，也成了油棕色吧，壳上还有一些走向一致的浅棕色经线。这样就不用担心那些地方的金花鼠了。

九月三十日。大部分矮橡树上的果子都变成了棕色。

一八五九年十月一日。无论就树叶的颜色还是结的果子来说，山上（松树山）的矮橡树现在正处于巅峰状态。高地上或小山洼里都看得到这些三到五英尺高的矮橡树，密密地长在一起。上面那些可爱的小橡果个儿头虽不同，但都变成了棕色，几乎都带有那种浅色的经线。那些长在高处枝丫上的叶子已经被霜打掉了。而一些较矮的橡树上，半数的"杯托"也都空了，多半还留着松树的牙印儿呢，真正自然落下的并没有多少。不过，还留在树上的那些也即将落下，不信走近点，俯身把那些叶已落尽、霜痕犹在的树枝拉近，看看那些"杯托"，就会看到那些橡果的底部已有部分松动了，随时都会落下。那些松鼠，很可能是金花鼠，最近可忙坏了。很多枝头已经没剩下什么，想在地上找到这些长在灰蒙蒙的"杯托"里的棕色果子并不容易，因为地上到处都是与橡果颜色差不多的落叶。铺满落叶的大地也是灰蒙蒙、棕色一片，和橡果的颜色一样。就算你抓住一根结满橡果的树枝仔细看，也往往会失望。在长满橡树的山冈上，到处寻找橡果，后找到的总比先找到的好看，也更有趣。现在真该动手采下这些矮树橡果了。这些树丛附近，总能看到松鼠吃空后丢下的橡果壳，还有那些小"杯托"，里面往往还残留着没啃干净的果肉。

米肖说过："橡树分布如此之广、之多，熊也好，猪也好，只要肯稍微抬抬头就能发现那些橡果，它们用后脚支撑站起来就能吃到了。"

一八五九年十月二日。矮橡树都变成棕色的了。

一八五九年十月十四日。矮橡树上的橡果几乎都掉光了，没剩下的几颗在树上也摇摇欲坠。那些"小杯托"也干瘪了，小橡果回不去了。

一八五九年十月十五日。有些地方倒还有半数的矮橡树仍然挂着果子。这些最后坚守在树上的小东西非常神气，颜色很深沉。

一八五九年十月二十一日。青杉地（Indigo Sprout land）那里还有很多橡果没落,颜色极深。

当年戈斯诺尔德、布林、尚普兰①这些人沿着我们的海岸线航行时,这里和内陆都已有许多矮橡树生长着,颜色深浅错落有致。

一八五三年十一月十二日。今天看到的一些"小杯托"里已经没有橡果了。

红橡树果

红橡树。

一八五四年八月二十七日,很多红橡树的橡果已经落了。(这一来这些红橡树不感到沮丧吗?)

这些橡果很大,绿色,被浅而宽大的"杯托"托着。不知是否就因为这样,那些鸽子才在树上盘旋不肯离去。

一八五八年九月八日。红橡树上的橡果仍是绿绿的,但被松鼠弄下来不少。

一八五四年九月十二日。橡果还没掉。

十月十二日,红橡树(还有白橡树)的橡果开始掉了。

一八五九年十月十四日。满地都是红橡树的橡果了。

一八五八年十月二十八日。红橡树的橡果多精神呀!站在爱默

---

① 戈斯诺尔德(Bartholomew Gosnold),英国探险家,一六○七年在詹姆斯敦建立英国人在北美洲的第一个殖民地;布林(Pring),身份不详;尚普兰(Chanmplain),法国探险家,一六○八年建立魁北克殖民地。此三人虽然都在著作中提到过橡树,但并没有特别提到是矮橡树。

生家①的一棵红橡树下，橡果不断落下。一颗落入水中，听到"扑通"一响，还以为有只麝鼠跳进水里了，连忙跑过去看。只见地上铺着、水面上漂着厚厚的一层橡果。站在那里，听到树丛里不时传来"扑通扑通"坠下的声音。长在"杯托"里的那部分有点毛茸茸的，发白。

大自然多么慷慨呀！她赐予我们这么多野果，仿佛是要给我们视觉上的享受！虽然这些橡果并不能食用，但却有利于精神愉悦，比那些能食用的果子更能长久挂在树上，给我们久久欣赏。如果是李子或者是板栗，我早就立马弄下来吃了，而且很快就会将它们遗忘；它们带给我的也只会是短暂的口福罢了。但这是橡果，能长期看到，就长期大饱眼福，也就能长期记得它们。由于它们的特异性和特殊风味，人们长期储存它们作为备用，却无人尝过它们的味道，我也没有。也许必须等待，直到某个难以名状的冬夜，我们才会将它们放入口中。这类我们只顾欣赏而没有吃的果子通常都是最美味的，是众神食用的。等到大限将至，我们才舍得敲开壳，掏出果肉来吃。

我同样喜欢七叶树（horse chestnut）的果子，虽然它们的颜色和这种橡果几乎完全一样，形状也并不好看多少，但七叶树是地道的本乡本土的树。就像朴实本分的乡党一样——和我彼此不相识，也懒得讨好我，但我有时却偏偏惦记着要去探望它们。

一八五八年十一月五日。红橡树的橡果掉了以后，那个本来就很浅的"杯托"看上去好像一种见过的纽扣。

---

①爱默生在康科德置了很多地产（包括瓦尔登湖及周边一带），这里说的是哪一处无从得知。

一八五九年五月十二日。红橡树橡果落下的地方长出了小橡树苗。

黑橡树果

黑橡树。

一八五九年九月十二日。少数黑橡树的橡果掉了。

一八五九年九月二十八日。黑橡树的橡果上也显得像矮橡果那样带点油光。

一八五九年十月二日。基本上都变成棕色的了。

一八五九年十月十一日。看上去要么掉了,要么就是被摘下了。

一八五九年十月十五日。看到有些黑橡树上还有橡果没掉。

白橡树果

白橡树。

一八五八年十月十二日。白橡树和红橡树结果了。一颗颗都那么漂亮,充盈饱满,光滑无瑕。拿在手中久久把玩,爱不释手。

一八五九年九月十一日。白橡树的橡果很精致。一处就长出三颗来。

一八五四年九月十二日。白橡树上已经有很多橡果落了下来。这些橡果很小，绿绿的，"杯托"也小巧玲珑，它们总是两颗长在一起，中间有一片小叶子；更常见的是长出三颗，像颗小星星，简直像有人精心雕凿的那样精美。

　　一八五四年九月二十一日。地上到处都可以看到这些小星星一样三颗长在一起的小小橡果。

　　一八五四年九月二十二日。白橡树上，有些橡果已经开始和树叶一样变色了，或转为粉红，或如胭脂般嫣红。

　　一八五四年九月三十日。橡果大多变成棕色了，散落的到处都是。落到小路上的多在人们的脚下被踩裂或被车轮碾碎了。与其他橡果相比，白橡果大都颜色深沉，光滑度最高。

　　一八五九年十月二日。我注意到，几乎大多数橡树（湿地橡树、白橡树、矮橡树、黑橡树、红橡树、猩红栎[①]）的橡果都变成棕色了（似乎这一来就能让大家注意到它们了），但还有个别仍保持青绿。除了矮橡树的果已经落了，其他的都还在树上。站到这些树下就能听到橡果落下的声音。

　　一八五二年十月七日。今年橡果收成一定好得不得了。在一些白橡树下，我发现有约一蒲式耳的橡果都是不带"杯托"的，也许它们味道会不错。它们落了，胡桃还没落呢。不管有没有用处，看到这么多橡果总是让人欢喜满满。

　　米肖描述这种白橡树的橡果："通常并不会结很多果。"

　　一八五一年十月八日。在 J.P. 布朗家的麦地旁那片树下小路

[①] 猩红栎（scarlet oak），属于橡树类。

上，又捡了一些白橡树的橡果尝尝，想不到竟甜甜的，丝毫没有苦涩，和胡桃差不多，味道不错呢，怪不得最早的祖先会选择这种果子做粮食。它们并非什么劣质食物，实际上和面包一样好吃。现在生活里又多了一种甜食，以前从没想到这东西好吃，发现它的美味竟使我和人类的第一个祖先一下拉近了，也亲近了。要是我还发现草也好吃，有营养，那又怎么办呢？大自然实在对我太友善了，我的同志名单里应该加上大自然。这样的季节里，即便在没有人烟的大森林里我也不愁吃喝了。鸽子和松鼠此刻可以饱餐无忧，我也一样。

为什么人们不吃橡果呢？我心里纳闷。吃到嘴里，并不比婴儿吮吸到母乳的香甜感觉差。小男孩都很了解这些白橡树，无疑他们会采摘这些有益健康的橡果吃。难道人类就不能稍微退回去一点点，过一种更质朴的生活吗？古代的斯巴达克人为了确认能否征服阿卡迪亚（Arcadia）来到特尔斐（Delphi）太阳神神殿请求神谕，得到的回答是："问我能否征服阿卡迪亚么？问得太多了。我无法保证。那里有许多吃橡果的人，他们会抵抗的。"

还有什么比这种生在多多纳①的果子更好看，包裹更周全呢？落到地上被树叶接住，这些树叶和果子一样光溜溜、油亮亮，连颜色也相近。如此度过一个下午不是很有意义吗？正是这个下午时分，你才发现原来它们那么好吃。

第二天，我煮了一夸脱的这种橡果当早餐，却发现煮熟后有些苦，并不像生着那么好吃，也许是因为连壳带皮煮的缘故吧。没准我很快就能适应这种苦味呢，因为我们的饮食习惯并不完全排斥这

---

① 多多纳（Dodona），希腊西北部古代城市，曾是佩拉斯吉人（Pelasgian）礼拜宙斯（Zeus）的中心。

种淡淡的苦味呀。眼下，我们的食物里难道不是甜味太多，苦味太少了吗？从前印第安人总把这种橡果放到一段圆木里后再去煮。同一棵树上的橡果也不见得都一样甜。干了更甜。

一八六〇年十月八日。（橡果）掉得很多。

一八五八年十月十二日。白橡树的橡果也不断往下掉。

一八五九年十月十一日。那些很大的橡树下（无论是白的还是黑的），好多松鼠都在收集地上的橡果。我看到那些细枝上的橡果已经被剥开、掏空了。

一八五七年十月十七日。光滑的油棕色橡果在地上堆了厚厚一层，都是白橡树上掉下来的，有些都发出芽了。它们发芽得何其迅速啊！我发现有好些味道都不错。不过也像野苹果一样，只适宜在野外吃，不宜带回家吃。若回到屋子里，味道就不怎么样了。难道不该为了能常像在野外那样有个好胃口而祈祷吗？

一般橡树果

一般的橡树果实。

一八五九年九月十八日。橡果大多都是绿色的。

一八五四年九月十九日。掉到地上才几天，这些橡果就成了深深的板栗色，很健康，亮闪闪的。

一八五九年九月十八日，这些果子掉到地上来。九月中旬之前还是绿色的，也许那更吸引人。九月一日起，它们就稀稀拉拉往下掉，掉下的多半是被虫子蛀过的。

从九月十五日以后到十月，是摘橡果的最佳时节，现在（十月二十六日）怕是迟了点儿。

一八五九年十月三日。一定是霜冻把这些坚果催熟了——橡果也不例外。霜冻加低温一起联手为橡果和板栗涂上了这层油棕色。

一八五九年十月十三日。树上看不到橡果了；大概这之前就全掉了下来。要不就是今年它们结得少？

一八五九年十月十四日。显然，所有的橡果都落了。不过本来今年结的橡果就不太多。

一八五五年十月二十一日。松鼠几乎都在忙着吃橡果。

鸽子怎么能把橡果连皮带壳吃下去的呢？真不可思议。

一八五二年十一月二十七日。看到一颗橡果发芽了，倒着往地里长。

一八五九年四月二十三日。说出来会让人觉得这是多惊人的比例呀——前几天捡了五夸脱的红橡树橡果，结果只有三吉耳[①]不是瘪的，也就是说七颗里只有一颗是饱满的。不知道松鼠的收获有多少，不过既然这座房子跟前只有这么一颗橡树，那想来松鼠也没得到多少。那些瘪的都是遭虫蛀的，春天还没到，虫子就已经蛀空了四分之三。既然虫子还在橡果里，那还不如像秋天时一样，把捡到的都种到地里去，当然松鼠不会同意这样做。

一八五九年五月二十九日。到处都可见到小橡树了。

如果想种一片橡树林，该怎么办呢？

[①] 吉耳（Gill），体积或容量单位，用来计量固体或液体，一吉耳相当于一百四十二毫升。

一八五五年三月二十五日。看到松鼠在一些地方大吃雪融化后露出的橡果。

一八五九年九月三十日。一些湿地白橡树的橡果开始变成棕色。米肖说橡树结果并不多，而"杯托"里一般也总是棕色。

一八五四年九月二十六日。很多湿地白橡树上的橡果变成棕色的了。

米肖这样说到猩红栎树："通常很难将其与黑橡树分开，二者最明显的差异在于果仁核心部分，猩红栎树的果仁中间部分是白色的，而其他的则带黄色。"

一八五四年九月十九日。猩红栎的橡果是这样的。

一八五八年十一月十日。

从附近的橡树林里传来响声，好像有人在掰断树枝。我抬头，看到一只松鸦在那里啄一颗橡果。仔细看去，一棵猩红栎上有很多松鸦正忙着采橡果，刚才听见的是它们把橡果从枝上弄下来发出的声音。然后只见它们飞到一枝适合停栖的枝上，把橡果放在一只爪子下，使劲啄碎，同时还不忘看看周围，随时提防敌人来犯。把橡果弄碎后，它们就用一只爪子撮拢，一点点啄进嘴里，然后一口吞下，当然也不忘记另一只爪子站得稳稳的，护住这些余下的果肉。它们弄碎橡果时发出的声音就像啄木鸟。有时，橡果还没被弄碎就掉到地上了。

一八五八年十一月二十七日。有些猩红栎的果实形状像黑橡树，还有些纵向的纹路。

一八五六年十一月十日。珀思·安博伊那里，所有的白橡树和栗栎（学名可能叫 quercus montana）都长出小苗了。

一八五六年十一月二日。椭圆果栎[①]近乎圆形的果实上有非常漂亮的经线。

米肖说美国的粉红栎（quercus prinus palustris）和白橡树的橡果，在美国是第二多的，是野生动物喜欢吃的东西。还说尖峰栎（quercus prinus monticola）的果实是野生动物无奈下的选择。

米肖还说那种很小的锥栗[②]也生长茂盛，结果颇多。

一八五四年九月三十日。通常画家笔下的橡果当然是不分橡树品种的，如果画家愿意花那么点儿气力，观察一下自然中的差异就好了。这些橡果的形态真让人着迷，难怪人们会把它画在水泵、栅栏，以及床架上。

一八五九年九月十一日。橡果的美丽远远超出其他果实。我在地上没见到多少，见到的也几乎都被虫蛀了。

橡果色是什么颜色？难道这种颜色不和栗色或榛子色一样棒吗？

一八五七年十月十六日。梅尔文[③]认为阿萨贝特河里那些今年才孵出的野鸭就是在找橡果吃。他曾用橡果当饵，一次就捉了七只。

在《新英格兰观察》中，伍德写道："这些（橡）树为猪提供了饲料，每三年中必有一年结果特别多。"

一八五六年九月十九日。掉到地上的橡果没几天就变成板栗那样的深棕色，非常健康，闪闪发光。

一八五二年四月二十九日。一星期前，落在树叶间的橡果就长

[①] 椭圆果栎（pin oak），又名落叶树，生于北美东部的，有水平或垂挂枝条、全裂叶片和带碟状杯形物的小果子。
[②] 锥栗（chinquapin），北美洲沿太平洋海岸所生的一种常绿高树。
[③] 梅尔文（George Melvin），梭罗好友，住在康科德，喜欢打猎钓鱼。

出苗了。橡果壳开裂了，红色的果肉上长出苗，似乎这个果子已经与土地连在一起成了苗钵，如果没有虫害或松鼠，很可能就会长成一棵大树，甚至日后形成一片橡树林呢。

一八六〇年九月二十六日。风雨轮番相逼，白橡树和别的树上都连果带叶大量落下。

一八六〇年十月七日。在赫巴德岭（Hubbard's Grove）东南方，看到一棵白橡树，虽然不高，树冠却不小，上面结满了橡果，正在纷纷落下。敲敲树干，橡果就像雨点一样掉下。也许因为受了霜冻，它们都发黑了，夹杂在绿叶中，形成非常简单也很美丽的对比。落到地上没有被树叶接住的橡果已经开裂，长出小苗。不过大多数此刻还在树上。

一八五二年六月三十日。矮橡树的果有豌豆那么大。

《加拿大历史》（*History du Canada*）的作者萨加德说：一六二九年，魁北克大饥荒，恰恰英国人又在这年占领了这座城市，当地居民只好用一种叫西格鲁姆（Sigillum Salomoris）的植物的根做面包，或者加上橡果和大麦粉做饭。他们用水和火山灰将橡果煮两次以去除苦涩，然后磨碎，掺在大麦粉里做成饭，还挺稠的呢。

釉彩延龄草

九月七日那天看到一次釉彩延龄草（*Trillium pictum*）的果子，就在这里，就这一次，在地势较高的地方。它能持续多久呢？

一八五二年九月七日。还看到另外一种延龄草（*Trillium erythrocarpum*）^①结着很大的红果子。

蓝果树

蓝果树，俗称酸口胶（Sour gum）或黑口胶（Black gum），九月七日开始结果。

九月十一日，一眼就看得出蓝果树的果子这时结得最多。米肖说"果实十一月初开始熟"，叶子掉光后果实就是"红胸鸟"^②的美食。

一八五七年九月七日。我看到的果子都还是绿色的。

一八六〇年九月七日。赫巴德岭上的蓝果树上几乎看不到果实。想来种子会比去年的少。

一八五九年九月十一日。看到赫巴德岭的湖边那些高大的蓝果树结了很多果子，现在都熟了，无疑是最佳状态——椭圆形，个儿不大，深紫色，藏在正在变黄变红的树叶中，往往两三颗一起挂在细长的果梗上。这种果子味道很酸，果核又大，可是知更鸟却不弃不离，显然对这些果子很中意。蓝果树及果实并没有很大名气，树没长大时还会被人当成梨树。

一八五四年九月三十日。山姆·巴瑞特（Sam Barrett）家后的那一棵蓝果树上所有的叶子都变红了，上面曾经结过很多果子——

---

①即红果延龄草。
②红胸鸟（redbreast），即知更鸟。

小小的椭圆形紫色果子（格雷说是蓝黑色）——现在只剩下为数不多的几十个了，都还没熟。

一八五九年十月十九日。果子全落了，才多久就落了？

铁路旁有一棵又大又高的蓝果树，在斯泰伯尔家湿地还发现一片蓝果树的小树林。

白松

九月九日，白松的松果鳞片打开。

一八五五年一月二十五日。查看我捡回的一只白松果基底部，发现从那里的鳞状层下长出五簇针状的花冠，每一簇都是伞形花序。

一八五五年二月六日。捡到一只白松的松果，长约六英寸半，近基底部约二又八分之三英寸粗，近果顶处约两英寸粗，鳞片都打开了。和橡果的颜色一样，是那种饱满丰富的棕色，但转动它就会看到棕色不同的色差变化——从上往下看是浅浅的灰色或灰棕色，有些像没上漆的木头（或像浅棕色的果子上爬了一些灰色的苔藓），打开的鳞片上还有几条深色的纹路，每片鳞片尖都有一滴松脂。（一八五六年十月，有人告诉我，他们就拿这种松果当引火的材料。）再仔细观察，就发现鳞片的顶端（也就是它挂附之处）是深棕色，下面是浅棕色，非常明显的浅棕，靠近顶部的中心部分也有刚才讲过的深棕色纹路，有些还看得到有一种锚状物支撑着。

一八五五年十月十六日。是谁把它们塑成如此漂亮的锥形？

一八五五年十月十九日。看到最后的一些白松果，鳞片都打开了。

一八五五年十一月四日。虽然一个月前就开始寻找了，但还是没发现白松果。九月一日看到过。鳞片都打开，落了下来。

一八五〇年六月。今年的才长出一点点来，去年结的松果则已有两寸长了，在树顶最高的枝头上挂着，新月似的低垂着。这是在郑重提醒你：这种原产于热带的树也结了果呢。

一八五九年八月二十二日。过去的一个星期里，松鼠已经弄走了很多还是绿色的松果。九月一日，地上净是松果。

米肖认为松果打开的时间是十月一日左右。

一八五六年十月八日。终于，在爱默生家的那块三角地①上，发现树下有白松的松果。鳞片都打开了，饱满的种子也都散播了出去。所以要收集就要在九月。每一片鳞片的顶端都有新鲜的松脂。

一八五七年九月九日。下午上山去捡白松果。没几棵树上看得到，当然它们都结在树的顶端。我只能爬到那些十五到二十英尺高的小树上，左手把紧树干，右手够那些在枝头晃悠的松果。这些松果绿绿的，像泡菜一样。松果溢满了松脂，所以我的手很快也沾满了松脂，黏糊糊的，想把采到的松果扔下都很难。好不容易采够了，我就从树上下来，又把扔下的松果捡起来。可是手太黏糊了，根本不能挨筐，只好把它夹在胳膊下；脱下的外套也没法用手捡，只好用牙叼着，或用脚勾起来再用胳膊接住。于是，我在树间忙进忙出，用溪水甚至稀泥浆洗手，一心想把手上的松脂洗掉，都没有成功。这玩意儿大概是最黏的了，我也沾上找白松果这事了。说实

---

① 三角地（Heater-piece），这块地产就在剑桥，靠近史密斯小山。

话，我实在想不出松鼠怎么可以既轻松咬开这些松果、掀开一层层鳞片，还能让爪子不被松脂弄得狼狈不堪。它们准有什么法宝，才能应付自如而无半点不便，只是我们不知道罢了。我愿意拿一切来换取这个法宝的秘方。要是能和一群松鼠大哥商量，请它们帮忙在树上扔下松果，那我可以捡得多快呀！或者如果有一根八英尺长的利矛，我只需站在一个大架子上挥舞长矛，那该多好！板栗不好摘是因为有外面那层毛刺，而松脂比那层毛刺还难应付。

有些松果已成棕色了，很干燥，而且鳞片也半开了，不过这样的多半没有种子，且有虫蛀过。

捡回的这些松果在我房间里散发着酒香，就像我屋里放了一大桶酒或蜜糖一样，很多人会喜欢这种气味。

总而言之，我发现采集松果这事是赚不到钱的，因为谁也比不过松鼠。

一八六〇年九月十六日。在约翰·弗林特家的草场上，看到松鼠扔下的一些松枝下压着一些绿绿的松果，鳞片还没打开。树上的很多都要打开了，一个星期内就会完全打开。小树林里，地上都是没打开的白松果，显然是刚刚被松鼠扔下的，而且大部分都被松鼠剥过，它们通常从基底部开始剥，就像剥北美脂松那样。看得出来，松鼠现在忙着要把树林里的所有白松果都摘回家。也许它们会在板栗毛刺开裂之前把这些松果分头储藏起来。

一八五七年九月二十四日。在马里安姆家的松树坡上，到处都是松鼠扔下的白松果，几乎都是绿绿的，还没打开呢，但是也几乎个个从底部，甚至整个都被剥开了。从现在起的一星期内，都是收集这种松果的绝佳时机。

一八五七年十月六日。走在爱比·赫巴德家的树林里，看到地上有成千上万的白松果斜躺在泥里。它们个个新鲜，浅浅的棕色，刚刚打开，露出了松子。我想这些大把大把的松子吃起来一定很有营养，也很香。

两三个下午的采集后，我把一蒲式耳的松果弄回家，但没能把松子弄出。实际上，这比藏在毛刺后的板栗更难弄。看来除了等松果自己打开，让松子和松脂自己出来外，别无他法。

一八五九年九月一日。地上有很多还是绿绿的白松果。

一八五七年十一月二十五日。一棵白松树下，有一堆松果的鳞片，看上去足有好几夸脱呢。

一八五八年十月二十九日。鳞片打开很久了，但松子还是很难取出。

一八五九年三月二十一日。最近被风吹落了一些，看来到二十四日就要全部落下了。

对这些看起来并没有用处的松果，我们几乎从不注意。几乎没有谁关心过这些熟后撒在四处的种子。好年成里，那些六到十英尺高的大树树顶几乎被这些果子染成了一片棕色，它们就那样尖朝下挂在树枝上，微微打开着。远望过去非常壮观。如果站到高处俯视这样的树林，那更是令人赞叹不已——要知道，我们从没想过这种树也会如此果实累累。我偶尔也会去林间，就为了要看看这些松果的样子，如同果农十月去自家的果园一样。一八五九年的秋天，白松结果特别多，不光这一带，据我观察，周遭乡间——远至沃塞斯特——都是如此。哪怕站在半英里外，都看得到这些被松果染成棕色一片的树林。

一八六〇年九月十八日。看到松果打开了，但也可能都是很老的了。我敢肯定没有今年结的。也许去年它们太嫩，所以今年才打开。

一八五九年九月二十八日。库姆斯[①]在他家鸽笼里发现了很多松果。

野扁毛豆

大概是九月十日看到野扁毛豆的。

在条垄的洞里发现的。

野毛扁豆半熟了。一个豆荚里有三颗小豆，豆上有小黑点。

鹿草

九月十日，鹿草开花，花形呈杯状。

这种红色杯状的花朵远看更美，像一个个小小的水罐，线条流畅优雅，低洼之处整个都被它们染红了。

[①] 库姆斯（Coombs），梭罗日记只提到此人姓氏，他经常与梭罗结伴出行。据有关描写，此人喜欢打猎。

金缕梅

金缕梅结果了。九月十日。

九月一日，我采到一些金缕梅结的坚果，其形状特别，结得很密，外面裹着一层黄灰色的壳。我把这些果子连同绿色的叶子一起采回家，放在房间里。裂开后的果子里露出两粒种子，椭圆形，黑亮亮的。第三天半夜里，听到不断有什么东西爆裂开来滚到地板上。早上才发现，原来就是放在桌上的那些金缕梅坚果干的。坚果一个个裂开，坚硬的种子一粒粒蹦到地板上，滚到房间另一头。就这样接连几天，这些种子蹦到我房间的各个角落。显然，不是果子一裂开这些种子就马上蹦出来的，而是后来种子自己飞出来的。因为我分明看到许多裂开的果子里还有种子躺在那里：它们就紧挨在果子的基底部。我甚至用小刀从果子上方划开，打开一看，种子还是贴着基底部。光滑的基底部似乎被果子坚实的壳紧紧压出了，最后终于把种子喷射出去，就像将某样东西夹得紧紧的然后一下松开，它就会嗖地一下飞出去。这些种子一下可以飞到十到十五英尺远。

一八五九年十一月十九日。很多金缕梅果还没有熟。

岩蔷薇

岩蔷薇开花，九月十二日。

一八五九年九月十八日。开了好几天，现在有些已经结子掉落了。

一八五六年十二月六日。这种东西有好多小刺。

龙葵

龙葵，九月十四日。

一八五六年九月十日。新罕布什尔的沃尔坡，龙葵果绿油油的。

一八五六年九月二十一日。显然，克里夫这里的刚刚成熟。

一八六〇年九月二十一日。布拉德家地里的龙葵已经熟了一星期或十天了。

猪屎豆

猪屎豆，九月十五日。

一八六〇年九月十八日。狄普卡特地上的猪屎豆的豆荚开始变黑，豆荚哗啦啦地响了三四天了。

一八五六年十月三日。在魏曼家后面的草地中穿行时，发现了猪屎豆，豆荚里已经结子了，哗哗响。就像印第安人腿上戴的饰物那样，又像响尾蛇的声音。科学家给它起的名字就有这个意思。

一八五七年十一月一日。走在狄普卡特西边地势高的地方，在收完麦子的地里踩到什么细声作响，这一来就发现猪屎豆了。发现金钱草是因为它们的豆荚粘到我身上（它们就像硬要派发传单一样，那么急于宣传自己），而发现猪屎豆则是因为它们的声音传到我耳朵里。那声音不大，但我知道一定是猪屎豆在作怪，于是返回去，一下就找到了它们。这一来，整个冬天我都很注意听那些种子在豆荚里摩擦作响的声音。不过风吹过时，长在野草丛里的那些蓝黑色豆荚发出的声音更好听。这年晚秋，这样用脚踩之后再寻着声音找去，靠这种方法发现了许多混迹在野草中的猪屎草，都是农民没有收割的。说不定，许多吃猪屎豆的动物也是靠这种声才找到它的。同样，闻到它们发出的特有臭气也能找到它们，被脚踩碾过后，它们就会发出臭味。就如檀木会发出香味提醒樵夫一样。

一八五八年十月三日。走在狄普卡特，又发现一处有猪屎豆，那些蓝黑色的豆荚现在熟了，挂在那里晃荡。它们长在狄普卡特灰色的沙地山坡上、低矮植物丛间，显得非常好看，也吸引了我的注意。猪屎豆豆荚的长度是整株植物的十二分之一，而正是长在黄色沙地上，这些蓝黑色的豆荚才被衬得非常抢眼。

说来有趣，这种东西非得找到合适的土壤才肯传播种子。有一年我在大田里看到，感觉为数不多。第二年又在一个意想不到的地方发现了它们。就这样像麻雀迁徙，猪屎豆从一块地移到另一块地生长。

我只在光线充足的沙土地上见过这些东西——在这种地方它们方能一心一意地生长、结果。

沼生菰

沼生菰①，九月十五日。

一八五九年九月十五日。这种野生稻谷的谷粒仍是青青的。

一八六〇年九月十六日。有的还没成熟，有的已经黑了，大多已经倒伏了。

一八五八年九月二十五日。还是绿色的。

一八五九年九月三十日。大多都倒下了，要不就被昆虫或毛毛虫吃了。不过还是看到些叶子仍然青色，而谷粒已是黑色。

各种野草

九月十五日各种草的籽都熟了，撒下了。

既然人们心里只有马铃薯，那么大自然就准备了许多像苦艾呀、藜属呀，还有苋属的一些草，好让鸟儿有的吃。那些收割后的农田由于久久无人打理，就被秋天的野草占领了，毫无章法，铺天盖地。既然马铃薯该收获了，那么在此过秋冬的鸟也可以来收获这些草籽呀。这些草在耕种过的地里才长得好，大自然也就做了这种安排，利用我们的懈怠让这些野草也能丰收，年复一年，永不休息。

一八五九年九月二十五日。我自己的园子里长了些横行霸道的

---

①原文是 zozania，应为 zizania 的误写。

草，整株草几乎都是稻草黄。也许是十五日和十六日的霜冻所致，现在枯萎了，像玉米那样发白，成百的麻雀飞来吃这种草。看来霜冻之后，发白的不仅有玉米，还有很多野草。

毛榉

九月十五日，毛榉结果了。

斯普林①在《森林的生命和树》一书中写道："由于难耐的饥饿，熊经常爬到毛榉树上，把没有熟的坚果采下来吃。我在自己屋后的小树林散步时，就多次看到一些树顶部很粗的树枝都被折断了扔到地上，有的直径有三英寸呢。这些树枝都堆在树干四周，形成半径五十英尺的一个大圈。"

一八五三年十一月二日。毛榉树上已经有很多果了，也有很多刺囊里仍是空的。地上的毛榉果也不少，可就是没发现里面还真有果肉的。

一八五三年六月十二日。贝克家的后山上有一棵高大的毛榉树，上面结满了果。毛榉树的果子能一直在这里这么好吗？一八五九年，捡到一些很好的果子。

一八五九年十月一日。毛榉果的小刺囊里大多是空的，还没长好。尽管如此，我还是采到了些饱满的毛榉果，里面有果肉。大概此时这种果子长得最好。

---

①斯普林（Springer），美国作家，具体生平不详。

一八六〇年九月十八日。那些刺毛球都变成褐色的了，但还没从树上掉下来。放在我房间里的那些都自己开裂了，里面却空空如也。

一八五九年九月一日。那些毛榉果的小刺囊里大多都是空的，不会再长什么果肉了。我还是采到了些饱满的毛榉果，里面有果肉。此时大概是这种果子的最佳时期。按米肖的说法，红毛榉的果子应该在十月一日熟。

秋蔷薇

大概是九月十五日看到了秋蔷薇的果。

一八五四年一月三十日。悬铃木树丛中生长的秋蔷薇果还那么精神抖擞地兴盛不衰。

一八六〇年十月二十八日。蔷薇果一如既往地俏皮，斯派克山紧靠史密斯家那边的石头丘上的，尤其喜人。

一八五三年十一月十一日。河边的秋蔷薇果还是那么茂盛。

一八五〇年十二月十四日。罗灵湖（Loring's Pond）边的草甸子里，有一大片野蔷薇，品种也很多。像冬青树一样一棵挨一棵长在那里。

一八五四年二月十九日。虽然秋蔷薇的果子多少显得有些不胜风寒，但仍然通红、漂亮，别的蔷薇果已经落了，它们还在枝头。糖罐子的果子已经退色，并开始烂掉，而秋蔷薇仍立在悬铃木的树下，朝气十足，果枝果梗都挺直着。

一八五四年三月四日。河边的秋蔷薇果被什么动物的粪便弄脏了，但还是很茂盛。

熊果

熊果，九月十五日。

一八五三年三月二十二日。小小的浆果长出来了。

一八五四年八月十四日。开始要变熟了。

一八五五年七月十六日。鳕鱼角一带的熊果转红了。

一八五六年七月三十一日。有一颗熊果熟了。

一八六〇年九月二十三日。熟了。

一八六〇年八月一日。果子成形了，但没变红。

劳登说："熊果的果肉多但苦涩，在英国吃它们的是松鸡一类的飞禽；而在瑞典、俄国和美洲，以它们为主食的是熊。"

滨梅

滨梅结果，九月十五日。

一八五七年六月二十日。在鳕鱼角和一妇人交谈，她说滨梅显然要比樱桃好。

一八五七年七月六日。看到的滨梅并不多,都被橡皮虫啃成半月形了。

一八五七年九月十九日。滨梅快要熟透了(与一八五九年九月十二日所见相同)。

一八五七年九月二十日。滨梅现在熟透了,而且特别好——和人工种植的梅子一样好。我在克拉克家屋后采了一小捧,深紫色的果子带着果霜,大小仿佛一颗大的葡萄(不过更加椭圆,大约四分之三英寸宽,更长点)。

从缅因海岸往陆地的四十英里内,都有滨梅分布。

马利筋

马利筋,九月十六日。

最早成熟的马利筋的荚果大约在九月十六日就飞起来了。在飞行中播撒种子则在十月二十日到二十五日。(我甚至春天也见过它们飞来飞去。)这种荚果很大很厚,上面有刺毛依附,刺毛向四面八方伸去,就像华贵的饰物。如果把荚果打开仔细打量,会发现它犹如一个小盒子,或更像一条独木舟。干燥后,它们就飞得更高,沿外侧的缝开裂,把种子撒出来。这些种子棕黑色,扁平,上面也有些短绒毛,利于飞行。这些短绒毛就像没有半点污渍的丝线,层层叠叠摞在一起,被剪得断头朝上,难怪孩子们称马利筋种子为

"狮子的鬃毛"或"丝绸鱼"。的确，它们看上去还真像一条身子团团、头部棕色的银鱼呢。

这些种子像一匹匹丝绸，挤在一个外有柔软刺毛的细长荚果里，一个荚果有时竟可容下两百粒（我数过，一个里面有一百三十四粒，还有一个两百七十粒）。这些小种子形状像梨，丝毛则凭借插入种子核的另一端供给营养，随果核分裂这些丝毛之间也会分开，大约一至两次吧。

就果实大小来说，若种子成熟，不再需要从植株上吸取营养了，就会萎缩。荚果渐渐脱水以后，加上霜冻相逼，便会开裂。这一来，那些种子就飞了出来，有的还打开棕色鳞片好似浑身长了刺一般，而曾经供种子养分的丝毛现在则发挥了浮筒的作用，像蜘蛛网般托起这些种子飘到远方。就这样，这些远比最精美的丝线还要精美的丝状物一下变身为托起种子飞翔的工具。

通常下过雨后，马利筋的荚果开裂——接连几场阵雨后，荚果从下面裂开，露出部分种子。因为这些绒毛原本紧贴着缠绕在种子上，所以种子上部外侧的绒毛先展开。荚果越来越干，裂口也越来越大，先露出的部分种子会先脱离荚果。这时那些绒毛成了长长的缆线，就等着放船儿出发。一阵风吹来，这部分种子就顺势飞出荚果，这些绒毛又会变干组成一片网，像浮筒那样帮助种子飞远。这时这些飞出的种子团会有拳头那么大。邻居这样形容它们：马利筋像要把自己甩卖掉一样。

极少数的种子飞不了多远就掉到地上，但等到大风再起又能飞多远也未可知。再过一小会儿，就会发现其他的种子已完全打开，里面只剩下褐色硬核。种子的表面很光滑，颜色是浅浅的干草色，像非常精美的床单一样把核裹住。

九月底，打开阁楼的床，坐在窗台上，会看到眼前飞过许多马利筋属的其他类美丽种子，其实这些小东西里面已经空空如也——不晓得邻家院落里长了多少马利筋草。我在田野的洼地里看到过这类植物，或许因为这里风不大它才得以安身。那些长在平原和山头的往往更能不费周章就凭借强风把种子带往远方，长在平静洼地的则似乎与世无争，懒得和别处的同类分高下。一天下午，从康南顿过李家桥（Lee's Bridge）到林肯郡，要经过米塞利山（Mount Misery）①，在那里的克莱马蒂河旁一处不大的草甸子上，看到马利筋伞形花序顶生的果，现在都冲天开裂了。我把一些种子掏出来，发现部分的绒毛很快就一下弹开并伸展开来，随即形成一团团半圆形的平面，但彼此不相连，根根都银光闪闪。有了这样的绒毛翅膀，那些种子就能不受气流影响而飞得平稳。我放开这些种子，让它们飞到空中。起初，它们好像还摸不清方向，只是缓缓升起，被看不见的气流弄得左右摇摆，我还担心它们会像失事的飞机一样相撞掉下来呢。可是这样的事并没有发生，眼看就要掉下来了，又被更有力的北风托起，升高，飘过了戴肯·法拉尔加的小树林（Deacon Farrar's wood），盘旋升起，升起，继而飞得更高，一直到离地面一百英尺高的空中，然后向南飞去，再也看不见它们了。

就像劳里亚特先生②的好友关注劳里亚特升空一样，我也那么认真地关注这些种子飞高飞远。说实话，它们落到地面并不会有什

---

①梭罗手稿上注："一八五七年九月二十四日"。
②劳里亚特［Louis Anselm Lauriat，（?）至一八五八年］，一八〇六年从法属西移居马萨诸塞州。一八五三年七月十七日，他乘热气球升空，此后十三年间他又多次（近五十次）乘热气球升空。

么危险,天黑后空气潮湿冷凝,它们或落在树林间适宜生长的土里,或又被什么气流带到偏僻谷地,这趟旅行才算结束。然后,它们发芽生长。

就这样,一代又一代,马利筋长遍了这里的湖畔、林间和山顶。它们的播种方式多像那些形状各异的热气球一样飘向各地!有多少亿万计的种子就这样任风儿吹着,飞向四面八方,飞过山冈、草原和河流,在风平静下来之前,它们行经多少路途,才在新地方安身立命?谁又能算出它们穿越过多少英里?我数不清,也弄不明,但新英格兰的种子可能会在宾夕法尼亚长大发芽。不管怎么说,就是觉得这些种子的冒险旅行有趣,无论是否成功都很有意思。为了飞得更远,那些丝毛花了整整一个夏天让自己日臻完美,并严严实实包裹在种子身上,静静躺在荚果里。就为了秋天来临可以飞远,不,一直飞到来年春天。但以理[①]和米勒[②]这些先知声称世界就要在今年的夏天毁灭了,看到这些飞来飞去的马利筋种子后,难道还会有人相信这预言吗?

我带了两颗已经开裂的马利筋荚果回家,这两颗荚果里每天都会蹦出一些种子,看着这些种子慢慢盘旋飞向高空,然后消失在天涯尽头,非常有意思。从它们升空的速度可以测出空气的湿度。

快到十一月底时,眼看就要下雪了,却在路边看到些马利筋荚果,里面已经没有那些丝线般的东西了。看来过去几个月里,这些荚果已经把种子撒了个干净。

---

① 但以理(Daniel),见《圣经·旧约》的《但以理书》第七至十二段。
② 米勒(William Miller,一七八二至一八四九年),曾预言耶稣将于一八四〇年三月二十一日重返人间。其信徒为米勒教派(Millerites)。

寒热树

九月十六日。寒热树的果子熟了。

一八五四年八月二日。康南顿的寒热树果子还得等两到三个星期才会完全成熟。

一八五七年九月十六日。有些已经熟了。

一八五八年十月五日。寒热树的叶子全都变成明亮的柠檬黄，衬托得树上红红的果子更鲜艳。

一八五四年九月二十四日。寒热树上的果子大多通红了，但还有些仍然绿绿的。和大多其他浆果相比，寒热树果的味有些辛辣，让人仿佛身处香料群岛①。那种味道就是柑橘皮的味道。十月十五日，就没看到树上有果子了。

一八六〇年九月二十一日。一星期前已经有熟的了，但大片熟还得等一段日子。尝了一下，俱是柑橘皮的苦辛味道，几乎都结了果。我认为这种热带来的植物就算开花也开得少——这种在温带并不多见。

---

①香料群岛（Spice Islands），就是摩鹿加群岛（Moluccas），印度尼西亚东部、西里伯斯岛和新几内亚岛之间的一组群岛。葡萄牙人于十六世纪初期发现，并定居于此；十七世纪被荷兰人攻占，从而将群岛作为香料贸易的基地。

山柳菊

山柳菊的绒毛在飘舞招摇。九月十八日。

九月中旬,山柳菊很多花都遭到霜冻袭击而凋零,这一来就只看得到籽了。九月十八日,有两三种属于山柳菊的草已经撒种了。秋天的树林里,这些黄色的小球状果子很有特色,引人注目。就像几个月前,五月天里草甸子的蒲公英一样。

香杨梅

香杨梅结果,九月二十二日。

一八六〇年九月二十二日。从费厄湖(Fair Haven Pond)回来,见到河边草甸子上很多香杨梅的籽都在水下结了冰。那些种子都是被大水冲到那里的。我的手指也被它们染上了色。原来,它们被定格在那里了,但有的还在那里轻轻波动,似乎在刷洗自己。

一八五四年三月五日。纳特草甸(Nut Meadow)上游部分的溪流边,长了很多香杨梅。几乎伏在水面生长,所以常常或被水没过,或遮住水面。

一八六〇年九月二十一日。这里的水不深,却黑黑的,脏兮兮的,水下就是烂泥。这里的香杨梅可都结果了。这些马醉木类植物本是水中生长,白人来后被逼到水边安身。

一八五〇年十二月十四日。在罗玲湖(Loring's Pond)上的一个小岛上，发现水边冰层下有一些低灌的植物，发出带辛辣的香气，就像香蕨木（sweet fern）那样的气味，而且根蔓缠绕，婉曲动人。我打捞出那上面的果子，擦干后打量，看起来很干燥，但摸起来滑腻腻的，在我手上还留下一些黄色的污渍，好些天后才洗掉。那几天里，我手上一直有股药味。

一八五一年八月十九日。纳特草甸溪流边的香杨梅，绿中带黄，还没有那种油腻腻的东西。

一八五九年八月二十八日。看到香杨梅的果子变黄了。

一八五七年十一月十九日。穿越了一片已经结冰了的草甸（不是J.赫斯迈家的就是魏勒家的地产），走到阿萨贝特河边。一路上都闻到香杨梅的气味，令人愉快。

说到香杨梅，杰拉尔德写道："枝头上先长出很细幼的叶子，然后再长出成排的小花朵。"

铁线莲

铁线莲，九月二十二日。

一八六〇年九月二十二日。长出羽状复叶，但还不够明显。第二天，在康科德的铁线莲就长出了羽状复叶。

到九月底，铁线莲的羽状复叶都长出来了。又过一个月，叶子几乎掉光了，都落在一棵矮矮的树上，乍一看还以为这棵树开满了白花呢。在《自然学者学报》(*The Journal of Naturalist*) 上，有人发表文章说这是英国的品种："在岸边的老鼠洞洞口常可见到它们带着羽状叶子的枝干，也许其果实可以在艰难时期成为老鼠的食粮。"

七叶树

看到七叶树结的坚果，九月二十五日。

一八五九年九月二十五日。这些坚果撒落在路边。形状简单但色彩好看，就像一小块桃花心木，还带点儿金斑纹理和曲线。

宾州杨梅

宾州杨梅，九月二十一日。

一八五四年九月十六日。妹妹在普林斯顿看到很多宾州杨梅。

一八五九年九月二十四日。虽然还没有灰到铅灰色那种程度，但明显都熟透了。这里这种东西并不多。它们叶子还没落，也还没变色。倒是在叶子已红并开始飘落的越橘树丛或凤尾蕨里，很容易发现它们，因为它们还是绿绿的。

一八五九年十月十五日。都没了。全被鸟吃了。

一八六〇年九月二十一日。也许熟了吧，但是照理说熟了的颜色会更灰更浓，果子看上去也没这么多水分，应该皮皱皱的呀。

斑叶毒芹

斑叶毒芹,九月二十五日。

比奇洛说过:"就算在野外饿死,植物学家也不敢随便采摘身边那些自然生长的、有复伞形花序的水中植物充饥。但看到禾本的植物,或看到结着圆圆的果子的另外一些形态的植物,植物学家会考虑采食,因为这样的植物看上去不像有毒。"

一八五九年十月二日。那些复伞形花序的果子落了,播下了种子,看上去很漂亮。斑叶毒芹就是其中之一。花序的凹面平展铺开。各种复伞花序就像天空里的那些星星那样。它们和星星心心相通。

椴树

九月二十九日,看到椴树结果。

一八五四年九月二十四日。果子干干的,棕色。

一八五六年一月二十七日。德比铁路桥河里的雪上有坚果,我认为就是椴树的,大约是从上流漂过来的。

一八五九年九月三十日。有些椴树果变成棕色了。

米肖说,十月一日左右,椴树果就熟了。

美洲悬铃木

悬铃木的果,九月三十日。

一八六〇年九月二十七日。这些小圆球几乎没露出半点红色。

一八六〇年九月三十日。昨天一场霜冻,它们都变成红色的了。

一八五八年十月十二日。看到那些叶子落了大半的树上,小圆球伸出头来了。显出红色或棕色,比起一个月前看到的要深沉得多。

金钟柏

金钟柏结的毬果,十月十一日。

一八六〇年十月四日,和十月一日看到的一样。

糖槭

糖槭,十月一日。

一八六〇年。十月一日,一场非常大的霜冻后,所有的槭树果都变成了棕色。

一八六〇年十月八日。都成棕色的了——翅果的翅也好，果也罢。肯定是十月一日那场大霜冻把它们催熟的。

一八六〇年十月二十五日。小树上的叶子都落光了，槭果还在树上。

一八六〇年六月十九日。看到一些还没长大结子的槭果已经落到了地上。

木槿

木槿蒴果，十月一日。

一八五六年十月四日。果荚裂开，种子落了下来。

玉米

玉米长好了，十月一日。

大约九月一日或更早些日子就能看到人们动手打掉玉米顶端的叶子。

八月初，结了玉米，绿绿的。

记得有人把煮熟的玉米拿到人多的地方去卖，还冒着热气呢。父亲告诉我，当年黑人妇女把煮好的嫩玉米顶在头上，拿到城里卖，白人则叫住她们，现买现吃。

九月一日左右，人们开始打顶上的叶子，掉下的叶子堆在地上，看了让人想起人群聚集的地方，扔在地上的玉米皮。

到了九月底或十月初，人们开始砍倒玉米秆，收玉米了。有的年成里，甚至到十一月中旬还可以看到地里有没砍下的玉米。

杰拉尔德说：

> 这种火鸡麦（即玉米）的杆像芦苇的相似，里面是一些海绵状有小洞的组织。每棵高五到六英尺，有些结节，靠根处粗，多呈紫色，往上渐渐变细。玉米叶又宽又大，也和芦苇叶一样中间有叶脉。玉米顶部和芦苇一样长出穗，分成多缕垂向四方，穗里没有种子，但有花粉。玉米的花或白、或黄、或紫，这也决定了日后结出的玉米粒的颜色。玉米粒结在玉米芯上，玉米芯从结节处长出，一株玉米可结棒四到五根。玉米棒外裹有数层叶状物，如箔，称之为玉米皮。玉米棒顶露出一些柔软细长的须状物，类似香薄荷上的细流苏样的须，不过更长更粗。这些玉米须贴着玉米粒长在玉米芯上。玉米粒有豌豆那么大，一侧紧贴玉米芯，朝外的一侧圆形，颜色或白、或黄、或紫、或红，每一圈有八到十粒，味道略甜，很不错。玉米的根多且粗，根须也很多……
>
> 这种谷类我们吃得不多，对它的好处也了解甚少，但那些没开化的印第安人显然早就能对其加以利用了，将其作为主食和日常必需。显然，这种东西营养不多，难于消化，更适宜做猪饲料。

林奈转引詹姆森在《哲学日记》(*Philosophical Journal*, 一八二五年)中引用斯考韦①的话："粮食类作物为数可观,可以将世界上的粮食分为五大类:稻谷、玉米、小麦、黑麦,最后就是燕麦。前三大类种植最为广泛;其中,玉米适应性最强,稻谷则被最多的人视为主食……亚洲是稻谷主要产地,美洲则是玉米的主要产地。"

一八六〇年九月十八日。根据收集到的所有资料,可以证明十月一日前收下的玉米几乎都不能磨成粉(尽管听说有一个品种早熟,九月一日就可收下磨粉)。只有到了十月,包在玉米皮里的玉米粒才会长成饱满而且水分少。但在此之前,九月初吧,表面开始变得坚硬光滑时,是无法烹煮的。

一八六〇年十月七日。去了海登家的地和谷仓。他正高高兴兴地数着一株玉米上结的玉米,可见是丰收在望了。由于是早熟的品种,玉米棒结得不长,也不算大,但都很饱满,每根都粗粗的。他起劲儿地大谈连同自家山坡在内,估计能收获四万蒲式耳。他很得意地打开谷仓,让我看了他的黑麦和脱粒的玉米,那些玉米皮要等他闲下来再搬走。所有的玉米都会拿去喂猪或其他家畜,原先喂的三头猪已经杀了,就扔在谷仓地上,杀后还足足有一千二百磅呢,已找到买主了。听说有位老兄光卖猪油就得了七十五美元。

十一月二十二日。一星期前就听到人们剥玉米皮了,但地里还有不少的玉米没收。

布兰德在其著作《名言俗语》里这么描述农家喜获丰收:

---

①斯考韦(Schouw),身份不详。

据马克洛比乌斯（Macrobius）所言，异教徒家庭的一家之主在丰收之际，总会宴请家中仆人，因为他们在地里辛苦劳作了一年。这和基督徒们的做法完全一样——地里种的东西收回家后，家里的雇工、仆人也能享用一次丰盛大餐。款待所有的人，这合乎风靡全世界的现代革新理念：人人平等。我认为异教徒的也罢，现代的也罢，都来源于犹太习俗……因为犹太人有喜庆丰收便大摆筵席的风俗。

古人有"敬拜瓦希娜"一说，瓦希娜（Vacina, or Vacura）是一个女神，丰收时人们向她献上祭品……

古代的英国人收获最后一批玉米后，就会用玉米做成一个人偶，这就是"丰收人偶"[①]或"玉米宝宝[②]"。有人说他们这样做是以此象征克瑞斯[③]。还有人说："男男女女都会围着这个人偶跳舞，领头的是一个打着鼓或吹着风笛的人。"

在威灵顿的德丰郡，教区的神职人员告诉我，这一带的农民收获完毕后，就会把最后收获的那些玉米棒捆扎成稀奇古怪的形状带回家，吊到饭桌上方直到来年。一旦拿走，这家的主人会认为很不吉利。这叫做"可耐克"。

另一人说："砍下玉米后，大家聚在一起，做一个可耐克放到中间，大家举起来，并由中间一人大喊三声可耐克，大家跟着喊。然后，为头的人念道：

[①] 丰收人偶，Harvest Doll。
[②] 玉米宝宝，Kern Baby，Kern 即 Corn 的谐音。
[③] 克瑞斯(Ceres)，罗马神话中谷类的女神，犹如希腊神话中的得墨忒耳(Demeter)。

砍干净了!捆干净了!

脱干净了!地里收拾干净了!

然后发出呜呜声,大家也跟着欢呼……"

欧金·阿拉姆①的看法是,什么丰收宴会呀,欢庆丰收大餐呀,"都不过是人们欢庆丰收的喜悦表达,也是对老天爷的慷慨表示感谢……"

德丰的人常常在欢庆丰收时唱这首《丰收歌》:

我们耕地,我们播种,

我们收割,我们捆扎,

收获的庄稼高高兴兴扛回家……

佛罗里达茱萸

佛罗里达茱萸的果子,十月一日。

一八五六年十月二十七日。珀思·安博伊的佛罗里达茱萸上,红红的叶子中那些红红的果子分外惹眼,成了知更鸟的美食。

---

①欧金·阿拉姆(Evgene Aram,一七〇四至一七五九年),英国语言学家。

温桲

温桲结果，十月一日。

一八六〇年，我们这里的温桲果实还没长好，十月二十九日开始采摘。

一八五九年十月十二日。苹果已经被收获了。温桲果还没被收获。也许果实的棕色外皮保护了它们吧。

这些果实最好的部分当数其芳香。就凭这，也值得将其进行人工种植，让家里充满芬芳。

普林尼说："人们抓住它们的树枝往下拉，不让母体树多发新枝。"同样，人们把这种果实放进客厅，或者挂到房间的神龛上，一定也是因为这种香气吧。这总比就这么放进罐子里储藏起来好。

鬼针草

鬼针草的瘦果子像扁虱，十月二日。

一八五六年十一月十日。在珀思·安博伊，走到野外，我的衣服上常常被这些扁虱样的瘦果粘上。它们有的大，有的小，但都有毛刺。

芹叶钩吻

芹叶钩吻①，十月二日。

一八五三年三月六日。芹叶钩吻的蒴果已经把种子送出来了。但落到地上的相当一部分仍然没有开裂。

一八五三年十月三十一日。种子显然很快就要从蒴果里出来了。蒴果几乎就要开了。

一八五六年十月十五日。大部分种子已经掉到了地上。

一八五三年三月六日。没看到新掉到地上的蒴果，大多都是掉在地上很久的了。看得出来，去年结得很多，今年还没有结。果子像柏松的松果，呈五角形，但有一点扭曲。

黑云杉

黑云杉，十月五日。

一八五七年五月三十一日。杉树果冒出来了，直直的，但最后还是往下垂。

一八五七年十月二十日。看到松鼠在那里剥杉树果，显然是要把它们吃下肚。

一八六〇年十月二十八日。再也看不到杉树果了。

---

① 芹叶钩吻，常绿藤本，枝光滑。叶对生，花小，黄色；蒴果卵状，椭圆形，长十至十四毫米，直径六至八毫米，分裂为两个两裂的果瓣。种子多有翅。

落叶松

落叶松,十月五日。

就像芹叶钩吻一样,落叶松去年结果很多,今年结的至今(一八六〇年十月二十八日)还没看到。

落叶松的果和柏松的松果一样有五角。

米肖说有些落叶松的松果"不是绿色,而是紫色"。

朴树

朴树果,十月五日。

一八五三年九月四日。果子绿绿的。

一八五四年九月二十二日。开始变黄。

一八五九年九月二十六日。还是绿的。

一八五九年十月十五日。多久才能熟呢?

一八六〇年十月六日。可能是因为遭到霜冻,才有了点儿铜褐色。

板栗

板栗，十月六日。

一八五〇年十一月二十二日。除了野苹果，与间或出现的酸蔓橘和核桃，散步途中没发现其他可以吃的东西。

一八五二年十月十一日。现在有板栗掉下来了。它的毛刺[1]已经裂开，露出里面的坚果。林间和大路边的落叶里就藏着不少板栗。松鸦和红毛松鼠一边在树上摇晃想弄下板栗，一边各自尖叫或嘟囔着。

十月十五日。昨晚的雨加今早的风，使板栗掉了一地。我在林间捡板栗，发现毛刺壳里多半已经空了，但掉下来时还是发出很大动静。雨还没停我就来了，那时布里顿的小棚屋旁这条林肯路上还没有人来过呢，所以我就在林肯路上捡了好多。最有趣的莫过于在树林里那些踩上去咔嚓咔嚓响的落叶中寻觅板栗。这时的板栗颜色有种独特的新鲜光泽——这才是板栗的颜色。有人告诉我，说他曾买下荷里斯的一处板栗树林，砍倒树枝后随那些女人去摘。把树枝砍下后这些女人摘起来方便，效率也高。

一八五二年十月二十三日。板栗几乎都掉光了。

一八五二年十一月九日。今年的板栗（无论是连同毛刺壳一起掉下的，还是自己掉下的）和往年一样多。今年结的松鼠可能都吃不完。一下午，我就捡了三品脱，不过前几天捡的里面有一大半都霉了。这次虽然是从潮湿并已发霉的叶子下找到的，但个个都完

---

[1] 板栗的坚果包藏在密生尖刺的总苞内，总苞直径为五至十一厘米，一个总苞内有一至七个坚果。

好，也许这里曾经下过雪才会这么湿。但虽然湿，由于不发热，所以并没有霉。这些板栗个个都还有柔性，又很丰盈。大自然能让我从中感受到这么多美好，所以我喜欢采集它们。

十二月二十七日。捡到很多板栗。

一八五二年十二月三十一日。在索米尔溪摘捡板栗。一星期以来，我花了很多时间用手和脚在落叶里扒来扒去，初步了解到板栗树是怎么种的，新板栗林又是怎么形成的。最先的板栗随着严寒的霜冻落下，树叶被雨水和大风不断地吹落，将这些板栗厚厚盖住。有时我不禁琢磨：就这样落在地上，板栗是如何自己长成树的呢？后来我发现今年落下的板栗已有相当一部分和泥土混在一起了，因为这些板栗上面的潮湿叶子已经开始发霉、腐烂，这一来就促使这些板栗变得潮湿而容易与泥土结合。今年，很大一部分板栗都被一英寸厚的落叶盖住了，个个都完好无损，避免了被松鼠发现而吃掉的命运。

一八五三年一月十日。下午去史密斯小树林，同行的还有四位女士。地上的树叶还没冻住，但看不到板栗，我用耙子在地上扒来扒去，就这样大家又捡了六夸脱半的板栗。在一个鼠洞入口我捡到三十五颗板栗。地上的很多板栗还在毛刺壳里没有脱落。姑妈发现一枝树枝，这显然是在很嫩的时候就掉下的，上面结了八个毛刺果。以那里为中心，周围很小的一块地方，全是板栗。

一八五三年一月二十五日。还在捡板栗。有的个儿大一些，打开一看，里面有两块果肉，像被用刀分好了一样，虽然中间没有什么隔断。

英文的板栗叫"chestnut",当然啦,果肉被放在小小的盒子①里嘛。

一八五九年三月七日。那些紧紧嵌在树皮缝里的板栗应该是松鸦、山雀等鸟类藏的,好等以后再回来啄开吃。

一八五五年十月十九日。午后,来到松树山捡板栗,正值小阳春。板栗不多,个儿头也小,显然刚从毛刺壳里脱落出来。

一八五五年十月二十七日。来到收费公路上捡板栗。正是捡板栗的好时候——它们都掉到了地上,树上几乎连叶子和毛刺壳都没剩下,更不用费神去摇树了。这些在地上捡的果子,想来是松鼠剩下的。西北风吹在身上很冷,远处,风吹过来的地方似乎已经在下雪了。

一八五六年十月八日。前几天开始,为数不多的刺毛壳开裂了,这下它们就会感受到即将到来的霜冻严寒了。但是如果不用棍子敲打,或不用石头摔砸,它们还是不会完全打开。我采了半口袋的毛刺果,手指上被扎了好多刺。松鼠已经掰下了很多毛刺果,上面还留着它们的小牙印呢。

十月十六日。刺毛壳全打开,可是即便朝树上的这些刺毛壳扔石头,一次也只掉下几颗。八日,这些刺毛壳还是绿绿的,现在已经成褐色的了,也干了,轻轻一碰,那些刺就掉在手上。可是那些板栗就是不肯痛痛快快出来。再过两三天,那些板栗就会掉出来了,不过松鼠也在赶着捡呢。

一八五六年十月十八日。正如我所预料的,板栗开始掉下来

---

① chest,也有盒子之意。

了。也许被雨淋后的刺毛壳要等到现在才算完全干，一两天后就会掉。这种刺毛壳里果实紧紧排放着，通常有三个板栗，把刺毛壳里挤得没有一点空间。靠外侧的两个板栗都是外侧弧状，内侧扁平；而中间那个则两侧都是扁平的。有的毛刺壳里的板栗不止三个。不过今年的毛刺壳较往年的小，一个里面往往顶多只有两个像模像样的板栗，有的甚至只有一个，就在中间。如此这一个就两侧都鼓出，而另外两个则瘦瘦瘪瘪，只有个空壳而已。不管怎么说，一棵板栗树总是非常壮观的——树冠拱圆形，发黄的树叶越落越少（树下都是落叶，如一块地毯，保护了板栗能继续存活发芽），枝干挺拔，棕色的毛刺果半开，露出里面深棕色的果子，好像稍稍碰一下就会掉出来。

单独看这些板栗很有意思。不同的季节，毛刺果里板栗数目会各不相同，板栗也会因之形态各异。但接连在毛刺果果蒂的那部分，总是颜色浅一些，然后又有一片不规则的深色，或新月，或椭圆，就像由多条腿的蜘蛛或虫子留下的痕迹。而板栗果的上端，也就是尖的那一端长着一些白色小绒毛，汇集在一星状的盖子下。整个板栗壳上部的斜面上都有那种很粗糙的毛，如同在半开的毛刺壳里被风霜打下了烙印。每颗板栗都有一根星状的细梗连着，一旦板栗熟了，就很容易摘下而不至于拽下时被刺扎得大吃苦头。厚厚的刺毛壳里，板栗能得到很好的保护，就像豪猪有那么锋利的刺保护一样。可即使如此，仍看到松鼠剥开、咬开还没裂开的毛刺果，把这些毛刺壳弄碎，扔得到处都是。

对了，我还忘了说，有的板栗里面有两颗果子，而且每一个都分别被各自的棕色薄皮包裹着。大自然为了让板栗能多长出一棵树来,或者为了使机会更多,巧意做此安排。

另外,我还看到有些地方从前有人用石头扔板栗,结果把板栗树的树干砸得遍体鳞伤,至今伤痕犹在,而这些大石块就在一旁。

十一月二十八日。在史密斯小树林里,意外地发现好久以前掉下的刺毛壳里还有板栗。不少已经坏了,但还有不少水分很足,比一个月前还要软,还要甜,我很喜欢。看来那些毛刺果掉下时,里面的板栗没被摔坏。

十二月一日。纽约街头看到的板栗比哪儿都多,到处都是人在吃烤栗子,有的栗子就掉到银行和交易所的台阶上。看到那里的市民捡到的野生板栗和松鼠捡到的一样多,我特别惊奇。原来不仅仅乡下孩子,纽约城里人也呼啦啦地拥去捡板栗了。吃板栗的不只有松鼠,马车夫在吃,卖报的孩子也在吃。

十二月十二日。从雪地里刨出些刺毛壳(就像松鼠一样地刨),里面的板栗虽然已经变色,也很软了,但味道非常好。

劳登引用普林尼的话说,"板栗烤着比用别的方法烹调都更好吃"。我完全同意。

说到板栗时,伊夫林写道:"我们英国人将板栗喂猪,而在别的国家人们将其视为宝贝。由于比别的坚果个儿都大,所以很久以来被乡下人看做补肾壮阳的好东西,对于男人来说,比咸猪肉更滋补,当然要和豆同时食用。"

劳登说,在法国"农民把板栗壳弄下来,然后穿上沉重的木鞋把板栗踩烂,便于随时派上用场……"

九月二十四日。迈诺特告诉大家,说他在弗林特湖附近想为磨坊找一处水源时,在一块岩石那里找到近一蒲式耳的板栗。他认为是灰毛松鼠藏在那里的。

一八五七年十月五日。看到一只红毛松鼠扔下毛刺果。

十月六日。看到树林里有几个毛刺果裂开了。到处都有红毛松鼠和灰毛松鼠往下扔果子。站在林子里，只听见果子掉到地上的声音。

十月二十二日。该采摘板栗了。

板栗被包装储存在一个多么好的盒子里呀。我手上就有一个绿色的毛刺果——圆圆的，直径约有三分之二英寸，从里面取出了三颗饱满的板栗果。它长在一根结实但不长的梗上，这根梗直径约十六分之三英寸，非常有力地支撑着它。毛刺果的周边都开裂了，所以能很清楚看到厚厚的内壁（约有八分之五到四分之三英寸厚）。造化就这样疼爱自己的宝贝们，如此精心安排来保护它们——先是用约有半英寸长的绿色尖刺设下第一道防线，就像一只刺猬卷成一个球一样。坚果顶端的星形叶的突出比那些毛刺软一些也短一些，它们三三两两簇拥在一起，形成第二道防护。这些毛刺长在厚厚的壳外面，那层树皮一样粗糙的壳里还有一道道像犁垄的纹路，并有一层薄薄的内衬包裹住板栗。板栗底部挨着毛刺壳，以便从枝梗吸取营养。这里没有任何部分是多余的，整个壳都安排得天衣无缝，满满当当。如果说有的板栗没长好而成了瘪的，那也能当是塞箱子用的废纸。

小板栗果就躺在这样一个精美的摇篮里。在大树的支撑下，小板栗在摇篮里多么安稳呀。即便有动静也是轻柔的，就这样板栗果被好好地托着，无忧无虑长大。周围的墙厚且结实，而且还可以随着小家伙长大而扩伸。板栗果的外表本来已经很坚强了，但它们还是被安排在那样万无一失的摇篮里，一直到它们绿色的外壳长硬，变成棕色才让他们出来。

打开这个小盒子的钥匙，就在小盒子自己手上。啪一下，盒子盖掀开了。十月的风一下吹进了小盒子，把里面的板栗吹干催熟，然后猛地一阵发力，把它们哗啦啦一下和枯黄的叶子一起倒到地上。随着十月的风一下吹进小盒子，同时阳光也照了进来。阳光为板栗果涂上一层清纯的红棕色，我们称之为板栗色。现在，为板栗着色的工作进展迅速。延绵几百英里的板栗树顶上，阳光钻进每一个打开的刺毛果，这种着色工作无需搭梯子爬高，也不用马拉着从一棵树跑到另一棵树，就这样为每颗板栗披上了一件着色的外套。否则，人们怎么知道这些板栗已经长好了呢？就这样，这些板栗还会得到进一步的保护，不仅那些毛刺继续在外面守护，板栗果最显露出的顶端部分也被一层丝绒般的毛盖住。最后，它们才被扔到厚厚的落叶上——这是一颗真正的板栗果，将要开始一段真正的板栗生涯。

每一颗板栗里面都有一层天鹅绒一样的软皮，灰白略带红色，就像生怕板栗掉下或被撞击，要提供保护一样。揭开这一层，才是板栗肉。就这样，一层层被包裹，大致数数也有六层，才能看到果肉。

即便如此，使劲儿摇晃板栗树是否太过野蛮？我真后悔自己曾经这么做过。轻轻摇动是可以的，但最好还是让风儿去摇动它们吧。得到一颗没有一点苦味的板栗——那一定很好吃，一定要心怀感激。

一八五七年十月二十四日。在史密斯小树林，我在板栗树下由外向内仔细用手扒开地上的厚厚落叶,一直扒到树干,就这样又捡到两夸脱板栗,其中一多半还都是在同一棵树下捡到的。相信如果坚持的话,还能捡到更多。找好一棵树,然后从外向内用右手扒开树叶,左手抓住筐,就这样一圈圈地越来越靠近树干。每圈能扒开的叶子约有两英尺宽。不妨认为把那里的都捡起来了。最好能把这简化成一种模式。当然,得先抱着树摇摇,看树上还有没有剩下的板栗果。一般总是两三个一起掉下来,所以地上看到的也往往是几个在一起。

那个午后,我一直独自在那里捡板栗,只专注把树叶扒开,头都不抬一下。我干得很投入,忘记了还有什么比这更美好。后来我不时起身透透气,也不时有些新的感受。这好比一段美妙的旅行,让我仿佛身临其境。同时,这也是一段小小的历险。我不断发掘印第安人的古迹,所以在这方面我是训练有素,眼光敏锐,习惯盯住地面而不是仰视天空。我在那里蹲身扒开树叶的几小时,不光想着板栗,而是沉浸在更富有意义的一些思考中。干这件事可以常常休息,还总有机会重新开始——展开新的一页。

听到远处传来大石头块扔到树干上发出的闷闷的声音,那是些小孩在找板栗。

一八五七年十一月九日,今天我的一个同伴[①]给我讲了乔治·梅尔文的故事,当然是说笑的:一次乔治指示乔纳斯·梅尔文去寡妇希尔德蕾思家的小树林里采板栗。这两人可能都在希尔德蕾

[①]根据梭罗日记,他说的同伴指的是雅各布·法默(Jacob Farmer),此人身份不详。

思家干活。于是乔纳斯就赶着牛车拉了几把梯子去了那里,还邀了另一个人同去。忙乎了一天,只采到半蒲式耳。

一八五八年七月四日。在新罕布什尔的罗顿,看到一棵板栗树。第一棵树映入眼帘,然后就不断地看到。

一八五九年十月十四日。虽然掉下的板栗已经有一些了,但一般都还在树上。一棵树下有很多毛刺果,显然不是松鼠扔下来的,因为上面看不到松鼠牙印。这些毛刺果也没怎么开裂,所以并没有板栗掉出来。由此可见,并不是所有的毛刺果都等到霜冻开裂后才掉下来。

乔什利说:从前,这一带的印第安人常以一蒲式耳十二便士的价钱把板栗卖给英国人。

一八五三年三月七日。又捡到一些板栗。相当多的已经变酸、变黑了,或者因为潮湿变软、变坏了。在那些不那么潮湿的地方——比方说树干的根部,那里的地势高些,加上还有很厚的树叶垫着,板栗仍然很好,味道也甜,没有干抽抽,也没变酸。能保持这种状态大概也就能发芽长成大树了。我在索菲娅的花盆里种了一些。无疑,老鼠和松鼠对这些板栗保护有加,让它们保持干燥而又不至失去太多水分,这样就能发芽,当然也能成为很好的口粮。

一八五三年三月二十日。在弗林特湖一处岸边斜坡上的落叶里,拾得一两把板栗。它们颗颗饱满甘甜,但几乎要发芽了,一点儿也不像在史密斯小树林里捡到的那样。看来这里要比较暖和,也比较干燥,它们才得以平安过冬。现在,这里就要长出一片新的栗树林和橡树林了。

各种核桃

核桃，十月十三日。

一八五二年五月七日。山冈上，核桃树下的地面上尽是破了的胡桃壳，就像从前的餐厅那种没清扫的狼藉，原来都是松鼠咬过的。

一八五二年八月十八日。几星期以来（从八月三日开始），闻到青核桃那种令人神清气爽、感到活力和振奋的香气，总会浮想联翩，今天才想到也许这正是向人们提示：这种大树的根扎在大自然的深处呢。核桃壳气味芬芳——那就是来自大地的生动活力所散发的气味。这是我们这里生长的一种果实，我喜欢这种果实，它们看上去就像东方的肉豆蔻。总觉得它们的气味也像山核桃的那样，是严峻和轻盈的混合。把两颗放入掌心摩擦挤压，就会闻到几乎和肉豆蔻一样的气味，不过更加强烈一些，同时多了几分粗犷，这是核桃树上这种坚硬如石的果子的特有防线。由于它们的香气芬芳而且浓烈，所以也是很好的香料。

一八五二年九月二十三日。地上有很多榛子和山核桃，都还没从外壳里脱落出来。把核桃放在手里搓，有一种清漆的气味。

一八五二年十月二十三日。看到很多少年在打山核桃，打下的都是球果，核桃还没从里面掉出来。

一八五二年十月二十四日。看到孩子们在远处的山坡上打核桃，二十八日也看到了。十月是采酸蔓橘和打核桃的月份。

一八五三年十月二十七日。现在可以去捡核桃了，这是一年到头最晚结出的坚果，也是最坚实的坚果。

一八五三年十月三十一日。核桃丰收的季节。我用一只小棍敲打核桃树，落下一阵核桃雨。不过还都在球果里没出来。

一八五三年十一月一日。捡到一些光滑山核桃的果。有些则是用根子敲打树得到的。当时我边敲打，边想这活动只怕还是漫长冬夜里一种好玩的游戏呢。剥出来的不到一半，但剥完之后手指上会留下核桃好闻的香气（当然红毛松鼠很不赞成我这么做）。

一八五三年十一月二日。在阿舍（Asher）家的地边那片山毛榉林里，我捡到一些光滑的山核桃。它们刚长好，所以这时去能抢个先，采到够多的山核桃（核桃则可以从十月一日采到十一月一日）。

一八五三年十一月六日。现在正是采山核桃的大好时机。这些山核桃又大又好看，品种多样，壳的形态、大小也各异。最常见的像一根小圆棍，在一端略略变细后又还原；有的长度几乎为宽度的两倍；有的上面部分扁扁的，几乎不像核桃（比如山核桃）；还有的光滑山核桃不但是倒卵形，个儿还特别大，直径就有一又四分之一英寸呢。

一八五三年十一月七日。我摇了两棵核桃树。其中一棵上的核桃早就摇摇欲坠，所以我一摇树，哗啦哗啦，那些核桃就从圆果里掉了下来。另一棵树似乎还没到时候，所以掉下来的不多，而且都还没有从圆果里分离出来。这个季节——十月底了——可以摘到最好的核桃，也就是最小的那一种光滑山核桃。捡得一配克，其中一半都是圆果。我特别偏好核桃的那种清甜、香醇的味道，甚至认为即使把每年秋天都用来捡拾最小的光滑山核桃也很划算。有些核桃个儿大、堂皇华贵、味道又好。我们可不敢小看任何来自大自然的馈赠。大自然赐予的每一份礼物，哪怕再小，也应怀着赤子之心欣然接受，并且能更多看到这些礼物背后的意义，而非物质价值，才能真正理解大自然的心意。就算小核桃没大的好，我也愿意装满篮子带回家。经过数次严酷的霜冻，又遭日头暴晒，还被寒风阵阵吹打，那些核桃才能从圆果中跳到地上来；有的甚至整个冬天都在树上。我曾经爬上一些核桃树，在树顶晃动树枝，但即使树枝掉了下来，那些核桃仍然岿然不动。这些核桃有多么好的防护呀，真令人印象深刻。有的外面那层圆果厚达四分之一英寸，里面还有层同样厚的内衬。就算好不容易把核桃壳弄开，也很难把果肉弄出来。我注意到那棵挂果不多的树上的核桃，尽管圆果也很厚，但圆果上已经有很多裂纹，似乎已经到了破壳而出的程度，只等人或松鼠甚至霜冻来加把力了。这样的确容易打开那些果壳。这棵树很硬朗，结的核桃也坚硬如石，只怕是专门为铁器时代的人准备的食品。我倒很希望看到人们只以浆果和坚果为食，但我也不会因此就不让松鼠抢在我们前面把这些核桃搬回去。

一八五五年九月二十六日。松鼠开始在山核桃树上忙乎了。虽然树上还覆着变黄变褐的叶子，而核桃也没落下。

一八五六年十二月五日。核桃树在蓝天下显得黑压压的，原来上面挂满了核桃。风吹干了上面的雪，现在去采摘应该不那么费事了。

一八五六年十二月十日。午后在山上捡了一包核桃。现在捡核桃并不轻松。这些核桃深陷在一两寸厚的雪里，树上也还有很多没掉下来的。能看到树和树之间有松鼠的足迹。

一八五六年十二月十六日。穆迪太太①说吃核桃像"耗子吃东西",这形容倒蛮生动。的确,吃核桃很需要聚精会神,不能像吃苹果那样还能边吃边看书。这还真是谈天闲聊时吃的东西。

一八五七年六月十二日。米肖说光滑山核桃的大小和形状有很多种,如圆的,椭圆的。此言不虚。

一八五七年九月二十四日。松鼠把很多山核桃都藏了起来。

一八五七年十月二十日。看到那个猎手②,背着满满一包核桃和伏牛子。

一八五四年八月二十日。在山上不时听到绿色的山核桃掉到地上的声音,还看到山雀在那里飞来飞去。

一八五三年三月六日。在李家山上的一棵树上获得些山核桃,装了一口袋,几乎都是好的。

如果有人因为爬上核桃树而摔伤了腰,我不会认为这人莽撞,而是他想认真采核桃。

米肖说山核桃"有气味",而且形状多样。"其外壳非常厚,而且极其坚硬",就是指的核桃壳。"果仁甜但分量少,而且很难从壳里掏出,因为壳里有间隔;所以得名如此,同时少见人将其拿到市场出卖。"

小糙皮山核桃"大约在十月初成熟……与外层圆果彻底分离,其圆果果壳厚度与核桃大小不成正比,但能使核桃的形状显得非常特殊……其核桃仁比其他的美国核桃都要大且甜,仅次于巴喀核桃"。

---

①穆迪太太,可能是爱默生哈佛大学的同学乔治·巴雷尔·穆迪的夫人。
②此处猎手,应指乔治·梅尔文(George Melvin),梭罗的好友。

光滑山核桃的形状多样，这是任何核桃都比不上的。"有的椭圆形，在圆果下看起来像无花果，其他的扁圆或圆形。"的确形状多样。

十月二日。观察到昨天落下了很多光滑山核桃，虽然大多都还是青绿色。

十月十四日。在贝克家的墙边有两棵核桃树，虽叶子已落光，但绿绿的圆果还挂在树上，风吹来绿果轻晃，着实好看。由于树叶都掉了，蓝天下绿色的果子颗颗分明，完全可以一颗颗数清。但附近其他的核桃树上都满是树叶。绿绿的果子，灰色的树干和枝丫，这就是光滑山核桃。

十一月十八日。现在该去采摘山核桃了。

十一月十九日。采山核桃去。今年这些山核桃还没熟。那些圆果里还没有掉出核桃来，果肉也瘪且软，一捏就没了。也许天太冷了。但的确是该采核桃的时候了，我摇晃那些树，好久才从上面掉下几个，硬邦邦的跟石头一样！这些石头般的果实和那些用来敲打它们的坚硬树枝非常搭调。

十一月二十日。这时树上的叶子几乎要掉光了，就是剩下的也是些凋零的。打开核桃外面那层圆果，就可以看到里面白色的壳。松鸦轻踩在树枝上也能让这些果子掉下来，如果周围是开阔的牧场，则很容易捡起。

九月十四日。虽然光滑山核桃的树枝很结实，还是绿绿的，但一阵风吹过，就会掉下很多。我捡了几枝带回家，每枝上面都有两三个圆果，大小如苹果，孩子们跟在我后面都觉得稀奇，猜不出这是什么的果子。

雪松

雪松结果，十月十四日。

十月十九日。结了多久了？至迟是十四日结的。

一八五三年十一月十六日。雪松蓝色的果子精美，令人赞叹不已。

一八五三年十一月十七日。梅森家牧场上，雪松所结的那种淡蓝色果子太美了，擦去那些果霜，在淡绿至蓝绿的松叶衬托下，美得超凡脱俗。

平铺白珠果

平铺白珠果，十月十五日。

一八五一年六月三日。在派克斯顿的阿斯纳邦奇特山上，看到大片的平铺白珠果，据说这里是沃塞斯特县地势最高的地方，仅次于沃楚斯特。我认为这可能是矢车菊，在我们这里的市场上也有。

一八五一年十一月十六日。平铺白珠果熟了很多。

一八五三年九月十一日。都长得很大了，但仍然是绿色的。

一八五三年十月二十六日。一种很特别的粉红色——精致、干净，却又很有朝气。

一八五四年三月四日。露出小小的果子了，多数有些干皱，我见犹怜。

三月六日。看见孩子们在采集平铺白珠果。

一八五四年九月六日。开始变红。

一八五四年五月十五日。松树坡南侧的北美脂松林里长了很多平铺白珠果。现在不采就没有机会了。

一八五六年八月十九日。还是绿色的，依旧在长大。

一八五六年十月八日。在史密斯山上的板栗树旁看到很多平铺白珠果，看上去刚好熟了，淡淡的粉红色，靠近果梗处有两道细细的纹，从形状来看，我猜想这是两片外层的花萼痕迹。

一八五六年十月十五日。在维娥拉姆兰波姬溪①附近看到很多平铺白珠果，与红棕色的叶子形成鲜明对比。现在它们饱受过风霜摧残了。

一八五七年五月二十一日。平铺白珠果又多又新鲜。去年它们结得特别多。它们藏在矮矮的叶子下，几乎平铺在地上，不蹲下身子还真发现不了这些深红色的果子。有些平铺白珠果直径半英寸，扁平，有点像梨。果子下端是很浅的粉红色，带点灰白。两片叶子之间长着花梗，花梗上结的果躲在光滑的叶片下，几乎匍匐在地上。那些叶子深绿色，上有棕色细点。就这样，它们发出好闻的香味。（看到它们，就知道很快能采到草莓了，每年都是它们引导草莓季节的到来。）

一八五九年九月十八日。看到的平铺白珠果既没长好也没有成熟。在花顶，有些形状像梨子一样，泛着白色。

劳登这样说起平铺白珠一类："鹌鹑果、高山茶、鹿蹄草等等

---

① 维娥拉姆兰波姬溪，英文名为"Viola Muhlenbergii Brook"。

都是这类……矮矮的，有些像阔叶石南或湿地兰。"

一八五二年八月十九日。从不开花。这些果子纯白如雪。

一八五二年八月十九日。哪些植物有平铺白珠果这样的香气？平铺白珠果、黑桦和黄桦、远志，还有硬毛伏地杜鹃。

一八五八年三月十七日。大自然如此宽容大方，连平铺白珠果这样的植物也能得到她的特殊安排，拥有如此芬芳——集柑橘、柠檬和肉桂的香气于一身，好叫我们不致犯困或萎靡。这个季节，湿地的水才刚刚退去，它们就袅袅婷婷地长了出来，而对它们的出现，最敏感的人恐怕就是我了。

一八五八年十月十四日。那些红松的小树苗不仅闻起来有泥土芳香，而且还有平铺白珠果那样的香味。（一八五六年十月十九日）于秋日在一些地方挖一下，就看到这种植物白色的根了，似乎只等时机一到就要往外长了。

一八六〇年九月二十三日。那些红松小树苗最嫩的根，发出的香味就是平铺白珠果的香气，在我房间里持续一个星期，久久不能散去。那种香气夹着泥土芳香，令人想到泥土。可见这种香气本就来自大地。

根据比奇洛的说法，以下这些植物都能发出类似平铺白珠果的香气：硬毛伏地杜鹃、榆绣线菊和平叶绣线菊等，还有桦树。

玛拿西·卡尔特一七八五年说，这种植物的果子要到次年春天才会熟。"松树林和矮橡树里这种植物最常见"，而且"有时孩子和鸟会吃这种果子"。

黑核桃

黑核桃。十月十五日。

一八五三年十一月十二日。尝了一颗黑核桃。果壳，半圆形，上面很多皱纹，果肉很大，但有浓烈的油滑味。

十月二十八日。核桃基本都掉到了地上，就连史密斯家的黑核桃也至少掉了一半。这些黑核桃的大小和形状有些像小青柠，但落地后吸取了地上的水分，于是有种肉豆蔻的香气。现在它们变成深棕色了。格雷说，在东部这种东西不多，但西部各州则很普遍。爱默生则认为，虽然东部不多，但在马萨诸塞州就有生长。这样看来，黑核桃还真是不一般呢。

米肖说美洲的黑核桃和欧洲的很像，不过更圆。

一八六〇年十月二十八日。黑胡桃已掉下了一半。

黄桦

黄桦结果，十月十五日。

一八五九年十月十五日。黄桦树的叶子都掉了，只剩下翅果挂在树上。不算长、厚实的棕色的外壳，现在成熟了，准备脱落。这些树是多么丰盈呀！就像当初有那么多树叶一样，现在挂了那么多果子。

粗皮山核桃

粗皮山核桃，十月二十几日看到的。

十一月十五日。在沃塞斯特捡了些粗皮山核桃，装了半个口袋。有些还是从树上摘下来的，不过大多都是从地上捡的。

一八五六年十二月十八日。听说有人从一棵粗皮山核桃树上打下的核桃就有十几蒲式耳。苏赫干河①边的一些粗皮山核桃树上挂着许多核桃，还没人收呢。

一八五九年九月一日。千万记得，这种核桃不能一次吃太多。有一年冬天，看到一小伙子的脸肿得都要裂开了。问他原因，他说他和年轻的妻子都很喜欢吃粗皮山核桃，秋天里就买了一蒲式耳回家，整个冬天，每夜都要吃上一些，才成了现在这样。

一八五四年十月二十。瓦楚塞特山上大多数粗皮山核桃都还没掉下来，为了抢在松鼠采光之前收获，应该着手出发了。

朝鲜蓟

朝鲜蓟②，十月二十九日。

---

①苏赫干河（Souhegon River），发源于美国东北部新罕布什尔，是梅里马克河的支流。一八五六年十二月十八日，梭罗驾轻型马车沿着这条河到新罕布什尔中西部的阿姆赫斯特，在那里的一个公理会教堂做演讲。
②朝鲜蓟，菊科多年生大型草本，植株高达一点五米，叶大、羽状深裂，夏季在茎顶着生直径为十五厘米左右的头状花，总苞片卵形，呈覆瓦状排列。通常在开花前收获头状花，取肉质总苞片和花托作食用。

有人说印第安人用朝鲜蓟做浓汤。

一八五九年十月二十日。挖回一些。现在得赶紧挖朝鲜蓟了，否则就要被霜冻冻坏了。我试了两到三棵；最大的那棵直径约一英寸，主根插入地下部分约六英寸，并分出许多次根。生吃味道很不好。

欣德说西北部这种东西长得非常多。

白桦和黑桦

白桦，十一月一日。

一八六〇年十一月四日。开始飘花絮①了。地上的花絮落了足足有四分之一英寸厚，持续了大约一星期。

一八五六年十二月四日。看到那些桦树上褐色的美丽鸟状果苞被阵阵吹落，然后落在那些已经铺有薄薄碎冰的洼地上。这些果苞是鸟的最爱，所以这一来简直就像为鸟准备好了一日三餐。从伯克斯波洛到剑桥②，这样的鸟儿的美食不知延绵了多少英里，而行人全然不知。能看出这点的人的确不多。

一八五六年一月十四日。白桦的花絮已经抢先把种子撒在树根周围了，这很可能是最好的种子。不知是被风吹落还是被人摇落，现在光溜溜得只剩下线一般的果穗了。

---
① 桦树的花雌雄同株，宛如柳絮，属菜荑花序。
② 伯克斯波洛（Boxboro），位于康科德以西九英里。剑桥，位于康科德以东十四英里。

一八五八年五月十二日。在草地上有一处微微倾斜的地方，水流到那里后就回流，而那附近的桦树都长成平行的几排，好像当年种子正是被一阵洪水冲成那样的，抑或是雪花落下后形成的沟垄以这种方式接纳了种子。

一八五四年二月十八日。黑桦果苞的这种模样最为常见。

一八五四年二月二十一日。白桦和黑桦的果苞不同之处在于：白桦的果苞往后弯曲，活像一只鸟。白桦种子上的果翼①也更宽，好似昆虫的触角。

和松树种子一样，桦树的种子也远远的被吹到雪地上。一八五六年三月二日，来到河对岸普里查德②的土地上。这一带的岸边和农田，树都少得多，可以说光秃秃一片。虽然下雪，但最近并没刮什么大风，看到河面的冰上有许多桦树种子和果苞，真令人意想不到。有的种子和果苞可能是松鼠走过时弄下的，但最近的一行十五棵桦树也在一百八十英尺之外的墙边呀。离开河之前，我又走到近处，发现冰上的桦树种子堆得更多了，但距离那些桦树还是有一百来英尺。它们几乎把雪全部盖住，让人看不出雪的白色，而桦树东边则一颗种子也看不到。这些桦树显然不愿让种子白白落掉。我回到河的东边，走了两百多英尺，我看见它们又撒了很多种子，或许往其他方向也能发现它们。这次撒下的主要是更容易辨认的果苞；那些不显眼的、带果翼的种子只怕已从果苞里吹走了。由此可见，大自然在多么孜孜不倦地播种。春天来临，就会证明她的

---

①桦树果序单生，果苞长三至七毫米，下垂，圆柱形。坚果小而扁，两侧具宽翅。
②普里查德（Moses Prichard），身份不详，就住在康科德的缅因大街上。梭罗很肯定这块地产是他家的。

勤奋是有回报的——新长出的桦树、椴木，还有松树都能证明。很多种子都被远远地撒到河那边的洼地里，春天河水涨，就会把这些种子带到草地上或更远的地方。我做过的试验证实：尽管果苞很快就沉入水下，但种子却可以在水上漂浮好多天。

劳登在其著作《植物大观》(*Arboretum*)中这样说白桦："很少成林，通常都是单独生长。"

至于常见的白桦欧洲品种，劳登说："根据帕拉斯①的记录，桦树在俄国是最常见的树种，从波罗的海到太平洋，任何大小树林里都有桦树。"劳登还从一位法国作者那里读到："普鲁士到处都种有桦树，它是一种非常宝贵的燃料，其种子能生长于夹缝中，保证林子里树木不致减少。"

北美脂松

北美脂松，十一月十四日。

一八五一年十一月九日。脂松的松球非常美丽——不仅皮革色的新鲜松果好看，那些已经不鲜活的灰色松果也很漂亮。松球上有许多苔藓，鳞片有序地贴在松果上，如同百物难侵的盔甲。在我眼里这些果子实在美得难以言表。那些很早以前就鳞片打开的松果已经把种子播了出去。我住的地方长着很多脂松，结出的松果个个坚

---

①彼得·西蒙·帕拉斯（Peter Simon Pallas，一七四一至一八一一年），德国动物学家和植物学家，曾在俄国工作。

实，宛若铁制，其脊笔直一点儿都不弯。

一八五四年八月二十九日。松鼠把一些松果剥开了。

一八五四年十二月二十八日。鳕鱼角的一位先生告诉加德纳船长①，说他从八十蒲式耳的脂松松果中只剥出一蒲式耳种子（带果翼）。欧洲松和法国松的种子拿到纽约，一蒲式耳能卖到两百元。

一八五七年四月二十九日。在约翰·霍斯梅家的脂松树上，看到树干两英尺高的地方有灰色的松果，围着树干一圈，准是二十多年前这棵树就从这圈松果中长出，这么些年它们就一直不离不弃地粘在那里，真是意志坚定。

一八五七年十一月十四日。松鼠把一些松果搬到墙根，将鳞片撒得一路都是。

一八五八年二月二十八日。在一片开阔地带，看到整整二十四颗松果被搬到一棵脂松树下，它们都有被咬过的牙印，但没开裂。显然是小家伙们弄到这里准备再转运的，但不知为何被落在这儿。

一八五九年四月二日。有一堆松果，足足有两百三十九颗呢。

米肖说："这种树成片成林，种子零星从枝上撒落。据我观察，种子一旦成熟就会在当年秋天被播撒到地上，零零散散，被风吹向四面八方。而松果总不知被什么捡到一起，四五个一堆，甚至更多，放在那里经年不动。"

一八五五年一月二十五日。在屋里放了三天，一颗松果就完全绽开了。一开始，它微微半开，形状非常规律也很好看；鳞片首先打开呈新月形平面，松果基底部那些原先聚在一起卷曲朝下的松针

---

① 爱德华·W·加德纳（Edward W. Gardiner），一八五四年十二月二十七至二十八日，梭罗赴南塔克特岛文艺协会演讲，就住在这位船长家中。

现在朝上摊开，或垂直于果芯打开，每一个像盾牌一样的鳞片都能长出十三道舌状瓣——不过实际上更为整齐。我这里的三朵松花都各有十三瓣。不过松果的形状是否为圆锥体、是否丰满也对花型有一定影响。白松的松果是长长的圆锥体，所以其鳞片呈梭形。

一八五五年二月二十二日。北美脂松的松果采摘时间必须合适，否则就不会在室内打开鳞片，也不会开花。我捡到一颗被松鼠咬下来的松果，虽然看上去形态完整，但就是不开。为什么在屋里或有的地方它们就会开花呢？大概是因为屋里干燥暖和，可以促使上面的鳞片打开，而这一来松果下部的鳞片就相应收缩。也可能有的舒展，有的收缩。我观察到松果上部的颜色要浅一些，有点像肉桂的颜色；而下面的红颜色深一些，是松脂使然吗？

一八五五年三月三日。在哈伯德家松树坡不远的一大片北美脂松林里，我捡了一个松果，很可能是松鼠秋天扔下的，因为在断裂处还看得到小小的牙印儿呢。它被大雪盖住，直到现在才重见天日。我把里面的松子都晃了出来。这颗直愣愣戳在地上的松果非常好看，不仅完全开了花，就连那些被摇出来的种子也长出了果翼——我手里不满一握的松子，三角形的颗粒，黑黑的，果翼却是肉色。看到这些果子，不禁想到一些鱼，像是灰西鲱[①]，这类鱼的尾巴总有点弯曲。

在另一处的某棵北美脂松树下，我看到许多松果，鳞片都叫松鼠剥开了，只剩下顶端的三片没动静，因为松鼠专拣有松子的咬，也就是靠着果芯部分咬，而那下面没有松子。从一些被撕咬的痕迹

[①] 灰西鲱（Alewife），一种与鳕鱼有极近亲缘关系的鱼类，原产于北美洲大西洋水域和一些内陆湖中。

来看，松鼠总是从基底部开始。在一些树桩上可以看到很多咬过的痕迹，原来松鼠曾坐在这儿吃松果。绝大多数掉到地上的松果都有松鼠的牙印——这就是松果掉下来的原因。

一八五五年十一月十四日。上午十一点钟左右，听到我房间窗户下有什么"啪"地一声，还以为是什么虫子翅膀的拍击声。后来才发现是七日那天捡回的三颗北美脂松的松果发出的，回家后，我就把它们放在阳台上。留神观察，其中一颗的顶部微微在动，接着发出很大的响动，那些鳞片也跟着一点点开启了。就这样，随着"啪"一声，顶部裂开，微微摇晃，所有的鳞片被从松果内冲出的力量逐渐打开。想来松果里的张力必须从一处释放，才能催开所有鳞片。

一八五五年十一月二十日。又听到那种啪啪声，赶忙跑到窗台上，在阳光下，七日那天捡回的另一颗松果也从顶端慢慢打开了鳞片。本来只有走到很近仔细观察才看得出鳞片打开了，但突然所有的鳞片一震，然后晃动起来，接着就一下完全打开了，溢出的松脂流得整个果子上都是。它们就这样缓缓打开，动作美妙得就像玻璃徐徐产生裂纹，一旦一处的压力被释放，就会扩展到各处。

与白松的果实不同，北美脂松松果整个冬天都在不断打开鳞片，播撒种子。它播种并非凭借风力，而是借着冰雪滑向四面八方。我常常想，雪是有价值的，尤其那种干干的雪粉，它们落下后形成光滑的平面，有助于种子滑向远方。很多次，我根据风向，丈量从最近的一棵脂松到落得最远的松子的直线距离，这个距离居然相当于一个牧场的宽度。也见到过从湖的此岸吹到彼岸的种子，相当于足足飞了一英里半呢，当然，如果风大还能飞得更远。秋天，各色草木会阻碍它们。而冬天，大雪覆盖，地面平滑如镜，于是不安分的松子就在雪地上滑来滑去，像爱斯基摩人乘着雪橇一样。直到果翅掉下，或碰上什么逾越不了的障碍，才会停下，也许就这样长出小松树。和我们一样，大自然每年都会用雪橇的方式搬运东西。在我们这种冬天冰雪封门的地方，这种树就这样渐渐从大陆的这一端慢慢向另一端发展，长满整个美洲。

到了七月底，在刚才提到的那个湖岸边，我注意到最高水位线下就有很多北美脂松的小树苗生长着。这些松苗刚刚从石头缝里、泥沙里或淤泥里长出来，显然是由当初那些被风吹来的种子所长成。沿着湖边还有一排脂松，在这里长了十五到二十年，现在由于湖岸的土结冰而凸起，把这些松树的根都掀开了。

一八五六年三月二十二日。十一日就来到瓦尔登湖，住在从前搭的小屋里。发现打那以后一两天，很多红毛松鼠和灰松鼠都在大吃北美脂松的松果。有一棵小松树下的雪堆得很厚，上面撒了很多鳞片，准是松鼠吃松果时扔下的。从这堆雪下面我还挖出三十四颗北美脂松果，里面还有。在另一棵树下发现二十多颗，还看得到从这里到树篱，有松鼠多次往返留下的足迹间，有八颗松果堆在一起，还有许多鳞片。足迹很像一只兔脸。松鼠把合得严严实实的松果都一一咬过。我还可以想见松鼠如何把两个长在一起的松果弄开，咬一个，扔一个。它先弄掉碍事的松针，然后用一侧牙先咬开松树枝，便于咬到连结松果的地方，通常要连续咬上好多下才行（就像用刀要砍上好几次一样），同时把树枝弄弯。有的小松果可能已经死了（也许坚持了一年多，直到去年夏天才死），但肯定还没成熟，还有的被弄下来后就没打开过。

看到这些年轻的北美脂松的树上长了松果却都没打开，我猜测它们可能到明年夏天才满两年。但是松鼠已经开始吃这些松果了。而在一些结果很多的树上，有的松果已经打开了。

一八五三年二月二十七日。一两个星期前，我捡了一颗很漂亮的北美脂松松果。这颗松果当时刚刚落下，紧紧闭合着，带回家后我把它放进书桌抽屉。今天却惊讶地发现由于抽屉里干燥，它已经打开了，形状很周正，一下把抽屉撑得满满的。原先那颗纤细、封闭而头部尖尖的松果现在变得宽阔、舒展而浑圆——就像一朵花完全开放时，所有的花瓣都从花心向外展开了那样。它还放出一些带有果翼的松子。这些种子精致且结构完美，中间有一根脊，就像专为保护种子不被松鼠或鸟啄食一样。这颗曾经闭合得严严实实的松果，遇到重重挑战都坚持没有打开，但一遇上暖和干燥的温柔劝诱，就轻易开了。松果的打开，意味着另一个季节的到来。

三月六日。部分北美脂松松果依旧闭合着。

一八五三年三月二十七日。那些依旧闭合的北美脂松松果基部呈半圆形，一旦打开后就变得扁平，因为那些鳞片是往后打开的，大的就压在小的上面，而那些长得较差的就贴在松果干上。从扁平的一端看去，就像美丽的螺旋状。也许，我们能想象当初威廉·伍德——《新英格兰观察》的作者——看到这里的原始森林时有如何感受。他一六三三年八月十五日离开了新英格兰，他留下的那些样品至今还在缅因州。他说："那里的树木挺直高大，有些在高达二十到三十英尺之处才分开枝丫。虽然有很多会被用作磨坊的撑木，但一般的树并不粗，经围不过三英尺半。"读过伍德的这些文字，人们也许会认为由于遭雷电击而导致的森林火灾，这些树林不及当年茂密。因为伍德说可以在许多地方打猎。"除了湿地上，没什么矮小的树木"，可见当时那些大树还没被烧毁。"毫无疑问，有些完全可以做锯木厂的好材料；我就亲眼看到沿河（很可能是查尔斯河）十几英里都放着这些砍下的大树（他说的很可能就是北美脂松），一棵挨一棵。"

杜松子

杜松子[①]，三月一日。

一八五三年八月二日。这些果子呈墨绿色。在光线好的地方，有点带紫色。

一八五三年九月四日。灰绿色，但果形丰满。

一八五五年四月三十日。果子上端呈浅蓝色，很漂亮；但下端还是绿色，带三个灰白色的唇瓣[②]。

一八五九年九月二十九日。还是绿绿的。在靠树根部的一些树枝上看到一些深紫色的果子，想必是去年留下的。

十月十九日。虽然那些成熟的（或深紫色的）果子主要集中在下端的树枝上，在一些老龄的树上仍可见到新长出的果子，绿绿的，却有烟斗管那么粗，而旁边竟然就有紫色的果！就这样绿的、紫的夹杂在一起，十分奇特。不知今年结的是否已经成熟。

[①]杜松子是杜松这种刺柏植物的毬果实，由于造型与树莓这类浆果植物极为类似，反而不大像是毬果，而被误称为"莓"（Berry）。其味苦，有清香。
[②]双唇花冠或花萼两部分之一。

普林尼提到一种酒是用煮沸的刺柏浆果榨汁酿成，波恩[①]说按林奈的说法，这其实应该叫杜松子。

劳登提到这种杜松子时说道："它们的成熟期为两年"，此外，"这种小果子是刺柏类中最有用的东西。很多鸟以这种果子为食，据说燃烧该物还能祛除病菌。不过，现在人们主要用来酿酒。"

某年冬天我注意到，有一人[②]常常走进柏树丛，看杜松子是否成熟，因为他要用之给自家的酒增加香气。这期间他好像渴坏了，也许是有预感吧，他总是大声以示强调地说道："要是这里有一大桶朗姆酒[③]就好了！"不过每次他要走的时候，头脑都还很清醒，酒好像并没起太大的作用。

冬天的野果

那些一直在树上进入冬天的果子实在值得进行统计，并受到关注。这些里面有：盐肤木果、蔷薇一类的果、狗木一类的果、冬青类的果、香蒲果、山楂果、双叶大黄精果、伏牛子、冻葡萄、酸蔓橘、香杨梅、绿石南果、北美脂松果，等等。此外还有榛子、香山柳的果、滨梅、芹叶钩吻的果、杉树果、落叶松的果、雪松的果、杜松子、平铺白珠果、核桃、桦树果和接骨木果……

[①]波恩（Bohn），身份不详。
[②]此人乃约翰·勒·格罗斯，梭罗自一八五三年一月十一日至十二日为他作过调查。在《黑越橘》一章中提到那个以越橘付酬金的人就是他。梭罗在日记中描述他来柏树林忘后悔没带酒。
[③]用甘蔗或糖蜜等酿制的一种甜酒。

结　语

　　对于浑然天成、真实而美丽壮观的事物我们近乎冷漠，视而不见。身边方圆十几英里内，就有世界上最美的风光。我们居住在这里，要知道这是多么巨大的恩赐，但实际上大多数人却不知珍惜、无动于衷，当然也不会广而告之。设想如果有人在此地掘起几粒沙金，或在此处水域里捞起一颗珍珠，又会怎样？一定马上传遍整个州，家喻户晓。年复一年，这里成千上万的人远游怀特山，说那里山色壮美风景如画。可是自己家乡就有如此这般的美景，甚至更美——如果我们稍有见识，提高一些欣赏品位，就能发现这里原来也是如画如诗，美不胜收。

　　我认为，这一带还没有任何人能完全意识到，自己所在的城镇从大自然不断获取的财富有多了不起。伯克斯波洛距此不过西去八英里，今年秋天我曾到过那里。在那里，我看到了该地威严茂盛的橡树林[①]，真是美得无法形容，令人难忘。马萨诸塞州不可能有比那更美、更茂盛的橡树林了。就让那些茂盛美丽的大树留在那里，以后五十年内也不要去砍伐，如此一来，这里的人都会像朝圣那样涌向那里欣赏，而不只是像现在，只为打到几只松鼠而前往。我当时

[①] 根据梭罗一八六〇年十月二十三日日记，邻居安东尼·赖特告诉他："在哈佛到斯托的收费公路旁有一大片非常威严茂盛的原始橡树林，叫斯托大森林。"

还对自己说，伯克斯波洛就像新英格兰其他地方一样腼腆，还不敢夸耀自己的林场。尽管这恰恰是这里最有意义的东西，历史学者书写这里的历史，却对这里的树林不着一字。他们很可能只会对这里的教区如何发展大写特写。

事实证明我的设想并没有错。从那里回来后没多久，我无意间读到有关斯托的历史简述，里面提到了伯克斯波洛。这篇文章题为《马萨诸塞州史料荟萃》，作者是约翰·加德纳牧师，讲述了那里教会的前任牧师有哪些人，何时到过此地。然后，作者写道："印象最深刻的是：当时这个州里几乎没有什么市镇有历史遗迹……除了约翰·格林的坟墓，我想不出还有什么值得大家注意或称道的。"从介绍里可知，约翰·格林离开英国前曾被克伦威尔任命为财政部书记员。"他是否也在大赦令的名单之列，我不清楚。"加德纳先生说道。但无论如何，根据加德纳先生的叙述，格林后来又回到了新英格兰："在这里生活，终老，然后葬在此地。"

我可以对加德纳先生明确肯定：格林不在大赦名单之上。

伯克斯波洛当时正是由于其林木郁郁葱葱而不引人注意，但这并不等于它就因此而无趣。的确如此。

记得几年前，和一位年轻人谈话。这位年轻人的家乡在偏远山区，他当时已经着手记录家乡的历史了。尽管到他家乡安身的欧洲人多半留在了那里，也没有什么前财政部书记员葬身于此，但光听他家乡的地名就能让人浮想联翩，恨不得也能像他那样从事这项事业。让我气结的是，作者后来却大发牢骚，说什么资料难得收集呀，什么最拿得出手的故事就是某位 C 姓将军曾居住该地呀，诸如此类。而有关的史料本就该花力气整理。

不记得是圣比德①还是希罗多德②说过：除非你意识到历史学者的兴趣不是讲什么事，而是讲什么人——这人如何处置这件事并赋予何等重大意义，否则你是读不到真实的历史的。缺乏勇气和才气的写手只敢写恢弘主题，即我们已经通过别人反复叙述而感到有趣的事件。而如莎士比亚那样的大师，却认为自家身边发生的事更有意义，远比那些世界大事更值得一写。人生活过的地方就有故事，而是否能听到则取决于说故事的人或历史学者的讲述。

我还听说，伯克斯波洛的人对那片大森林非常珍惜，不让房屋和农庄吞噬它。这么做并非它的美，而是因为从那片森林得到的受益远远大于当年。过不了几年，那些大树就可以被砍去造船或做别的用途，若现在就砍实在可惜。我认为州政府应当出面买下一些那样的大森林，进行保护。既然马萨诸塞州的人民愿意设立马萨诸塞自然历史教授职位③，那么为什么不能意识到保护自然使其不受毁坏也同样具有重大意义呢？

我发现这里正在成长的一代年轻人大多已不认识橡树或松树了，他们只认得一些远远不及的植物品种。我们一方面要请专家给他们作讲座，讲授一些这方面的知识，如关于橡树这类高贵的树木；另一方面却又纵容对这为数不多的好树大肆砍伐，这样做对吗？这不就像一面教孩子希腊文和拉丁文，另一方面却把印着这些文字的书大量烧掉吗？这是我的生活态度，所以我要抒发心中不平，同样也是人们心中的不平；我相信我的这些话一定会被大家听

---

①圣比德（the Venerable Bede，六七三至七三五年），英国历史学家及神学家。
②希罗多德（Herodotus，约公元前四八五至约公元前四二五年），希腊历史学家。
③据说一八〇五年，马萨诸塞州首府波士顿的一些大人物提出并设立该职位。

到。希望我的话不会像大多数传教士的言词那样软弱无力,也不会对着一大群人声嘶力竭说半天也无人理睬——虽说我还真没想过要打动谁。

我们像闯进花园里的公牛,暴殄天物。大自然准备了这些真真实实的好果实并非任何粗鄙之辈能拿走的,只有心怀感动、感激,还兼细心、用心的人才配采摘。花钱请人帮忙并不等于悉尽收获。从前印第安人认为地上长出的东西任何族群都可以分享,就像人人可以饮水、呼吸空气一样。我们呢?我们赶走了印第安人,然后每家在村子里划出一点点空地做院落,旁边可能还要建座墓地,再修条窄窄的路连接各家的院落,真是可怜。年复一年,这条路也越来越窄。朝任何方向走,不出五英里,就能看到有人在大路上收过路费,一心盘算自己或子孙何时能把本钱收回。这就是所谓文明人打造的生活。

父辈们把新英格兰的村庄弄成这般模样,我既不觉得肃然起敬,也一点都不感激。无论受到哪些影响限制,这些不满旧英格兰腐朽成见的人来到新世界了,哪怕只是个学徒也应做得更好才是。既然言之凿凿教育我们,说那些人当年心怀一腔热忱,不远千万里来到这里,要寻找"崇拜上帝的自由"[①],那为什么不大气点儿做规划,多给人自由空间?要知道他们就是为此而来,而且规划更多空间又不用花费多少成本。他们当时还建了专供聚会的会堂,为什么却偏偏把大自然建造的更加美轮美奂的圣殿毁掉呢?

什么样的自然景观能使得一个城镇漂亮,让人愿意不辞路途

---

① 《美国宪法第一修正案》就规定,国会不得颁布任何法律确定国教或禁止信教自由。

遥远也要来此定居呢？是有许多落差起伏的河流，是那些湿地、湖泊、山冈、悬崖或者一块块岩石，是拥有无数古木的大森林。这些美丽带来的是无价之宝。如果这个城镇的居民足够明智，就会不惜代价也要保护它们。这些自然景观远能比学校老师或传教士更能启迪心智，目前尚没有任何教育体制能比它更好更健全。如果一个人不能意识到自然的作用和意义，他就没有资格做国家的创建者，甚至城市创建者；这种人只配去给公牛立法。每个城镇实在应该设立一个专门的委员会，确保该城镇的自然风光不遭破坏。如果某处有一块巨大的圆石堪称之最，那就不应属于某个人，或被当做后门挡门石，而应收归国有。有的国家规定最贵重的宝石只能放到王冠上，那么我们国家就应规定最美的自然风景只能属于公众。让我们一起努力，在建设城市的同时，时刻警醒，不得疏忽了对自然的保护，这样才能确保这个新世界常新，这样才能让这个国家收益最大化。

在我看来，对我们这个小城来说，最美的装饰和最宝贵的财富莫过于这条河。最终让人下决心选择定居这里的唯有河流，外地人来到我们家乡，我们首先指给他看的也是这条河。与那些居住在没河的城里人相比，我们真是幸运。可是我们这个小城又为这条河做了什么呢？就像那些公司一样，除了整天用功利的眼光打量它，什么也不做，没有为如何保护它做半点努力。如果能把这条河分给大家，就像在英国那样，人人拥有相等的一部分，人们会不惜根据自己的喜好重新设计城镇布局。这就是这里人所朝思暮想的。说实在的，我认为不仅应在河底修一个隧道，还应在河的一侧或两岸都修建公共大路，因为这条河除了划船休闲外并没有得到充分利用。这么一来，可以将一侧的河岸建成公众散步的便道，把那些大树都保留下来，那些林间小路最后都向城里的主街集结。这样做既不会占用多少地，也不用砍去多少树，受益的也是大家。现在想看河只有站到桥上，而桥又都距城里相当远。若想到河边瞧瞧就得进入别人的私家领地；而若想沿着河安安静静散会儿步，走不了几步，就会发现被垂直于河岸的篱笆挡住，甚至还有伸到河面上的搭建物拦路，原来这些人还想独自占有河面景色呢。最后，想看看河，只有去教堂了，在那里可以看到的也只有一小角，好不扫兴。记忆里两岸有延绵不断的树相连，现在这些树去了哪里？再过十年，人们还能看到什么呢？

所以，如果有高山，不管是否在城中心，都应保留给公众享用。想想吧，城里有山，甚至对印第安人而言也是个神圣之地呀，结果们却要穿过一块块私家土地才能上山。一座庙宇在那里，若非穿过甲家房屋或乙家牛棚就不能进入。华盛顿峰究竟属于A还是B，新罕布什尔州法院最近的决定（好像它能说了算似的）于B有利。[1] 听说某个冬天，这位B请财产登记官员陪同一起登上华盛顿峰，以此作为正式拥有此峰的证明。无论出于谦卑还是敬畏，这种山峰都不应当允许任何人据为己有——事实上，人人皆可登山，攀爬到比自己更高的地方，俯视谷地中自己的家乡，就会甩开奴性，开拓视野。

今天说到庙宇不过是种比喻，因为人们一看到这个词就会联想到异教徒。在我看来，大多数人对自然毫不在意，只要能换成钱够

---

[1] 相关的报道不详。

他们眼前过上一阵子，把自然的美丽牺牲了也不在乎。谢天谢地，那些人现在还上不了天，只能在地球上乱扔垃圾！现在我们还有片洁净完整的天空。所以，就为了这，我们也应该联合起来，保护身边的大自然不受那些少数人的汪达尔行为[①]破坏。

是的，大多数情况下，我们还能自由自在，想往哪里走就穿过一大片土地往哪里走。可不知不觉，因为越来越多障碍的出现，我们的这份自由自在一年比一年小了。这样下去，总有一天，会像我们祖先当年在英国那样失去自由，到哪里都得请求花园的女主人允许。几乎看不到有什么希望改善。不错，图书馆越来越多，城市大路边也种了树。但是放眼望去，广阔大地上的景象不应得到关注吗？那仅剩的几棵古老橡树见证了这里如何由印第安人的田园变成白人的城镇，简直就是活的博物馆，树上那只由英国士兵一七七五年为鹌鹑安放的小木屋，就是这个博物馆的第一件展品；而我们却要将其砍伐。

我认为每个城镇都应有公园，最好有一片原始森林，一大片也好，分成几处也好，总面积能达到五百到一千公顷就行。什么砍柴析薪，什么为海军造船，什么做大车之用，都不能成为从这样的森林中拿走一根树枝的堂皇理由，就让这个大森林在那里保留着，哪怕那些树自己烂掉——这片树林也是永久性的公共财产。它们在这里，就是为了让大家能在这里受教育，并能进行有益身心的休闲娱乐。城北瓦尔登森林，连同瓦尔登湖在内约四平方英里，从未被人进行过耕种，那里本来是我们采酸蔓橘的好地方，也应整个都得到

[①]汪达尔行为（vandalism），指故意破坏艺术的行为。

保护。如果这些地产的主人逝世，身后又没有自然继承人，明智的做法就是将其赠送给公众，这样一来他们的英名也能流芳百世，铭记在人们心中。而赠给某个人并不高明，因为受赠者往往已经身家富足了。这种赠予也能使城市当年的规划不当得以矫正。人们把财产赠予哈佛，也可以同样把一片树林或一块酸蔓橘湿地赠予康科德市。我们这个小城实在不应被淡忘呀。别净想着那些海外异教徒的奇闻和异国传说，记住这里也有不同信仰的人和原始森林。听说过公共牧场和祭祀专用地，而我们人也要有公共活动的地方呀。是的，城市为穷人专门划出草地、牧场和林场，那富人就不该有个树林散步，或有片酸蔓橘可以采摘吗？我们总得意地自夸自己的教育体系如何高明，但为什么把教育仅限在学校和教师职责之内呢？人人都是老师，而广袤天地就是学校。只关注上学上课或研读书本，却没想到眼前的万千风光就是一本内容丰富的教科书，这岂不是很可笑吗？用不着多花心思，也能看得出我们精美的校舍原是一片养牛场的一部分。

人们往往将公园视为一座城市的最佳地标，这是常情。这些地标仍因袭当年的规划，到了现在也应有所修正改善。

寒暑交替，年复一年，我们呼吸吐纳空气，渴了饮河中之水，馋了食野地之果，自由自在地徜徉在这里馈赠之中。就让这河水成为你最健康的饮料，就让这些野果成为你最好的补药。八月里，像乘船在荒凉的大海里或经过达里恩大地①时一样，我们不吃肉干或

---

①达里恩大地（Darien Grounds），位于大西洋，在现称为巴拿马地峡（Isthmus of Panama）的达里恩地峡东边。当年新英格兰的海军从太平洋返回经过此地，而得不到补给，因为这里以贫瘠著称。梭罗在手稿上注道："很多士兵因此患坏血病，甚至因此身亡。"

干肉饼，只吃浆果。任四面八方的风吹来。我们专心享受大自然的时序变化，潮起潮落，并凝神思考。瘴气也好，传染病也好，莫不源于我们自身，而非来自外力。有人身体很差，于是就处处小心，只喝用某种花草沏的茶。他违反自然安排的生活，就好比一方面小心保留某样东西，一方面又在拼命挥霍另一样东西，实在愚蠢。就是因为不热爱自然和自己的生命，这样的人才会病疴缠身，一命呜呼，纵有神医也无可奈何。春天里一片葱绿，打起精气神儿，朝气蓬勃；秋天里万物金黄，思想成熟，收获丰富。把每一个季节的精华都采集下来，吸收进去，这就是最滋补的药，最养身的法宝。吸进夏天的精华绝不会让你生病，除非你只把它当做收藏放在地窖里不动用。要饮酒，就饮大自然酿造并封装了的，别饮你自己酿的。大自然把酿好的酒装进一颗颗美味成熟的果子里，而不是放到羊肉或猪肉里。大自然为你酿酒装酒，你就只管取回并保管。无论何时，每分每秒，大自然都竭尽全力照顾我们。大自然是永恒的，不要对抗它。只要顺应大自然，我们就会健康。人其实早就发现，或以为自己发现了一些有益身心的野外活动，但这并非大自然的全貌，因为它就是健康的别名。有人认为在某个季节身体总是不适，那是因为他们并没有好好适应这个季节。也就是说，大自然在每一个季节都是公平的。[①]

---

① 原文是用了"well"这个词作双关语。原文如下：Some men think that they are not well in spring or summer or autumn or winter; (if you will excuse the pun,) it is only because they are not indeed well; that is, fairly in those seasons。

译名对照表

A

acorn black oak	黑橡树果
acorn generally	一般橡树果
acorn red oak	红橡树果
acorn shrub oak	矮橡树果
acorn white oak	白橡树果
alternate cornel	宝塔茱萸
American mountain ash	美洲高山岑
amphicarpaea	野扁毛豆
arbor vitae	金钟柏
artichoke	朝鲜蓟
arum triphyllum	海芋
asclepias cornuti	马利筋

B

barberry	伏牛子
bass	椴树
bayberry	宾州杨梅
beach plum	滨梅
bean	豆

beech	毛榉
bidens	鬼针草
black cherry	黑樱桃
black currant	黑加仑子
black huckleberry	黑越橘
black spruce	黑云杉
black walnut	黑核桃
bristly aralia	偃毛楤木
butternut	灰胡桃
button bush	美洲悬铃木

C

carrion flower	腐肉花
cat-tail	香蒲
cedar	雪松
celtis	朴树
checkerberry	平铺白珠果
chestnut	板栗
chokeberry	阿龙尼亚苦味果
choke cherry	美国稠李
cicuta maculata	斑叶毒芹
cistus	岩蔷薇
clematis	铁线莲
clintonia	龙血树果
cohosh	糙叶斑鸠菊
common cranberry	酸蔓橘
corn	玉米

cornu Cincinnati	辛辛那提山茱萸
cornu Florida	佛罗里达茱萸
cornu sericea	主教红瑞木
crotalaria	猪屎豆
cultivated cherry	人工种植樱桃

D

dandelion	蒲公英
datura	曼陀罗
desmodium	金钱草
dwarf cornel	茱萸草

E

early low blueberry	矮灌早熟蓝莓
early rose	早蔷薇
elderberry	接骨木
elm	榆树果
epilobium	柳叶菜
European cranberry	欧洲酸蔓橘
European mountain ash	欧洲花楸

F

fever bush	寒热树
fever-wort	泽兰
flowering raspberry	花状悬钩子

G

gall and puff	虫瘿结节
grains	麦类
green-briar	绿石南
ground nut	落花生

H

hairy huckleberry	毛果越橘
hazel	榛子
hemlock	芹叶钩吻
hibiscus	木槿
hieracium	山柳菊
high blackberry	高灌黑莓
high blueberry	高灌蓝莓
horse chestnut	七叶树
hound's-tongue	狗舌草
hypericum	金丝桃

J

juniper repen	杜松子

L

larch	落叶松
late low blueberry	低灌晚熟蓝莓
late rose	秋蔷薇
late whortleberry	晚熟越橘
liliy	百合

low blackberry	低灌黑莓

M

mallow	锦葵
maple	槭树
medeola	大花延龄草
mitchella	蔓虎刺
mouse-ear	柳叶蒲公英（鼠耳草）
mulberry	桑葚
muskmelon	厚皮甜瓜

N

northern wild redherry	北方野生红樱桃

P

painted trillium	釉彩延龄草
peach	桃
pear	梨
pea	豌豆
peltandra	合果苹
pitch pine	北美脂松
plum	李子
poison dogwood	毒漆树
poke	美洲商陆
polygonatum pubescen	玉竹果
pontederia	梭鱼草
potato	马铃薯

prinos verticillatus	欧洲桤木
pumpkin	南瓜

Q
quince	温桲

R
raspberry	树莓
red and fetid currant	臭臭的红加仑子
red elderberry	红接骨木果
red low blackberry	红色矮脚黑莓
red pyrus	红皮西洋梨
rhexia	鹿草
rubus sempervariens	常绿悬钩子

S
sand cherry	沙樱
sarsparilla	萨尔莎
sassafras	黄樟
saw grass	锯齿草
scheuchzeria	芝菜
shad bush	棠棣
shagbark	粗皮山核桃
skunk cabbage	臭菘
smilacina racemosa	假萎蕤
smooth sumac	滑麸杨
solanum dulcamara	欧白英

solanum nigrum	龙葵
spikenard	甘松香
strawberry	草莓
sugar maple	糖槭
swamp sumac	毒盐肤木
sweet briar	糖罐子
sweet flag	菖蒲
sweet gale	香杨梅
sweet viburnum	木绣球

T

thimbleberry	茅莓
thistle	蓟
thorn	荆棘
touch-me-not	凤仙花
trillium	延龄草
tupelo	蓝果树
turnip	芜菁
two-leaved Solomon's seal	双叶黄精

V

viburnum acerifolium	弓木
viburnum dentatum	齿叶荚蒾
viburnum nudum	红荚蒾

W

walnuts	各种核桃

watermelon	西瓜
weeds and grasses	各种野草
white and black birch	白桦和黑桦
white-berried cornel	白果山茱萸
white pine	白松
wild apple	野苹果
wild gooseberry	野生鹅莓
wild grape	野生葡萄
wild holly	野生冬青
willow	柳絮 / 柳树
witch hazel	金缕梅

U
uva-ursi	熊果

Y
yellow birch	黄桦
yew	红豆杉

Z
zizania	沼生菰

图书在版编目（CIP）数据

野果/（美）亨利·大卫·梭罗著；石定乐译．——2版．
——北京：新星出版社，2017.7
ISBN 978-7-5133-2489-2

Ⅰ.①野… Ⅱ.①亨… ②石… Ⅲ.①散文集-美国-现代 Ⅳ.①I712.65

中国版本图书馆CIP数据核字（2017）第103746号

野果

[美] 亨利·大卫·梭罗 著 石定乐 译

责任编辑：高传杰
特约编辑：白华昭
责任印制：李珊珊
装帧设计：冷暖儿

出版发行：新星出版社
出 版 人：谢 刚
社　　址：北京市西城区车公庄大街丙3号楼　　100044
网　　址：www.newstarpress.com
电　　话：010-88310888
传　　真：010-65270449
法律顾问：北京市大成律师事务所

读者服务：010-88310811　　service@newstarpress.com
邮购地址：北京市西城区车公庄大街丙3号楼　　100044

印　　刷：北京鹏润伟业印刷有限公司
开　　本：910mm×1230mm　　1/32
印　　张：10.75
字　　数：233千字
版　　次：2017年7月第二版　2017年7月第一次印刷
书　　号：ISBN 978-7-5133-2489-2
定　　价：39.00元

版权专有，侵权必究；如有质量问题，请与印刷厂联系调换。